谁听到那唱歌的风

肖复兴 ◎ 著

——肖复兴谈艺术

天津出版传媒集团

百花文艺出版社

图书在版编目（CIP）数据

谁听到那唱歌的风：肖复兴谈艺术 / 肖复兴著. —— 天津：百花文艺出版社，2021.2
ISBN 978-7-5306-7949-4

Ⅰ.①谁… Ⅱ.①肖… Ⅲ.①散文集-中国-当代 Ⅳ.①I267

中国版本图书馆 CIP 数据核字(2021)第 010571 号

谁听到那唱歌的风——肖复兴谈艺术

SHUI TINGDAO NA CHANGGE DE FENG XIAOFUXING TAN YISHU

肖复兴 著

策划统筹：王　燕
责任编辑：王　燕　**装帧设计：**郭亚红
出版发行：百花文艺出版社
地址：天津市和平区西康路 35 号　**邮编：**300051
电话传真：+86-22-23332651（发行部）
　　　　　　+86-22-23332656（总编室）
　　　　　　+86-22-23332478（邮购部）
网址：http://www.baihuawenyi.com
印刷：山东临沂新华印刷物流集团有限责任公司
开本：880 毫米×1230 毫米　1/32
字数：200 千字
印张：10
版次：2021 年 2 月第 1 版
印次：2021 年 2 月第 1 次印刷
定价：60.00元

如有印装质量问题，请与山东临沂新华印刷物流集团有限责任公司联系调换
地址：山东省临沂市高新技术产业开发区新华路 1 号
电话：(0539)2925659
邮编：276017

目　录

第一辑　画外音

第二辑　曲中论

第三辑 戏边草

第一辑

画外音

拉斐尔的荆棘丛

　　文艺复兴时代，是欧洲艺术发展的巅峰时代，也是人才辈出的时代。号称美术的文艺复兴三杰，米开朗琪罗、达·芬奇和拉斐尔中的拉斐尔，赶上了一个适合发展的好时代。一个人的成长和成功，需要主客观和时代这样三个条件的交错相融，才会天时地利人和，让一株幼苗一夜恨不高千尺的迅速成材。

　　那个时代，意大利宗教盛行，就连一位普通的农民，都愿意倾其一生积攒下的钱，从画家的手里买一幅圣像，悬挂在自己村落旁的教堂里，以显示自己对主的虔诚。因此，那些挂在十字架上的耶稣或各种形象的圣母像，特别受欢迎，以至让画家们应接不暇，供不应求。在画圣像方面，拉斐尔尤其善画圣母，他确实技高一筹，他的与众不同之处，在于他画圣母之前，总要找一个真人做模特，因此，他画的圣母，不会像很多画家轻车熟路的照葫芦画瓢，千篇一律，而是会有各种各样的圣母形象出现，而且，那些圣母不像是来自天上，而像是来自民间，总会让人有一种亲近感，像是自己的亲人，甚至母亲。这在几百年之后我们再看拉斐尔的那些圣母像，依然会感受到那种亲近的烟火气。

　　正因为如此，人们喜欢这样充满亲切感的圣母像，在安布利亚一带，前来找拉斐尔画圣像的人越来越多，他挣的钱便越来越多。拉斐尔十九岁那年，已经腰缠万贯。

二十一岁那年，拉斐尔来到意大利的艺术之都佛罗伦萨，这是一个让他展开年轻的翅膀进一步高飞的地方。拉斐尔是一个长相英俊的人，面容像圣母一样姣好，而且，他谈吐优雅，风度翩翩，颇受佛罗伦萨上层各界的欢迎，无形中为他的绘画如虎添翼。那些有钱的商人，附庸风雅的贵族，都把能够结识拉斐尔为荣耀，把能买到拉斐尔画的圣像而得意洋洋。在佛罗伦萨的那些年，是拉斐尔春风得意马蹄疾的几年。

二十五岁那一年，贵族的引荐，让他有了直接拜见教皇的机会。那时候，教皇尤里乌斯二世，英姿勃发，野心勃勃，正需要找一位画家为他自己画像，好让自己威仪天下，千古流芳。拉斐尔生正逢时地来到了他的面前，为他造像，让他非常满意，他不吝钱财，一掷千金，大把大把的银两付给拉斐尔。第二年，他又慷慨地授予拉斐尔"首席画家"的荣誉称号，并下令除了留下雕塑家米开朗琪罗和建筑家布拉曼特两人之外，解雇了其他所有的艺术家。拉斐尔再不是只在安布里亚靠给普通农民画圣像挣钱的画家了，也不再只是在佛罗伦萨给商人贵族画画挣钱的画家，他鲤鱼跃龙门一下子平步青云，成为和他以前崇拜的米开朗琪罗平起平坐的画家了，成为教皇尤里乌斯的"首席画家"。这是一个多么大的荣誉，这是一个多么大的诱惑。

教皇尤里乌斯有辉煌的抱负，也有一言九鼎的权力。他要重铸城市的模样，建造意大利崭新的辉煌。他命令米开朗琪罗为自己雕塑塑像，布拉曼特负责修复圣彼得教堂，拉斐尔为梵蒂冈绘画装饰画。如今，这三处已经成为世界三大艺术奇迹。

是教皇的任务，让拉斐尔的才华得以更充分更广阔的展示，就像一位才华横溢的演员，有了万人瞩目的演出舞台。拉斐尔首先为梵蒂冈签字大厅的绘画，如今这里已经成为世界的艺术瑰宝。签字大厅,是教皇签署主教呈上各种文件的大厅。拉斐尔明白这个地方的重要性,至高无上的荣誉和辉煌的胜利,是拉斐尔为大厅做整体设计的主题;全盛时期恢弘的基督教和希腊文化,是所有绘画依托的背景。在大厅的天棚上,拉斐尔展示的是基督教和希腊文化的美与荣耀,四围墙壁则分别画出古代历史、哲学和文学艺术的种种场景,以及从圣母、阿波罗众神到柏拉图、但丁诗人的群星荟萃。纷繁如云纷至沓来的人物,辉煌如潮涌来的场面,交织成一阕交响曲,展示了历史和艺术交织成的一天云锦,美不胜收。

梵蒂冈的绘画,让拉斐尔越发的名声大振。找他作画的人,求他学艺的人,跟在他屁股后面的崇拜者和捧场的人,越来越多,恨不得把他像宠儿揽在怀里,把他像上帝一样簇拥到云端。那时候,拉斐尔住在罗马。教皇尤里乌斯已经去世,新教皇利奥十世,延续了尤里乌斯对拉斐尔的器重,他不仅把拉斐尔列入了教廷的名人册里,委任拉斐尔新的任务,让他担任重建圣彼得教堂的总建筑师,同时,还特意赠给拉斐尔一顶红衣主教的帽子,这是一种万千宠爱于一身的象征。

那时候,拉斐尔可谓名利双收,地位显赫,不可一世。

仅他为一位贵妇画的肖像画所得到的三千块金币报酬,就可以在罗马买一座豪宅。来自上层尤其是皇室和教廷颁布下的名声,和与此水涨船高滚滚而来的金钱,从来都是对艺术家致命的诱惑,既是一种激励向上的动力,也是一种舒服下滑的引力,甚至是腐蚀力。

拉斐尔如日中天的时候,是他三十一岁的鼎盛年华,他像一棵花繁叶茂的大树,日日有清风朗日不请自来,轻柔而多情地吹拂和照耀。最为夸张的是,只要他走在罗马的街头,他的身后就会有五十多人追随,如蜂逐蝶,更如侍从卫队一样恭恭敬敬沿街一列逶迤而去,成为罗马街头的一道别样的风景。一位画家,能有如此殊荣和如此众星捧月的遭际,可谓前所未有的奇迹壮观。

峣峣者易折,盛名之下,让拉斐尔心理得到最大的满足,同时也让他的身体极大地透支。无论再伟大的艺术,还是再伟大的人物,在上帝面前都是平等的,命运之手,会让其得失最终达到平衡。命运会因过分的冷落或忽视而毁掉一个天才,也会因过度的荣耀和金钱而同样毁掉一个天才。后世的评论家在评论拉斐尔时说:"拉斐尔有非凡的天才,却只有凡人的精力。"这话说得没错,作为画家的拉斐尔,是一个天才;作为人的画家,拉斐尔只是一个凡人。在创作最后一幅油画《超脱》的时候,拉斐尔撒手人寰。这幅画着耶稣从人世间荆棘丛中跋涉而出升入天堂的画面,拉斐尔再也无法完成。过度的名声和金钱,成了缠裹着他而无法迈出的荆棘丛。

这幅画中的荆棘,是耶稣命运的象征,也成为拉斐尔自己命运的一种象征。过度的名声和金钱,如蛇一样缠裹着他无法如耶稣一样跋涉过去进入天堂。其实,我们每个人,在生活和生命的途中,都会遇到这样的荆棘丛,是如耶稣一样勇敢地迈过去,还是如拉斐尔一样跌倒在荆棘丛中,就看我们各自的态度、能力和造化了。

拉斐尔死时年仅三十七岁。那一天,是他的生日,也是耶稣的受难日。

提香色

　　自古出名的画家有两种，一种爱钱甚于艺术，一种爱艺术甚于钱。文艺复兴时期意大利画家提香，属于前者。起码在当时的画家之中，没有比提香更嗜钱如命的了。钱，是他唯一的信仰。那时候的人们，不客气的批评他是一个不信教的教士，是一个不愿意祈祷的人。

　　不像凡·高一样的画家死后价值连城，但生前潦倒，提香在世时早就富可敌国，可比王公贵族。他为罗马帝国国王查理五世画的一幅肖像，就买下威尼斯一座亲水豪宅。因得到帝王宠爱，从此，他的人生就开了挂，找他来画肖像的王公贵族络绎不绝。

　　按理说，他并不缺钱花。但是，仅靠卖画赚钱，并不满足，还要见缝就钻，挤进政府部门担任个职务，脚踩两条船，官府江湖通吃。他在威尼斯海关担任职务，每年的薪金一分不少年年拿，一天班却没有上。他与海关的交换条件是，为市政大厅画满一幅壁画。可是，过去了二十一年，提香也没有画上一笔。一直到海关愤怒了，命令他必须赶紧完成壁画，否则，不能再让他吃空饷。

　　爱财如命的提香，虽然已经腰缠万贯，还是舍不得让自己这笔薪金旁落。他为市政大厅画出了这幅壁画，便是他的名作《卡道莱之战》。这是一个史诗性的历史题材，被提香处理得惊心动魄，为世人所惊叹。作为威尼斯画派的领军人物，提香有这样的本事，无论宗教题材，还是历史题材，或是世俗题材，他都能够处理得得心应手。正因为他有这样的本事，让他成为威尼斯长盛不衰的一棵老树成精，赚得盆满钵溢。但他并不满足，并没有想就此收手，颐养天年。只要有一分钱的赚项，他依然会伸出他那如枯枝纵横的老手，握住一支他胜过千军万马的画笔。

八十多岁的提香，还在精力充沛地不断接活儿。威尼斯乃至整个意大利那些贵妇，舍得一掷千金，慕名而来，请提香为她们画像。那个时期，上至国王王后，下至王公贵妇，都喜欢画家为之画像。提香将这些贵妇的心思揣摩得透透的，为了多赚她们腰包里的钱，在为这些年老色衰或本来就丑陋不堪的贵妇画像的时候，他会巧妙地施展小小的策略，把她们画得好看一些，年轻一些，摆在客厅里，光彩照人一些。

对于提香来说，这不是什么难事。他在为西班牙的菲利普国王——这个长得矮小丑陋且是罗圈腿的混世魔王画像的时候，特意把他画得英俊一些，尤其是把他的罗圈腿遮掩起来。画像画好，连菲利普的未婚妻都觉得画得比本人好，她带有揶揄的口吻风趣地说："尽管我无法容忍这个人，但我喜欢这幅肖像画。"

早些年，提香还画过一幅画，是日后有名的《乌尔比诺的维纳斯》。这里的维纳斯，是为乌尔比诺公爵夫人造像的蓝本。他将女神维纳斯从云端请入家中，躺在家中的床上，和公爵夫人进行了穿越式的嫁接和置换。他让维纳斯赋予了人间烟火气，赋予了人性化的性欲与梦幻。同时，他让乌尔比诺伯爵夫人平步青云画魂成仙，赋予了维纳斯一样的神性，那么的美好，充满画外之意的想象。然后，心满意足地赢得了为数可观的金钱。

晚年的提香更爱用一种金橙色，来为这些贵妇造像时增添光彩。这是提香创造出的一种能够点石成金的神奇色彩。后来，人们称这种漂亮的色彩为"提香色"。如今，为迪奥香水做广告，那个衣袂飘飘的女郎的裙子，就是这种"提香色"。提香色，当时为那些贵妇的脸上增添了不少笑容，也为提香的钱袋里增添了不少金币。提香色，可以让艺术降格，趋奉权势，臣服金钱。在提香那里，提香色，其实就是金钱闪烁之色。

关于提香，最搞笑的事情，发生在他临终之前。1575年，一场瘟疫席卷威尼斯，城内死亡者成千上万。垂垂老矣的提香，自知命危旦夕，难逃此劫，便开始着手后事安排。首先想的是应该先找好墓地。别看提香此时灯油将要熬尽，命悬一线，思维活力不减，居然突发奇想，找到天主教芳济会管辖的一个教堂，对牧师说，你如果能够免费给我一块墓地，我愿意给你们画一幅宗教题材的油画。牧师同意了他的这个交换条件。

他为教堂画了一幅圣母抱着死去的耶稣的油画，便是有名的《圣母哀悼耶稣》。画完之后，提香忽然又想，这么好的画，如果我不给他们，拿着画作为筹码，跟他们讨价还价，能不能跟他们多要一点儿土地，作为我的墓地？他真的就跟牧师讨价还价，牧师看着这个风烛残年的老头儿，临死之际，还在如此斤斤计较，锱铢必究，不知是出于敬重还是可怜，或是不愿意再跟一个垂死的老人纠缠，答应了他的要求，多给了他一点儿土地。

他心满意足了。提香一生都是用画和别人做交易，这是他人生最后的一笔交易。

没过多久，第二年到了，瘟疫卷土重来，这一次比上一次还要厉害，威尼斯全城人死了一半。不幸的是，这一半人中包括了声名显赫腰缠万贯的提香。他躺在为自己多要了一点儿土地的墓地里，可以心安理得地舒展一下腰身。只是墓地里灰头土脑的，再没有了耀眼的提香色。

鲁本斯的选择

　　鲁本斯是一位画家,也是一位商人,还是一位外交家。

　　鲁本斯人长得很英俊,身材修长,面容清秀,再加上很会察言观色,能言善道,颇讨人喜爱。他出生在德国,长大于荷兰,十三岁那一年,他就在皇宫里给玛格丽特公主当侍从。他特别会在公主面前献殷勤,用现在的话说,就是有眼力见儿。再加上他是一个标准的小鲜肉,自然很受公主的宠爱。

　　这样衣食无忧的生活,很受人们的羡慕。鲁本斯自己也很得意,每日在富丽堂皇的宫廷里出入,身边尽是云鬟鬓影,美酒美食,灯火楼台,逍遥自在。混得好,以后可以当侍卫长,当朝臣,甚至可以当公主的小情人。在一般人的眼里,平步青云,指日可待,他的前途无可限量。

　　就在这样的软绵绵、甜蜜蜜的生活中,鲁本斯长到了二十岁。脱去少年的青涩稚嫩,他显得更加英姿勃发,一表人才。当然,他也更为得到人们的尤其是公主的宠爱。但是,就在这一年,鲁本斯做出一个一般人难以想象的决定。他决定要离开宫廷,离开诱人的前方已经为他铺平的繁花似锦的成功大道。

　　他越来越发现这样所谓的成功大道,是世俗眼睛里的成功大道,并不是自己所要追求的。这样锦衣玉食的生活,这样看别人脸色过的日子,也并不是自己真正喜爱的。他心里最喜爱的是画画。

一个画匠,能够跟一个朝臣相比吗?在当时,乃至当今,一般人看来,不都是万般皆下品,唯有做官高吗?很多人劝他,别糖吃多了,不知道甜!在宫里好好的,非要跑出来到江湖上混,画画能够有什么出路?

可是,鲁本斯决定了的心愿,已经如一棵树牢牢地扎下了根,很难移动了。这是他的性格,都说性格决定命运,对于鲁本斯来说,这样决绝的性格某种程度上确实帮助他完成了命运十字路口的转折。起码在选择是贪图安逸安稳还是冒险方面,他比一般同样年龄的年轻人,更多了一份勇气。人生的路上各种选择,是每个人都需要面对的,关键时刻尤其是年轻季节里关键时刻的选择,至关重要,因为它可能会影响你一生的命运。

鲁本斯就这样毅然决然地离开了宫廷。他先后拜了当时荷兰的三位有名的画家为师,学习绘画。他的才华如电火击石,很快迸发出耀眼的火花。仅仅半年的时间,他的绘画水平就超过了这三位老师。崭露头角的鲁本斯,开始令人刮目相看。他参加了安特卫普城的艺术家公会,相当于我们这里的美术家协会。他还很快就接到了一项城市装饰画的活儿,立刻马到成功,名利双收。而且,三年过后,他获得了出访意大利学习的机会。一切顺风顺水,成功对于才二十三岁的鲁本斯,来得实在是速度快得惊人,一朵花才含苞待放,就已经芳香四溢。

在意大利,威尼斯是鲁本斯最喜欢的地方。没有想到,威尼斯也成为了鲁本斯的福地,他真的是幸运得很,仿佛他走到哪里,幸运之神就紧紧地跟随他到了哪里。在威尼斯,他遇到了一个叫曼求华的公爵。公爵对他一见倾心,不过和十年前玛格丽特公主喜爱他是个懂事的小鲜肉不同,公爵看中他的不是仪表堂堂的外貌和会说意大利语、法语、希腊语和拉丁语四种语言的能力,而是看中了他的绘画才华。

公爵是意大利有名的收藏家,一个狂热的艺术爱好者,为了买他所喜欢的艺术品,不惜倾其所有,乃至负债累累。他家的墙上上下几排挂满了名家名画。他的艺术眼光是老辣的,他看准了鲁本斯,虽然年纪很轻只有二十三岁,但是他觉得鲁本斯肯定会成为整个欧洲的宠儿。

他将鲁本斯留在威尼斯,让鲁本斯为他的家族画一组系列画,自然所付给鲁本斯的价钱不菲。鲁本斯为公爵一家所画的画作,为他赢得了金钱也赢得了声誉。为了长期留住鲁本斯,公爵还特意为他安排了一个职位,既可以卖画挣钱,又可以拿固定的俸禄。

从威尼斯出发,鲁本斯的艺术之路,越来越开阔。还是在公爵的引荐之下,鲁本斯去了西班牙,然后又回到了意大利。这时候,他的名气已经越来越大,很多欧洲人开始知道他的名字,不少私人和教会,请他去画各种画像。意大利灿烂而明媚的阳光,温暖了这个来自北欧阴郁天气笼罩的年轻人,照亮他的未来之路。

他在意大利如鱼得水待了八年之久。三十一岁那年,母亲病逝。鲁本斯自幼父亲病逝,是母亲拉扯他长大成人,他对母亲感情很深。母亲的突然离去让鲁本斯有些猝不及防,受到极大的打击。他把自己关在屋子里,整整待了三个月。三个月的冥思苦想,他做出了决定,离开意大利回国。梁园虽好,毕竟不是家乡,一股浓郁的乡愁向他袭来,让他欲罢不能。他很后悔母亲在世的时候,没有在她的身边多陪陪她。

他向曼求华请求辞去职位的时候,尽管觉得在意大利这八年公爵待他不薄,甚至有知遇之恩,但是他还是很坚定地请求辞职。公爵知道他归心似箭,尽管心有不舍,还是放虎归山。

　　三十一岁的鲁本斯回到荷兰的安特卫普之后,已经是功成名就的画家。和他以后的老乡凡·高的命运截然不同,他没有凡·高那样的倒霉,穷困潦倒终生,而是和他的前辈提香一样,早已经是腰缠万贯的富人。尽管人们对他评价不一,有一点事实却是明显摆在那里,让人们乃至整部欧洲艺术史对他都不可小觑。那就是他从意大利回国之后的画风大变,他不再亦步亦趋地模仿意大利的艺术,而是把目光、把画笔投向了自己祖国的大地天空、山川草木。他开创了的佛兰德斯画派,以独有的民族风格屹立于欧洲之巅,让当时的荷兰这样偏于欧洲之北一个小小的国家为世人瞩目。

　　才华横溢的鲁本斯只活到六十三岁。临终之际,他的手中还握着一支一直如影相随的画笔,没有合上的眼睛,正对着窗外家乡辽远的天空。他应该不会后悔他一生中曾经有过的这样关键的两次选择。

伦勃朗的滑铁卢

在画家之中,伦勃朗是一个倒霉蛋。他的油画《夜巡》,是他倒霉的滑铁卢。

在此之前,伦勃朗是荷兰阿姆斯特丹最有名的肖像画家。他的名气如日中天,光芒四射。那个年代,肖像画最为流行,有钱的人都希望有名的画家为自己和自己的家族所有的人画肖像,然后悬挂在自家的客厅或书房或走廊,成为一种荣耀和声名展示现世、传承后人的一种象征。这种传统源远流长,一直绵延到近代。因此,无论我们在卢浮宫,还是在世界各地的美术馆里都可以看到肖像画非常多,特别在古典画派的画作中,肖像画更是占据要津,令人眼花缭乱,审美疲劳。因此,那时候,时尚之风的裹挟,前来求伦勃朗来为自己画肖像的人络绎不绝,伦勃朗家一度门庭若市,常会让他应接不暇。所画的肖像,都是由伦勃朗自己定价,而且是一口价,绝不讨价还价。他每年为别人画肖像画的收入,可以有一万两千荷兰盾,相当于两万五千美元,这在三百多年前是个不小的数字。

那是伦勃朗最为辉煌的时期。

这样阳光普照的日子,在画完《夜巡》之后终结。

现在,回顾三百多年前的那段历史,会让我们感到可笑。但是,历史确实就是这样可笑地发生过。这是一幅众筹的定制油画,画的是炫耀辉煌战绩的夜巡者的群像。购画的钱由所有出现在画面上的十几个有钱有势的权贵们共同负担。可笑在于,这些权贵们的审美水平,和我们如今的土豪相似,他们只要自己出现在画面上的位置的重要和面容姿态的优美,而不顾整幅画作的构图布局和构思的均衡与深邃。因为这是他们出钱的理由,是他们自尊的体现。

只是,绘画是艺术,不是庆功会上的排座次,非要按照摆好的座签位置,让他们峨冠博带地气派地排成整齐的一排。伦勃朗把他们中有的人放在画面的光亮处,有的人放在阴影里,有的人画成了侧面,有的人画成背面。这些权贵们看后,有人不高兴了,我们出的钱是一样多,为什么在画面上出现的位置不一样?正面、侧面、背面又为什么不一样?他们纷纷抱怨之后,聚蚊成雷,愤怒如潮,开始冲伦勃朗发难,质问他为什么要这样画。伦勃朗如对牛弹琴一般回答:我是一个画家,不是调查户口的,我的任务是创造出美来,不是要计算人数,然后给你们按大小个儿排队!

如今,这样的回答,即使有人心里不满足,但表面上也不敢反对。但是,三百多年前,这样的回答,触犯了权贵们高贵的自尊。他们出了钱,一切就应该都听从他们的,画家的笔也应该为他们所指的方向挥洒。所谓有钱能使鬼推磨,画家能有例外吗?

于是,伦勃朗的回答,让他自己直抒胸臆,痛快是痛快了,从此登门找他来画肖像的,日渐稀少,最后,门前冷落鞍马稀。到底还是有钱能使鬼推磨,权贵们手中的钱,主宰着一切,画家只不过是他们手中的一枚棋子。没有人再来找他画肖像,没有人再来买他的画,以致最后他的画哪怕是减价拍卖,也无人问津。伦勃朗,曾经阿姆斯特丹最负盛名的肖像画家,一落千丈;曾经可以一掷千金最富有的画家,最后弄得连自己居住的房子都没有了,不得不搬离出豪华的别墅,搬进犹太区一个脏乱差的小公寓里栖身。

伦勃朗的高贵之处，在于面临这样层层叠压而来的窘迫和困苦，他没有屈服于那些权贵们。相反，他反省自己以前的肖像画作，大多描绘的是富人的骄矜和虚荣，他现在和底层的穷人生活在一起了，他了解到感知到他们和自己一样的痛苦不堪，他要描绘这些穷人现实生活。于是，他的画笔开始描绘阿姆斯特丹的农夫、渔民、贫寒的犹太教士、小知识分子的学者……

　　在这样最艰难甚至是债台高筑朝不保夕的日子里，伦勃朗创作出他被后世高度评价的优秀之作《盲人》。这幅充满生活质感和情感的现实主义的作品，画的是一个孤独衰弱的老人，听到儿子的敲门声，起身向门口迈步，他伸出双臂，由于心情急迫，脚把地上的纺车踢翻了。可以看出，老人双目失明，而且是刚刚失明不久，因为屋子里的东西放的位置，他还不熟悉，门口的方向也还不明晰，他只能试探着往前走，走得跌跌撞撞。这幅《盲人》，当然并没有引人注意，但是越到后世，越被人们重视。人们感动于伦勃朗以如此精细的笔触，勾勒出一个孤独无助的盲老人的悲惨情境与心情。

　　当然，人们更感动伦勃朗画这幅《盲人》的时候，自己眼睛的视力已经减退。为了把画面上的细节画得准确无误，他特意把人物画得比真人要大很多，好让自己蒙眬的眼睛看得更仔细一些，好让自己和普通人的心更贴近一些。从某种程度而言，这幅《盲人》，其实就是伦勃朗自己生活和心灵的投影。

　　对于艺术家来说，有人是幸运的，比如鲁本斯；有人则是不幸运的，比如伦勃朗。有时候，对于艺术家，幸运是腐蚀剂，而不幸运则是磨刀石，将他的艺术的刀锋磨砺得更加锋利。自从《夜巡》成为伦勃朗的滑铁卢之后，伦勃朗悲惨的命运始终没有得到改观，而是江河日下，一泻千里，越发不可收拾。和他相依为命的女友，以及他唯一的儿子,都走在他的前面相继英年早逝,一个紧接一个的打击,毫不留情地袭来。他成为贫寒和疾病折磨中的一个孤独老人,风烛残年,比《盲人》中的那个老人还要悲惨。

晚年的伦勃朗曾经画过一幅自画像,画面中的他,破衣烂衫,面容焦黄,一脸愁云惨淡。但是,他的嘴角却被画出坚定而不屈服的线条。命运就是这样嘲笑他,折磨他,却并没有让他屈服。这就是最后的伦勃朗留给我们的印象。

伦勃朗一直到死,生活与命运都是悲惨无比的。世人已经忘记了当年是如何朝奉一样到他家中高价求画了。世人也已经忘记了这位勤奋的画家为这个世界留下了千余幅画作。伦勃朗凄凉地死去,安葬费只花了可怜的五个多美金。

五个多美金!如今他的每一幅画作都是价值连城的无价之宝啊。这真的是一个残酷的对比。

为国王造像

戈雅是西班牙的骄傲,他是一个才华横溢的画家,几乎什么样题材的画他都能画。而且一生画风多变乃至影响后世。像他的西班牙的老乡,他的晚辈毕加索等人,都受到过他艺术的滋养。

人的命运,有时候是很奇特的,必然中常常会需要偶然的发生,才会让这个必然如种子破土发芽,最后长成参天大树,成为真正的必然。如果不是一位西班牙首都马德里的传教士,偶然间路过戈雅的家乡,戈雅还只是一个普普通通农民的儿子。但是,那一天偏巧这位传教士路过戈雅的村庄,偏巧戈雅正站在粮仓前,在用炭笔往粮仓的墙上画画,正好让这位传教士看见了。还有一点儿偏巧的,是这位传教士懂得绘画。如果他不懂绘画,就会连看一眼都不看戈雅,只顾往前走路走过去了,走进教堂或走过村庄。戈雅便还只是一个会往粮仓的墙上涂抹一点儿炭笔画的农民而已。

但是,命运就是这样在这些连环套一样的多重偶然巧合之间发生了。这位传教士被戈雅的绘画才能惊呆,他默默地站在那里,看了半天,一直等戈雅画完,从梯子上跳下来。他用一种不容分说的语气对戈雅讲:“请带我到你的父母家里去!”就这样,传教士说服了戈雅的父母,允许他带着戈雅到马德里去学画。命运,在这个时候发生了奇异的变化,戈雅从一个农民的儿子开始完成了一个画家的蜕变关键的第一步。

这一年,戈雅只有十四岁。

戈雅成了西班牙冉冉升起的一颗新星。他的地位逐渐替代了他的前辈维拉斯凯斯。在戈雅三十四岁那一年,他已经荣获西班牙圣玛克艺术学院功勋院士的称号。同时,当时西班牙的国王查理四世,还授予了戈雅西班牙"第一画家"的头衔。

不过,那时候的戈雅再如何出名,他也只是一名宫廷画家。即便他能够画各种风格的画作,但是,首先他受制于体制,要为宫廷作画。随着他的名声与日俱增,前来找他画画的王公贵族就越多。那时候的风气,是要画家为这些王公贵族画肖像。当然,排在第一位的是国王,他必须首先要为国王画像。

国王查理四世要求戈雅为他的整个家族画像,而且,要把他这一大家子一共十三个人画在一张画布上。这幅画像的难度,不仅在于人物众多,如何错落有致地排列在一幅画面之中,而不是排成单调的一排,像开什么会议之后的国王接见的合影留念似的;更在于国王这一大家子中很多人物长得奇丑无比。尤其是十三人的主角国王和王后两人,国王长着鹰钩鼻子,肥胖得像个大水桶;王后身材臃肿,面容更是呆板可憎。

这样的形象,该如何画?对于一个宫廷画家,一般的选择都会是不能原样照搬,而会把这一家子尤其是国王和王后画得漂亮一些,甚至光彩照人一些。所谓艺术来源于生活又要高于生活嘛。宫廷画家领受这样的任务,不仅是艺术的任务,更是政治任务。谁也不敢怠慢,掉以轻心,因为谁心里都明白,国王不仅掌握一个宫廷画家的饭碗问题,而且掌握着生死大权。

戈雅也是一个宫廷画家,他也面临着这样的选择。该怎么样画这不同凡响的一家子?一个画家,在任何时代任何地方,都会面临着不同的选择,是媚俗?是媚雅?还是媚势?媚权?

早戈雅一百多年的西班牙当时最有名的画家维拉斯凯斯,是戈雅的前辈,也是戈雅的老师,戈雅曾经学习模仿过维拉斯凯斯大量作品。维拉斯凯斯也曾经为国王画过像。那是当时菲利普四世刚刚登上西班牙王位的时候,他要维拉斯凯斯为他画一幅"第一张真正的肖像"。那意思很明确,就是要求维拉斯凯斯画一幅登基之后的标准像。虔诚而恭顺的维拉斯凯斯,没有辜负国王的期望,他精心为菲利普四世画的这幅肖像画,菲利普四世非常满意,以至下令将以前其他画家曾经为他画的那些肖像画全部从墙上拿下来,只挂维拉斯凯斯这一幅标准像。而且,以后自己所有的肖像,只由维拉斯凯斯一个人画。

自然,想起自己的前辈,戈雅没有一点儿责备的意思。作为宫廷画家,那时的地位,应该比现在还要悲惨,宫廷画家和宫廷小丑的地位是一样的。谁能够主宰得了自己命运的选择呢?

戈雅只是不想重走旧路,也像前辈维拉斯凯斯一样地为国王造像。同时,他也清楚,西班牙现在所处的时代和当年维拉斯凯斯所处的时代,已经大不相同。菲利普四世的时代,正是西班牙上升的时代,而现在查理四世已经处于没落时代,昏庸的查理四世的国王权力甚至旁落,而被王后和她的情夫所弄权。

同他的前辈维拉斯凯斯的恭顺,甚至有些阿谀奉承的性格不同,戈雅性格直爽,甚至有些咄咄逼人。他也不像维拉斯凯斯一辈子都在孜孜以求渴望自己从平民到贵族身份的改写,戈雅从来都认为自己只是一个阿谀乡间农民的儿子,他没有这样改变身份的欲望。

戈雅为查理四世一家画的这幅画像,没有采取一丝一毫的美化和遮掩,而是真实甚至有些夸张地描绘了国王一家。在世界上所有为国王或国王一家所作的画像中,戈雅的这幅油画别具一格,出类拔萃。他不仅真实地为国王一家存照,也为历史存照。这真的是了不起的,是需要勇气的。

戈雅把查理四世一家这十三人画得都呆板乏味,毫无生气,特别是国王和王后两位主角,画得更是丑陋无比,即便是国王身着笔挺的制服,佩戴闪亮的绶带,得意地笑,那笑容里显出的是愚蠢;而光着膀子的王后,即便佩戴的首饰光彩炫目,却更对比出她面容的粗俗和难看。有意思的是,这样一幅在旁人看来是一幅丑陋的画像,国王和王后很是喜欢。更有意思的是喜欢的原因,在于这一幅长达三米长一米多宽的画幅很大,大便成为了国王和王后艺术价值判断的标准。

戈雅一生为我们留下了两百幅人物肖像画,除为国王以及王公贵族所作的肖像画之外,还有相当一部分是为穷人所作的画像,其中《街头的盲人歌手》《卖菜妇》《挑水人》《收割干草》等一批优秀之作。所以,戈雅取代了维拉斯凯斯的地位,是理所当然的事情。他当之无愧。

如今,戈雅所作的这幅《查理四世一家》的油画,陈列在马德里普拉多美术馆里。一百多年过去了,查理四世死去了,戈雅也死去了,但这幅油画还是那样清晰如昨天,真实如历史。这便是绘画的魅力,只有艺术常青,比所有的人活得都长久。只有不顺杆爬媚上的真诚,才有可能让自己的艺术常青。

我们都是小小的土块

到巴黎，我在奥赛美术馆里整整待了一天。那里有太多我喜欢的画家。米勒是其中一位。站在他的名作《拾穗者》前，比印刷品看得要清晰而丰富。它的画幅不大，给予我的震撼却如弥漫的音乐一般，持久难散。

那三位在如火的烈日炙烤下弯腰拾穗的妇女，逆光中我几乎看不见她们脸上的表情，只能看到她们手里和地上零落的谷穗，以及她们身后的谷垛和远处的天光云色。没有我们画展上常见的那种丰收喜悦的金黄一片的谷穗荡漾，它的色彩是暗淡的，唯一的亮色，是三位妇女头上戴着的蓝、红、褐色的头巾。那颜色不是为生活的点缀或主题的升华，而是秉承着米勒一贯的主张：必得汗流满面，才能糊口为生。这样的主张，是极其朴素的，却是米勒一生艺术生涯的支撑。

对比我们的绘画，从中可以看出明显的差异。罗中立的《父亲》，画的也是农民，也是对于这样在土地上艰辛劳作的农民的情感表达。我们更愿意着力于面目皱纹细微的刻画，将土地遥远而且比艰辛更为复杂和丰富的感情背景，隐约或推向画面之外。我们也更愿意替父亲的耳朵上夹一支圆珠笔，人为地进行主题的升华和现实主义的深化。

画《拾穗者》那一年，米勒已经四十三岁。作为一个画家，这不是一个小的岁数了，在巴黎，他却还籍籍无名。那一年，他从家乡诺曼底的乡下来到巴黎，已经整整二十年了。他早已经无钱居住在房租昂贵的巴黎城里，像当时和如今很多流浪画家一样，搬离城市，到巴黎南郊的巴比松乡下，租住一间东倒西歪但便宜的茅屋，是他命定的选择。他就是在这里画下了这幅他自己最满意的《拾穗者》。他每年都把这幅画送到巴黎沙龙，希望能够参展，能够给他艰辛生活中一点儿安慰。那是当时画坛的权威，指挥并规范着这些出师无名画家的命运。每一年，《拾穗者》都被退回。巴黎美术界那些高高在上的权威，指责他画的那三个拾穗者，丑陋粗俗、面容呆滞，是三个田里的稻草人。他们嘲笑米勒是个土得掉渣儿的乡巴佬。

这样摩肩接踵的嘲讽和贬斥，这样一次又一次的失败，没有让米勒灰心。他知道自己的画作，不符合当时巴黎贵族的口味，那些戴着白手套端着香槟酒搂着纤纤细腰跳着优雅华尔兹的贵族老爷，是看不起弯腰拾穗和躬身扶犁一脸汗水一脚泥巴的农民的。他犯不上为了迎合他们，改变自己的风格，进而改变自己的内心。面对命运的选择，他选择了失败；面对这些污水如雨倾泻而来的非议和一次又一次残酷的失败，他说："我绝不会屈从，我绝不让巴黎的沙龙艺术来强加在我的头上。你们说我是一个乡巴佬，我就是一个乡巴佬，我生是一个乡巴佬，死也是一个乡巴佬。"

《拾穗者》的画面都是静穆的，有着古典主义的风格，却和传统的古典主义不尽相同，它给予我的是现代的感觉，靠近的不是遥远的天堂或虚构的世界，而是有着泥土气息的地面，是真正的田野，不是涂抹鲜艳颜色粉饰后或剪裁过或插着鲜艳旗子的田野。最初，我看到的是，那种在田间艰辛劳作的农民日复一日的疲惫、沉沦、甚至是无奈得有些麻木。后来，我看到，米勒画的农民，是沉默的、隐忍的。他们的劳作既是艰辛的，又是专心致志的；他们的心里既是枯寂的，又是心无旁骛的。我会感到那来自最底层的情感，那种情感既是脸朝黄土背朝天的，是艰辛的，又是对于土地的血肉相连的，是亲近的，是米勒自己说过的一种在艰辛劳作中所能够表现出来的诗情。这样的诗情，如今在我们的绘画中已经很难看见，在我们欲望横流的世界，就更难看见。

《拾穗者》创作于1857年，距今整整一百六十三年。一百六十三年前的画面，至今还能让我们感动，就是因为有这样的感情，这样的诗情，而有的不仅是社会学的，不是为了表达对农民的不平和不公的愤怒。米勒不是农民的代言人，他只是抒发了对农民和土地之间更为宽厚的感情和诗情。这种感情和诗情，便能够超越时代，而让我们后代人产生共鸣，那些画面中的农民，不仅是我们的父辈，也是同样在艰辛跋涉中付出过汗水也寄托着希望和诗情的芸芸众生中的我们自己。如同米勒最喜爱的画家米开朗琪罗曾经说过的一句话："我们大家只不过是慢慢地有了生气的土块。"我觉得米开朗琪罗说得特别的好，在命运的拨弄下，我们都不过是这个世界上一块小小的土块。乡巴佬米勒更是，只不过我们可能再怎样慢，也还没有让自己的这块小小的土块有些生气；而米勒则用他的画笔，让自己的这块小小的土块有了一百六十三年来长久不衰的生气。

雷诺阿听音乐会去了

那年的夏天,美国费城专门举办了一个叫作"晚年雷诺阿"的特展,从全世界的美术馆里收集到了雷诺阿晚年所有的作品,我特意赶去看。虽然早知道雷诺阿四十七岁开始患病,风湿造成关节炎和肺炎交织,一直在折磨着他;七十岁时半身不遂,无法行走,只好坐上了轮椅。但是,在展览会的一间很小的放映厅里看到一部黑白电影,发现晚年在戛纳家中的雷诺阿,枯叶一样萎缩在轮椅上的情景,还是让我吃惊不小。雷诺阿本来个子就矮小,萎缩在轮椅上的雷诺阿,显得越发的瘦小,银须飘飘,老态龙钟、瘦骨嶙峋的样子,实在让我不敢相信这就是印象派的伟大画家雷诺阿。

更让我吃惊的是,就是这样老病缠身的雷诺阿,内心却依然如同一座火山一样,充满那样旺盛的创作力。在电影里,看到他把画笔绑在手臂上,挥洒着油彩在画架前工作的情景,实在是我想象不出来的。他穿着类似医生白大褂一样的画衣,衣服上沾满了油彩,显得脏兮兮的。他的手臂如同枯枝,骨节变形的手指上长满节瘤,贴着胶布,缠着绷带,每画一笔都要比一般人费劲了不知多少倍,为了免去换画笔的麻烦,他不得不使用同一支画笔,每用完一次油彩后,在旁边的松节油里涮一涮,接着再画。画架前的那种老迈、迟缓与艰难,和画面上画出的那些明亮的色彩,那些充满生气的人物,那些几乎都是阳光照透的树木、花草、湖水的景物,对比得那样的醒目,甚至触目惊心，似乎有意在展示人生的艰难与美好的两种面貌。

偌大的几个展厅，展览的都是雷诺阿晚年的作品。一个瘫痪在轮椅上的老人，一个画笔要绑在手上的画家，还能够画出这样多的画作，并不是每一个画家都能够做到的。

"晚年雷诺阿"，实在是一个好的创意，一个好的主题。一边参观画展，我一边这样想。雷诺阿早期的作品，他没有生病和瘫痪在轮椅上时期的作品，固然也非常出色，但如果我们知道这里展览的作品都是他坐在轮椅上，把画笔绑在手上画出来的，该会产生什么样的感觉？

有意思的是，晚年雷诺阿画的大多是女人的身影和裸体，那里的女人无一不是肥硕的、健康的、美丽的；而且，无不都是像小孩子一样天真的、清纯的、活泼的。每一个人物，每一株树，每一棵花草，都是那样的金光闪耀，除了明亮的金色之外，还有绿色、黄色和红色，渗透进胴体的肌肤里，渗透进叶脉和花瓣中。特别是画展的最后一幅画，题目叫作《音乐会》，音乐会在画面之外，雷诺阿画了两个肥硕的女人正在穿衣打扮，准备去听音乐会，那两个女人占天占地，占满整幅画框，满怀的喜悦之情，几乎要把画框冲破。

站在这幅油画面前，我看了很久，音乐会动人的旋律，在画面之外的远方荡漾。能够听见那美妙的音乐，也能够听见来自雷诺阿心中的那动人的心曲。心曲的主旋律，不是悲伤和哀怨，而是对日常平易而琐碎生活地热爱和憧憬，是战胜病痛和困难地达观和乐趣，是生活地温馨和希望。让我感受到，似乎越是艰难的生计和不如意的生活，越是老迈的病身和苍凉的心态，越是让雷诺阿能够在自己的作品中彰显他敏感而张扬的心。

在这之前，我没有看过这幅《音乐会》。看这幅画的时候，仿佛在对视雷诺阿,我真的非常感动。我想起1919年的12月27日,七十八岁的雷诺阿由于两个月前支气管炎再次复发,卧床不起,一连两周没有动笔画画了。这一天,他艰难地从床上爬了起来,他怎么可以不画画呢?画画成为了他生活中乃至生命中的一部分。他让人帮助扶着他坐上了轮椅,把他推到画架前,准备画面前的那两个花瓶。然后,他让人去隔壁的房间取画笔,再像往常一样帮助自己把画笔绑在手上,就又可以画画了。就在画笔从隔壁的房间取回来的时候,他停止了呼吸。

我在想,雷诺阿一定是听音乐会去了。

谁打翻了莫奈的调色盘

想念吉维尼已经很久。

吉维尼是一个小村子,那里有莫奈的故居,人们都把它叫吉维尼花园。那是莫奈在四十三岁那年买的一块地,他在那里住了四十三年,住了他人生的整整一半,八十六岁那年在他的花园里去世,他的墓地就在吉维尼村的教堂边上。

莫奈刚买下吉维尼这块地的时候,他的妻子刚去世不久,那时,他的画卖得并不好,他只是把这块地种成了花园。有意思的是,他的赞助商破产,赞助商的老婆却成了他的续弦。我没有研究过莫奈的生平传记,心里猜想大概她看中了莫奈的才华,对莫奈有底气。果然,莫奈住进吉维尼不久,画一下子卖得好了起来,声名鹊起,财源滚滚。莫奈便又买了花园边上的另一块地,把它改造成了池塘,种了好多的睡莲,建起了那座有名的日本式的太古桥。他还成功地把流经吉维尼村外的塞纳河水引进他的池塘。而这一切都需要钱来做支撑的。莫奈的吉维尼花园渐渐地和他的画一样有名。

再次到达巴黎,当天下午我就驱车去了吉维尼,弥补上次来巴黎没有去成的遗憾。那里距巴黎七十多公里,不算远,但已经不属于巴黎的郊区,属于诺曼底。一路树林林深叶茂,浓郁的绿色将天空染得清新透明。过塞纳河右岸不远就应该到了,但我们却在乡间小道上迷了路。僻静的乡村,找不到一个人,玫瑰花开得格外的艳,樱桃树上的小红果结得那样寂寞。来回跑了好多冤枉路,终于找到莫奈故居的时候,天已近黄昏的时间,依然游人如织。窄小的入门处,如一个瓶口,进入里面,立刻豁然开朗,如潘多拉魔瓶水银泻地一般,展现在眼前的是莫奈的花园,姹紫嫣红,铺铺展展,热闹得像一个花卉市场。据说所有的花都是莫奈亲自从外面买来,品种繁多,色彩缤纷,叫都叫不出名字。其中最引人注目的是花朵硕大的虞美人和鸢尾花,那曾经是莫奈最爱画的花。不过说实在的,和我想象的不大一样,和莫奈画过的花园也不大一样,眼前的花园显得有些杂乱无章,就像并不懂得园艺的一个农人将种子随便那么一撒,任其随风地长,花开得虽然烂漫,却没有什么章法,各种颜色错综一起,像一匹染得花色串了色的花布。

也许,我对比的是法国凡尔赛、枫丹白露,或舍农索堡的皇家花园,那里的花园整体如同几何圆规和三角板的切割,和裁缝手中胸有成竹的剪裁。而莫奈要的就是这样风一样的自由,田园性格一样随心所欲的疯长。

不过,说实在的,莫奈故居的那座主体建筑的二层小楼外墙面涂的嫩粉颜色,窗户和外走廊栏杆和阶梯涂的都是翠绿的颜色,可真是觉得有些怯,心想这不该是最懂得并最讲究色彩的莫奈选择的颜色呀。这应该是还没有度过童年的小公主愿意涂抹的颜色,哪里是一个老头子选择呀。没办法,再伟大的画家也有世俗的一面,面对自己的选择有时也会有马失前蹄的时候。

小楼里人满为患,几乎到了摩肩接踵的地步。没有想到莫奈故居里居然有这样多的游客,而且有非常多的是日本人,莫非他们因为在这里有莫奈从日本买来的许多的东西,包括家具和碗碟,墙上挂着不少日本的浮世绘,日本人便千里迢迢来这里对莫奈投桃报李吗?

最漂亮的,要我说是花园后面的池塘。通往池塘的小径,一边有小溪环绕,一边是树木葱茏,花开得浓烈如同热情好客的向导,一路逶迤引你走去。有几座小桥和花门可以进得池塘,一碧如洗的水上,睡莲的叶子静静地躺着,和花园的喧闹有意做了对比似的,一下子安静了下来,让心滤得澄静透明。还没到睡莲开花的季节,亭亭的叶子,大大小小,圆圆的如同漂亮的眼睛,紧贴在水面上,似乎枕在那里还在蒙蒙而湿漉漉的睡梦当中。那座被莫奈不知道画了多少遍的日本太古桥,就在对面的柳枝摇曳掩映中矗立,和莫奈故居窗户和栏杆的颜色一样,也是翠绿色,在这里却格外和谐,有绿树和绿水的呼应和相互映衬,桥的绿色像是彼此身上亲密无间蹭上去的一样,那样亲切和快乐,那样的浑然一体,妙自天成。

我看到过二十世纪二十年代晚年莫奈在池塘边和太古桥上的照片,对照眼前的池塘和太古桥,没什么变化,特别是没添加一点别的东西。这是非常重要的,既然是故居,一切如旧,就是最好,也是最难保持的。在故居的保护方面,做新容易,持旧却难,但唯有持旧,才能够让我们在故居这样特定的环境中,感觉时光倒流,昔日重现,和还能有和莫奈在这里邂逅的冲动和错觉。

池塘是莫奈晚年最爱流连的地方,这里的睡莲大概是莫奈用的是比他的前妻还要多的模特,不厌其烦地被莫奈一遍遍地画。莫奈爱选择在不同时间坐在池塘边画睡莲,他会比我们所有人都能感受到细微的光线的变化,而这些光线就是莫奈的另一支画笔和另一种色彩,帮助他完成了那一幅幅的睡莲。没有谁能够比莫奈更懂得睡莲的了,没有谁能够比莫奈画得更好的睡莲的了。只有站在这里,才会明白莫奈对于睡莲的感情。我们古代画家讲究梅妻鹤子,即把梅花和仙鹤人化和圣化,当成了自己妻子和孩子一般。莫奈其实也是把睡莲内化成他的生命一样，也是他自己身心的一种外化。

记得莫奈的老师欧仁·布封曾经这样教导过莫奈说："当场直接画下来的任何东西，往往有一种你不可能在画室里找到的力量和用笔的生动性。"这个教导对莫奈很重要，一生受益。莫奈坚持室外写生，这里的池塘便是他的老师的化身。我们特别愿意把莫奈当成印象派的画家，以为他完全可以靠印象肆意去画，殊不知面对池塘和睡莲，他的写生是如此认真和持久。他并不完全凭仗印象，他同时相信室外写生时的力量和用笔的生动性。而这力量和生动性是池塘和睡莲给予他的，他才在大自然的万千变化中找到了艺术鬼斧神工的魅力，找到了属于他自己神性的睡莲。

漫步环绕池塘走了一圈之后，我在想，人的一生真的是充满了偶然性，画家也不例外，如果没有这里长满睡莲的池塘，莫奈可以到别处写生，也可以写生别的，但还会有他的那一幅幅让他声名大振的睡莲吗？看莫奈的画，画得最多的，也是最好的，还得属睡莲。相同的睡莲，让他画出了千般仪态、万种风情，画出了心，画出了梦，画出了无数精灵，真的是哪个画家都赶不上的。

站在池塘边，想到在巴黎橘园里看到莫奈画的那环绕四面墙的巨幅睡莲，想到在纽约大都会博物馆看到莫奈画的占据了整面墙的长幅睡莲，能够感受到那里的每一朵睡莲都来自这里，这里的池塘成就了莫奈。莫奈和他的睡莲，和这里的池塘，彼此辉映，成就了一个时代的辉煌。

能够造就一个时代的辉煌，在于理想，在于才华，但想想莫奈在吉维尼四十三年直至离开这个世界，一直坚持画面前的睡莲，谁能够坚持这样漫长的岁月，谁都可能创造属于你自己的时代的辉煌。

塞尚有一只鹦鹉

和凡·高一样,塞尚一辈子不走运。年轻的时候,塞尚从家乡艾克斯来到了巴黎,就像如今我们来自各地的流动画家纷纷拥向北京一样,成为好几万流动画家中的一位。

塞尚的画很长时间,没有得到巴黎的认可。相反,人们对于他那些色彩浓郁,而且特别喜欢用浓重大色块的画作,嗤之以鼻,嘲讽他说:颜色艳得吓人!恨不得把一桶颜料都泼在画布上!画布成了他堆积颜料的地方了……诸如此类尖刻的评论,风卷残云一般,不胫而走。

塞尚不理会他们地讥讽。那时候,他常常到卢浮宫里临摹古典大师的画作,他特别喜欢威尼斯画派的画作,那些画上面的颜色不是一样异常艳丽吗?不是很美吗?他坚信浓重的色块同样可以造型,不见得都像古典画派那样循规蹈矩。只是,他的坚持并没有得到幸运女神的青睐。一直到二十七岁,他将自己的一幅《那不勒斯的午后》送往巴黎沙龙画展,石沉大海,连个回音都没有收到。他收到的依然只是嘲讽,甚至是羞辱。他几乎成为了当时巴黎受到羞辱最多的一个画家。

他的父亲是家乡艾克斯的一个小银行家,老塞尚心疼地对他说:"我亲爱的孩子,你看看你,现在混成这样子,画画对你有什么好处呀?你真是太傻了,太傻了!还是赶紧回来当银行家吧!"

塞尚并没有听从父亲这些充满父爱、发自深心的意见,他依然坚持做着父亲所说的傻事。坚持,对于一个人的成功而言,是最起码的先决条件。尤其是面对屡屡失败之后,还能坚持,是一个成功者心理的定数。

一晃,日月如飞,人过三十。都说三十而立,塞尚依然寸功未立。他只是和他的女模特结了婚,在他三十二岁那年生了一个儿子。无可奈何,他回到了家乡艾克斯,但不是回去找父亲和解,浪子回头,继承父亲的事业,安安稳稳地去当一个小小的银行家,而是依然坚持作画。在生活走投无路之际,依然选择对自己心中制定的目标的坚持,更是不容易的。这不仅需要心中的定力,更需要对自己所选择目标的信心。

自然,他的日子过得依然潦倒不堪,他画的画堆积如山,一幅也卖不出去。他的画画完之后,到处乱丢,甚至丢到田里。同样作为画家的莫奈,就从一块石头上捡到一幅塞尚的《出浴人》。人们谁也没有拿正眼看过一下塞尚,没有觉得他是一个落魄的天才,是一块被埋没在沙砾之中闪闪发光的金子,相反觉得放着父亲为他安排好的银行家这样美美的富二代不做,却天天画这些一文不值的狗屁画,简直是一个不可理喻的怪人。甚至连他中学时候就认识的好朋友左拉,路过艾克斯,连看都没来看他。

无论在巴黎,还是在家乡,塞尚都像孤魂野鬼一样,寂寞地跋涉在他的艺术小径上。有好心的乡亲看到塞尚这可怜的样子,为了安慰他,从他那里拿走他的画,以表示欣赏,但拿回去就放在阁楼里任老鼠咬噬。塞尚有一个好朋友叫肖凯,替塞尚不平,别人不买塞尚的画,他自己花钱买了一幅。这是塞尚生平卖出的第一幅画。只是,塞尚不知道,肖凯买了他的画,却不敢挂在自己的家里,怕妻子不能容忍塞尚的画。肖凯是让他的一个朋友把画带到他的家里，装作请肖凯评画，然后再装作忘记把画带走。塞尚的这幅画，才勉强得以挂在了肖凯的家中。

1889年，在肖凯的极力支持和帮助下，塞尚的画终于在那一年的万国博览会上得到了展览。

但是，这样的情景不过是昙花一现，尽管画有了销路，但那时候塞尚的画并不值钱，莫奈曾经买过他的一幅《村庄之路》的油画，最贵不过只要800法郎。大多数人并没有看上他的画，有刻薄的人甚至这样说他："在他的一生中，最令人钦佩的，就是他始终画得很糟糕！"

这些刺耳的话，并没有动摇塞尚的心。他始终坚信，一幅画画得美不美，主要特质不在于传统讲究的透视和色彩的和谐，而在于你自己所创造的结构形式，在于你能不能找到产生美的光，在大自然和你自己的视觉与心里波动下属于自己的逻辑。他希望创作出属于自己光与色彩逻辑的崭新画派，而不想跟在前人的屁股后面，做一个亦步亦趋的模仿者、重复者。

在塞尚的画室里，养着一只大鹦鹉，只要有人走进来，鹦鹉就会大声叫道："塞尚是个大画家！塞尚是个大画家！"塞尚就会指着鹦鹉，带有几分得意又自嘲的口吻，笑着对来人说："这是我的艺术批评家！"

这只大鹦鹉，帮助塞尚找到自信。他让自己在纷乱的世界和潦倒的生涯中，尤其是外界的不理解甚至是讽刺和羞辱中，找到让自己坚持下去的心理平衡的暗示和动力。在塞尚的一生中，除了肖凯，这只鹦鹉是他重要的朋友。人的一生中，需要真正的朋友，需要心理平衡与信心的一点儿支撑。

一辈子没有看好过自己儿子的父亲，一辈子想让儿子继承自己的衣钵当一名银行家的父亲，去世前留给塞尚200万法郎的遗产。这是一个对自己儿子缺乏理解但不缺乏爱的父亲最后的一点儿心意。在当时，200万法郎不是一笔小数目，但是，塞尚所要的不是遗产，再丰厚的法郎，对于他只是一个数字而已，而不是他手中的重如千钧的画笔，不是他眼前缤纷浓郁纷至沓来的色彩。他握紧父亲的这一份爱，同时握紧自己手中的画笔。

如今，塞尚的画，已经价值连城。2015年，塞尚的《从圣埃斯塔克山上远眺伊夫古堡》，便卖出1350万英镑折合人民币一亿三千万元的高价。

当年在家乡艾克斯，将塞尚送给他们的那些画之后随手丢在阁楼让老鼠咬噬坏掉的那些人，后来该是怎么样咬碎后槽牙一般地后悔，因为镇子上一个老汉卖掉当年塞尚送给他的一幅很小很小的画，就舒舒服服地过了一辈子。

可惜，塞尚和他的那只鹦鹉，都没有看到这样的盛景。如果看到了，那只鹦鹉更会大声叫道："塞尚是个大画家！塞尚是个大画家！"这只鹦鹉，不仅是塞尚的朋友，更是预言家。

塔西提岛落花

对于高更,塔西提岛是他艺术再生的福地;对于今天的我们,塔西提岛,成为了旅游胜地。高更把他对于塔西提岛的想象、夸张、创造和重构,辐射到现在。一个本来并不知名的小岛,有着如此脱胎换骨乃至出神入化的变异,可以让人看到艺术叹为观止的造化与力量。

在塔西提岛,高更有好几个情人。特哈玛娜是其中的一个。塔西提岛上的毛利女人,和巴黎的贵妇、艳妇和荡妇绝然不同,让高更着迷而沉浸其中。他这样形容在河边洗浴的这些女人:"挺着胸脯,奶头上的两片贝壳在纱裙下竖起,像只健康的小野兽那么的灵活婀娜,身上发出动物和檀香混合的气息。'现在好香啊!'她们说。"高更说她们是小野兽,多么好的比喻呀,野性中的性感和美感,和文明磨砺后矫饰出来的性感和美感,是多么的不同。巴黎的那些女人,已经被文明训练成驯服或扭捏做态的猫。

在对于艺术美学的感悟和见解方面,高更似乎更相信这些毛利女人,而不大相信巴黎沙龙里的贵妇人。

高更曾经为特哈玛娜画过一幅画。那是因为有一天他半夜回到家——说是家,其实,只是用芦苇做成的简陋的房子,这样的房子,即使和巴黎贫民窟的房子都无法相比。但是,在高更的眼里,那芦苇形同一个乐器,在柔媚的月色风声中,夜夜飒飒响动着美妙的乐曲,伴他和特哈玛娜度过一个个良宵。

这一天夜里，当高更推开芦苇编成的草门，一眼看见了特哈玛娜赤身裸体地趴在床上，歪过头来，一双眼睛，如同沉沉浓郁无底的夜色，充满哀怨和恐惧地望着他。他心里一惊，顿时明白了她的心思，她一定这个样子趴在床上等他很久了，她是害怕他再不会回来了。这种担忧，像影子一样，一直伴随着她；又像风浪中颠簸的船，让她一直在动荡之中，不知哪里和何时可以拢岸。因为在塔西提岛，他是一个外来的闯入者，他的根并没有扎在这里。即使特哈玛娜从来没有开口问过他，他自己也回避这个问题，他是否有一天会离开这里？但是，这样的担忧，一直像是夜色笼罩，天亮时夜色暂时散开，晚上到来的时候，夜色又开始铺天盖地地降落。

高更明白，特哈玛娜对自己这样的凝视，在忧心忡忡中，也有一种对自己的深情和真情，在那一刻，超乎了情欲与性欲，像一条鱼跃出海面，渴望能像鸟一样飞翔至天空。

高更为夜色中的特哈玛娜画的这幅油画，即如今有名的《游魂》，又叫《精灵在注视》，被称为象征主义的代表作。

在这幅《游魂》中，炫目的紫色夜的背景，鲜亮的黄色的床单，古铜色浓重的特哈玛娜的裸体，脸上一双明澈的黑眼睛，股沟上一抹惊心的红，色彩对比得是那样的富有张力，富有感官刺激，又富有联想。那不是现实中所呈现的真正的色彩，而是高更自己的主观色彩在画布上肆意地挥洒和涂抹。浓重的大色块，是特哈玛娜也是高更自己性格与心情的显示和宣泄。他愿意这样暴风雨摇撼得粗枝斜干满地落花一样豪放张扬，而不愿意像西尔斯琐碎的点彩成型，或莫奈短暂的印象为色。这样厚厚的云层堆积而成的大色块，成为了高更的标志，成为了塔西提岛的生命的底色，为后来者认识高更并由此开创自己，打开了一道沉重却新颖别致的大门的一道门缝儿。

有一次，高更和岛上的土著人一起出海捕鱼，他捕到两条金枪鱼，鱼钩插进了鱼唇。按照塔西提岛的风俗，这是自己在家里的女人出轨的征兆。果然，特哈玛娜出轨。那天晚上，特哈玛娜向上帝祷告后，赤身裸体地来到高更的面前，含着眼泪对高更说："你揍我吧，狠狠地揍我吧！"

高更没有揍她。事后，高更说："面对这样温存的面孔，这样美妙的身段，我想到的是一尊完美的雕像。她这样赤裸全身，好像穿着一件橘黄色的纯洁之衣，比丘的黄袈裟。"

看完高更说的这番话，我有些卑劣地暗想，如果特哈玛娜不是裸体而是穿着漂亮的衣服来到高更的面前，会怎么样呢？高更还会如此心动，并在心里涌出这种圣洁的想法吗？在表达情感方面，塔西提岛的土著女人，愿意裸体而示。高更认为，这是更接近原始却也是更近古典接近艺术的一种表达。因此，在高更的眼里和画里，裸体的女人更美，更具有和这个丑陋世界对比和抗衡的想象空间和力量。

两年之后，高更离开了塔西提岛。这是命定的别离。无论再怎么美化塔西提岛是高更的心灵与精神的故乡，是他艺术再造的天堂，那里毕竟不是他的家，不是他的归宿。这一点，塔西提岛很像我们知青的北大荒，再如何泪流满面地怀恋和尽心忘情地描摹，知青还是一个个地如候鸟一样离开了那里。

高更离开塔西提岛的时候，特哈玛娜一连哭泣了好几个晚上。她知道，水阔天长，南北东西万里程，就此天各一方，一别永远。

两年之后，高更写作《诺阿诺阿》一书时，写了这样一个细节：船离开码头的时候，高更看到特哈玛娜耳边的那朵花落在膝盖上，枯了。这样的描写，我是不信的，以为只是文学惯常的修辞而已。哪会有这样的巧,船刚好开的时候,情人耳边的花就恰到好处地落在她的膝盖上? 如果是枯萎,早就该落了。高更,还是巴黎人,欧洲人,还是脱不掉做作的文明派头——他自己所说的表情上的羞羞答答。

倒是高更说他拿起船上的望远镜,看到了岸上的特哈玛娜和塔西提岛的土著人唱着离别忧伤的歌谣,从唇形上看,他知道他们在唱着塔西提岛古老的歌谣。那歌谣中有这样几句:

快快赶到那个小岛,

会看到我的薄情郎,

坐在他喜欢的那棵树下,

风啊,请告诉他我的忧伤……

我相信,这会是真的。只不过,坐在他喜欢的那棵树下的,不会是高更,而只会是特哈玛娜。无论怎么说,塔西提岛,是特哈玛娜的,不是高更的。塔西提岛,只是高更创作的一幅油画,一个童话,一个旅游地。

红磨坊舞会

　　1901 年，是劳特累克生命的最后一年。三十七岁的他，却已经命悬一线，风烛残年的老人一般，衰弱得如同一棵秋后的枯草。一年前，他已经病得很重了，回到家乡阿尔比母亲的马尔罗梅别墅养病。本来他的个子就小，如今拖着衰弱的身子，更显得瘦小不堪。但是，他坚持要回到巴黎，再看看朋友们，主要想重访红磨坊。

　　红磨坊，对于劳特累克一生至关重要，他成名于此，世上对劳特累克的私生活非议甚多，多数的非议，也都发生于此。作为巴黎城新型的娱乐胜地，红磨坊建立于 1889 年，这一年，是摧毁巴士底狱一百周年；这一年，埃菲尔铁塔在争议中建成；这一年，巴黎要举办世博会。这一年，劳特累克二十五岁。

　　红磨坊仿佛是专为劳特累克而诞生。劳特累克最为著名的红磨坊系列油画和海报，都是在红磨坊歌舞升平和灯红酒绿的高潮中诞生的。当时和后世画红磨坊的画家有很多，但哪一位也无法与劳特累克比肩。红磨坊房顶上的风车，和劳特累克一起，成为红磨坊醒目的标志。所谓时势造英雄，没有红磨坊，就没有劳特累克，就没有劳特累克这样一批当时风靡红磨坊和日后闻名世界的作品。当然，也就没有劳特累克的传闻包括患有梅毒等等那样多是是非非的事情。

　　在红磨坊，劳特累克认识很多欢乐场中的女人，很有几位成为了他的红颜知己。拉·姑柳不是和他交往最深的一位，却是让他最难忘的一位。拉·姑柳是当年红磨坊的头牌，最红的舞女。她比劳特累克小两岁，最开始在一家叫作饼干磨坊演出的时候，劳特累克就认识了她。曾经看到过1890年姑柳二十四岁时候的一张半裸照，俊秀的面容，圆润的乳房，招人眼目。就在这一年，色艺双全的姑柳被红磨坊挖走，很快成为了红磨坊的台柱子。就是在那时候，劳特累克为她画的海报，张贴在红磨坊的门前，让更多巴黎人蜂拥而至。那幅一群众星捧月的围观者，被处理成黑色剪影的背景，中间动感十足姿态婀娜的拉·姑柳，成为红磨坊最为鼎盛时期的一个象征，甚至是红磨坊一个时代的象征。这幅海报，被印成张贴画，一百多年过去了，至今依然张贴在红磨坊和很多别的地方，成为人们怀旧的一种想象的依托。

不过，红得快，衰得也快，欢乐场翻手为云覆手为雨的沉浮起落之间，常常是舞女不可知的命运。五年之后，年近三十的姑柳，被红磨坊无情开掉，只好回到自己的小平房前，拉个野场子，心酸地演出赚钱度日。姑柳找到劳特累克，希望他能为自己画两幅画，挂在自己的平房外面的墙上，好招揽观众，维持生计。劳特累克二话没说，立刻为她画了大幅的油画，一幅《方块舞》，一幅《摩尔舞》，送给姑柳，悬挂在她的房前，成为红磨坊之外最醒目的一景。

此次重访巴黎，劳特累克最想看望的是姑柳。他一直惦记着离开红磨坊之后姑柳的生活境遇。

还是在那小平房里，劳特累克找到姑柳，姑柳已经贫病交加，而且，由于贪吃而肥胖得身体变形，已经无法再跳舞了。劳特累克想象得出姑柳肯定会有凄清的变化，但想象不到竟然变化得让自己认不出来了。算一算，才三十五岁的年龄，却不仅早已是朱颜辞镜，更想象不到肥胖臃肿得这样厉害，苍老得这样快。做舞女的心酸，谁能知道?"舞者的难处,是没有人会期待你张口把话说出来。"有歌这样唱道。

想象在红磨坊中曾经风华正茂的姑柳,想起十一年前,1890年姑柳刚去红磨坊的时候,自己画的那幅《红磨坊舞会》,画面中心位置,穿着红裤子翩翩起舞的姑柳,仿佛不曾是真的发生过的情景似的。重逢姑柳那一刻,劳特累克的心情是那样的沉重。

往事如烟,一切都已经过去,就像自己的生命一样,如水而逝,无可挽回,瞬间就走到了尾声。从姑柳家告别出来,默默地走在红磨坊的大街上,一种同是天涯沦落人的感觉,袭上心头。他为姑柳,也为自己伤感。

劳特累克为姑柳画的油画一共有十二幅,其中最著名的是《红磨坊舞会》。劳特累克为红磨坊其他的舞女和妓女画过好多幅油画,比如他为红妓女珍妮·阿弗莉画过的两幅画,她也是劳特累克的红颜知己,同为贵族出身,更让劳特累克同气相投。但是,那两幅画,《跳舞的珍妮·阿弗莉》也好,《走出红磨坊的珍妮·阿弗莉》也好,我觉得都没有为姑柳画的那些画更生动,充满动感和生气,特别是《红磨坊舞会》,真的是劳特累克的巅峰之作。

劳特累克有一位好朋友叫乔怀安,是一位画商,是他的知音,也是他有力的助力者。1893年,劳特累克二十九岁那一年,乔怀安为他举办了他生平的第一次画展,让劳特累克在巴黎一举成名。画展在乔怀安的画廊里,为避免麻烦,乔怀安把劳特累克画的舞女妓女的作品陈列在二楼,只对朋友开放。这次画展获得成功,画家德加特意来参观,德加比劳特累克大三十岁,是劳特累克的前辈。他看到二楼的那些作品,特别是看到那幅《红磨坊舞会》,忍不住称赞。同为画家,德加和劳特累克惺惺相惜,心心相通。艺术,本质是感情,是向下而非媚上投以真诚的感情,如福克纳所说,艺术需要自尊心、同情心、怜悯心,即向那些比自己还要弱小卑微的受侮辱受损害的人,投以自尊心、同情心和怜悯心。作为画家,拥有这样三心,才可能敢遣春温上笔端。

青和蓝不是一种颜色

二十多年前,我和席勒(Egon Schiele)擦肩而过,失之交臂,至今想来,十分后悔。那是 1997 年的秋天,在捷克的克鲁姆洛夫山城脚下,正有一个克里姆特和席勒的联席画展。因为在山上耽搁的时间长,下山时天已黄昏,行色匆匆,便没有进去看。其实,也是自己的见识浅陋,当时只知道克里姆特,不知道席勒,还非常可笑地以为是德国的诗人席勒呢。

在欧洲,席勒是和克里姆特齐名的画家。应该说,克里姆特是席勒的前辈,既可以称之为席勒的老师,也可以说是席勒的伯乐。1907年,在奥地利的一家咖啡馆,克里姆特约席勒见面。那时,席勒籍籍无名,克里姆特已经大名鼎鼎,是欧洲分离派艺术联盟的主席——猜想应该是和我们这里的美协主席地位相似吧?克里姆特看中了这个和他的画风相似特别爱用鲜艳大色块的小伙子,把他引进他的艺术联盟。干什么,都有专属于自己的一个圈子,一百多年前的欧洲,和如今的欧洲,或和我们的这里,没有什么两样,美术圈子,也是一个江湖。

客观讲,克里姆特是有眼光的,对席勒有着引路人的提携之功。那一年,克里姆特四十五岁,席勒只有十七岁。他应该感谢克里姆特有力的大手对自己的扶助。

2006 年,在芝加哥大学的图书馆里,我借到了一本席勒的画册。

那本画册,收集的都是席勒画的风景油画。在那些画作中,我看到了熟悉的山城克鲁姆洛夫。尤其是站在山顶望山下绿树红花中的房子,错落有致,彩色的房顶,简洁而爽朗的线条,异常艳丽,装饰性极强。

他居然画了这样多克鲁姆洛夫的风景,画中的那些风景,对于我那样的熟悉,也让我惊讶。后来,我才知道,克鲁姆洛夫是席勒母亲的家乡。怪不得1997年他要在那里办他的画展。只是那时候我对席勒的了解依然是浅薄的,只看到了他的风格独特的风景画,没有看到他浓墨重彩的重头戏——人体画。

又过了四年之后,陆续到美国几次,在很多家美术馆里,看到了席勒的人体画,同时借到了席勒的多本画册,才对他有了进一步的了解。克里姆特是他的老师,克里姆特的装饰风格,以及用橘红、绿和蓝大面积的艳丽色块,对他的影响极深,能够从他的画作中看到克里姆特的影子。但是,我也惊讶地发现,他和克里姆特的画风并不尽一致,甚至有些大相径庭。

克里姆特的人体,大多是如他的著名画作《金发女人》一样衣着华丽的贵妇人;席勒的人体,则大多是裸体,有女人,也有男人。克里姆特的人体,是局部写实中整体带有浓郁的装饰风格,雍容华贵,典雅而现代;席勒的人体,则是性器官赤裸裸的、张扬的、怪异的、狰狞的,甚至是村野的、丑陋的、焦灼的。同样艳丽的色块,在他们彼此的人体中显示着不同的艺术追求和完全迥异的内心世界。席勒自己的那些风景画,也和他的人体不一样,那些艳丽的色块,渲染着、对比着风景中的宁静;而在人体中,则渲染着、对比着内心的激情与欲望的躁动不安与不知所从。那些从克里姆特那里学来的橘红、绿和蓝,像水一样融化在他的风景画中,却如火焰一样跳跃在他的人体画里,像是我们京戏里重重涂抹在人物脸上的油彩,那样的醒目而张扬。

我也多少明白了,席勒为什么在心里并没有把克里姆特认作是自己的老师,尽管是克里姆特把他引进欧洲美术界。他甚至根本就没有把克里姆特放在眼里。他画过一幅题名为《最后的晚餐》的油画,居然用自己的肖像,取代了中间位置的耶稣,而将空缺的那个座位上的人物指陈为克里姆特。这样明显的桃代李僵,画朱成碧,是任何人都看得出来的。如果放在我们这里,如此的为师不尊,狂妄自大,即使不被口诛笔伐,大概也难在江湖里混了。但是,克里姆特并没有对席勒说什么,任他如此野心勃勃,一条路走到黑;任他反感并直言反对自己华丽的贵族风。艺术从来就是这样各走各路,他并不希望席勒笔管条直地成为克里姆特第二。

1918年,克里姆特去世,席勒果然取代了克里姆特的位置,在欧洲画坛上名声大振,卖画的价格也随之暴涨了三倍。人们像认可克里姆特一样,开始认可了席勒。

可以这样设想一下,如果席勒当年对于克里姆特的引路和提携感激涕零,跟随在克里姆特的屁股后面亦步亦趋,然后拿着老师的名牌借水行船兜售自己,这个世界上还会有一个席勒吗?

席勒和克里姆特,让我想起另两位美术家。他们是法国著名的雕塑家马约尔和罗丹。罗丹比马约尔大二十岁,是马约尔的前辈、老师,也是马约尔的鼎力支持者,是马约尔的伯乐。可以说,没有罗丹,很难有马约尔以后令人瞩目的发展。马约尔和罗丹之间的关系,可以说是席勒与克里姆特的翻版。

马约尔学雕塑很晚。那是1898年的事情了,那时马约尔已经三十七岁,早过了而立之年。而那时五十八岁的罗丹的雕塑和他的名声,如当年的克里姆特一样,已经如日中天,像一座巍峨的高山,难以逾越。

马约尔小时候就喜欢画画,想入专门的美术学校学习画画。他的父亲是个水手,兼做一点儿小生意,不同意他的这个想法,在父亲看来,这实在不着调,不如老老实实做点儿本分的事,长大以后才好养家糊口。父亲死后,当地好心的市长看中了马约尔的画画才能,推荐他到地方博物馆正规地学习素描,然后,又顺利地进入巴黎学习绘画。

不过,这样的正规学习,看似道路顺畅,多少也有些风光,让他从法国遥远接近西班牙的偏僻的南方小镇一下子进入了法国的文化艺术的中心巴黎。但是,如同我们国家大量学习美术的年轻人蜂拥到北京一样,并不能真正地可以以画画为生。父亲说得没有错,画画解决不了生活的出路问题,马约尔最后还是从巴黎回到了南方的家乡巴尔纽斯,在乡间一家工厂找了一份差事,照父亲说的话,老老实实做本分的事。

马约尔和同在乡间工厂的一位女工结婚,开始了居家的寻常日子,他的父亲,他的乡亲,都是这样娶妻生子过日子的。很多曾经在年轻时候富有才华和理想的人,在这样日复一日的寻常生活中,渐渐地磨平了自己身上艺术的光芒,以致最后彻底地丢弃和遗忘。

马约尔总是心有不甘。百无聊赖时,他玩起了雕塑。最初的雕塑,他用木头雕刻出一个圆形的东西当人的脑袋,再雕刻出一个大一点儿的圆形当人的肩膀,再雕刻出两个小的圆形当乳房,最后雕刻出最大的一个圆形做肚子——一个女人形象的雕塑,就这样完成了,简单,如同儿童搭积木。

这就是马约尔雕塑之路的第一步,他找到了属于自己生活的快乐，也找到了属于自己雕塑的方向。这是 1898 年的事情。

两年之后，1900 年，马约尔以妻子为模特，用黏土雕塑成一尊《勒达》的坐像，首次参加美术展览。这尊雕像很小，只有二十七厘米高，却被当时法国一位很有名的作家兼评论家米尔博一眼相中，当场买下。米尔博很欣赏这位陌生雕塑家的这尊雕塑，拿给罗丹看，罗丹一看，英雄所见略同，和米尔博一样，立刻喜欢上了这尊小小的雕塑，并大为称赞："它很引人注目，因为它一点儿也不卖弄炫耀。"随即，他请米尔博带路，也买了马约尔的另一件雕塑《小浴女》。

名人的效应，在任何时代，都会起作用的，更何况是法国雕塑的权威人物罗丹呢。名不见经传的马约尔，一下子让人们注意到他，开始有人请他参加展览。1902 年，他的《勒达》再次展览，1905 年，他的日后成为代表作的《地中海》参展。不过，那些看过展览的一些美术界的批评家，可不都像米尔博和罗丹一样，对马约尔称赞有加，相反，都认为马约尔的雕塑丑陋不堪，臃肿不堪，而嗤之以鼻。

这不应该怪罪当时的这些批评家。因为在当时的雕塑作品中，他们从来没有看见过如马约尔一样的雕塑，他们看惯的是罗丹那样现实主义的雕塑作品，人物的形象和生活中一样，流畅的线条富有韵律和美感。哪里像马约尔的雕塑，一个一个都是女人，而且，所有的女人都圆胳膊圆腿，粗壮，甚至肥胖臃肿。马约尔不像罗丹，将雕塑的形象和意义，都和人物本身相融合为具象的一体，比如《思想者》就是一个手扶着头做沉思状的男人，《巴尔扎克》就是作家巴尔扎克本人的再现。马约尔却将所有要塑造的各种形象，和要表达的不同主旨，千条江河归大海，万变不离其宗，都化为了女性。如今，已经负有盛名的《山岳》《河流》，被他雕塑成了女人；就连《塞尚纪念碑》和《德彪西纪念碑》，他也都不像罗丹雕塑巴尔扎克一样，塑造一个真的画家和音乐家的形象，而还是女人。一般人无法理解，河流和山川怎么都成为了女人了呢？纪念的是塞尚和德彪西，怎么也都被雕塑成女人了呢？据说，当时塞尚的家乡并不接受马约尔的这尊雕塑。

这是和自古希腊以来的所有雕塑都不尽相同的，和人们见惯并喜欢的罗丹的雕塑不尽相同的。其实，这是和人们传统的审美标准，和人们既定的对世界的认知与理解的价值标准不尽相同。

罗丹的伟大，在于他的雕塑作品，曾经开创了法国乃至欧洲的一个时代；更在于他的眼光的远大，他看到了马约尔横空出世的价值和意义，更在于和自己的完全不同。马约尔雕塑的女性，没有一点儿色情的味道，却充满对眼下这个刚刚进入二十世纪的新世纪的躁动喧哗的一种安详静穆的沉淀的力量。马约尔以简约爽朗的线条，以女性饱满丰腴的身体，以一种孩子般看待这个世界天真的眼光和心思，让人们既能看到遥远古希腊雕塑的影子，又能嗅到新时代蓬勃朝气的气息。同自己的雕塑是现实主义的不同，马约尔的雕塑是象征主义的。

罗丹确实是伟大的，他的感觉完全正确。如果说罗丹属于一个已经成功的时代，那么，马约尔属于一个正在开拓未来的新时代。前者已经是一片鲜花盛开的花园，后者还是丛丛荒草地。但是，在这样的处女地上，马约尔以自己崭新风格与形象的雕塑，进入了二十世纪，罗丹正是他进入这个新世纪的发现者和引路人。

1909年，罗丹六十九年，马约尔四十八岁。在这一年巴黎秋季沙龙美术展览中，罗丹和马约尔都有自己的雕塑作品参展。自然，德高望重的罗丹的作品被陈列在巴黎大圆厅醒目的中心位置上。

当罗丹来到马约尔参展的雕塑《夜》的前面，他站了好久，他被这尊雕塑感动，甚至震惊。同马约尔以往的作品一样，《夜》也被马约尔塑造成了一位女人的形象。这位夜女，收腿抱肩，把整个头深埋在臂弯之中。你不知道她是在沉思，还是在幻想，或是在梦境之中。一种无比宁静的感觉，升腾了起来；无边夜色所带来的遥远的氤氲，弥漫开来。

罗丹指着这尊《夜》，对沙龙展览的工作人员说："让马约尔的这尊雕塑放在我的雕塑位置上！"

罗丹以无比谦逊的态度，让出自己在这次展览的中心位置；也以无比深邃的预见的眼光，看到了替代自己位置的马约尔未来的前景。

事后，罗丹这样盛赞马约尔："马约尔是和所有伟大的大师同样伟大的雕塑家。"

罗丹，真的让我感动。并不是所有伟大的大师，都能如罗丹一样。

罗丹的预见没有错。一百多年过去了，如今，在欧洲，在美国，常常可以看到马约尔的雕塑作品的复制品，矗立的街头，远比罗丹的雕塑要多。马约尔的雕塑成为了城市街头雕塑的开创者。不管你理解与不理解，这些雕塑成为城市的一道景观，和南来北往的行人相看两不厌，在流年频换之中，成为恒定的地标式的象征。人们早已经广泛接纳了这些雕塑，忘记了曾经被斥之为丑陋不堪的陈年往事。

1961 年，马约尔诞辰百年的那一年，法国专门发行了一张纪念邮票，票面上印的是马约尔的《地中海》。它成为了马约尔的象征，成为了法国的象征，成为了现代雕塑的象征。

我们的老话说青出于蓝而胜于蓝，就是说青和蓝已经不是一种颜色了，也就是说这个世界上多了一种新的更为夺目的颜色了。好的学生,就是应该不让自己和老师成为一样的颜色。好的老师,同样也不让学生成为自己的一个拷贝。在这一点意义上讲,席勒是个好学生,克里姆特是个好老师;马约尔是个好学生,罗丹是个好老师。如今,我们特别爱说创新,但我们的艺术,缺乏这样的学生和老师,我们的艺术色彩中,多是千篇一律的蓝,而少了一味青。

没有为母亲画过一幅像

今年，2020 年，是意大利画家莫迪里阿尼逝世一百周年。世事沧桑，今年伊始，更是新冠肺炎肆虐，很多人忘记了一百年前曾经还有这样一位画家，他幸运没有像画家克里姆特和席勒死于 1918 年的西班牙大流感，他躲过了那场灾难，还没有喘过气来，依然没有逃脱死亡的命运。

关于这位只活到三十六岁便英年早逝的画家，坊间流传的八卦最多。酗酒、吸毒和女人，成为他最为醒目的三大污名。

才华横溢，又年轻英俊，有着一副意大利人雕塑一般独有容貌的莫迪里阿尼，在巴黎那时那一批流浪艺人中，女人缘一直是独占鳌头的。如今人们津津乐道的有这样三人。

这三人，也的确是莫迪里阿尼人生中重要的三个女人。

一个是俄国诗人阿赫玛托娃。1910 年，二十岁的阿赫玛托娃和二十六岁的莫迪里阿尼，在巴黎相遇而一见钟情。莫迪里阿尼为阿赫玛托娃画了十六幅素描，分手脱相赠，平生一片心。后来，这十六幅被毁了十五幅，赤卫军搜查阿赫玛托娃家时，不是把素描烧掉，就是用来当成卷烟抽的烟纸。硕果仅存的一幅，挂在晚年阿赫玛托娃家中壁炉上方的墙上。

一个是阿贝丽丝，一位从英国来到巴黎进行采访的记者兼诗人。她也曾经疯狂地爱上了莫迪里阿尼。那一年，莫迪里阿尼三十岁。那时候，正是莫迪里阿尼的迷茫期。他从意大利来到巴黎，最初的梦想是当一名米开朗琪罗一样的雕塑家。面对大理石，一凿一凿，单调而枯燥，认真而艰苦，做了五年的雕塑，却始终没有得到人们的认可；又赶上第一次世界大战，他的第一个经济人应征入伍，第二个经济人根本不认可他的艺术，为了好卖画，希望他能够画一些当时流行的立体主义的画作，最后两人不欢而散。本来生活就动荡不安，一下子又经济窘迫，此时，莫迪里阿尼遇到了来自英伦的阿贝丽丝，他乡遇故知，惺惺相惜，一拍即合。

可以说，当时看出莫迪里阿尼富有旷世才华的人的确有，但第一个为之写成评论文章让世人所知的，是阿贝丽丝。她用毫不吝啬的赞美词预言莫迪里阿尼："我敢断言，这位不走运的艺术家一定会名垂青史。"事实证明，她的确是富有眼光的，看到了泥沙俱下之时金子耀眼的光芒。尽管她和莫迪里阿尼的恋情只维持两年短暂时光，昙花一现，戛然而止，但她对于莫迪里阿尼人生命运的作用是巨大的。正是她的鼓励，让莫迪里阿尼重拾信心；正是听从了她的建议，莫迪里阿尼不再痴迷雕塑，而转向油画，尤其是人像特别是女人像的创作。才有了以后的辉煌。

一个是珍妮（也有翻译为让娜的），十九岁时，疯狂地爱上了三十三岁的莫迪里阿尼，不顾家里反对，要死要活地非和莫迪里阿尼结了婚。在那穷困潦倒的波西米亚式地颠簸生活中，还不管不顾地为莫迪里阿尼生下一个女儿。可以说，为了莫迪里阿尼，珍妮心甘情愿地奉献出自己的一切所能。

莫迪里阿尼三十六岁病逝后的第二天，趁着哥哥（哥哥看她精神恍惚，一直守着她）清晨打盹儿的时候，毅然决然地从五楼跳下去自杀身亡，肚子里还怀着莫迪里阿尼的孩子。真的是生命诚可贵，自由价更高,若为爱情故,两者皆可抛。珍妮对于莫迪里阿尼近似疯狂传奇色彩的爱情,一百来年被传得神乎其神,荡气回肠,让如今生活安逸却爱情失真的年轻人,尤其叹为观止。

如果说珍妮给予了莫迪里阿尼最珍贵的爱情,让他相信了生命的价值与意义,有了活下去的依靠;那么,阿贝丽丝则给予了莫迪里阿尼与爱情同等重要的艺术,让他坚定了自己艺术的道路和方向,有了画下去的信心。有了珍妮和阿贝丽丝,虽然前者和他相伴只有三年时光,后者和他相伴只有两年时光,却让莫迪里阿尼拥有了人生这样两样至高无上的瑰宝,并不是每一个画家都能够有幸可以获得的。

莫迪里阿尼在世的时候,在巴黎只是一个不走运的倒霉蛋,画家的名衔并不值钱,他的画卖得并不好,卖得好的时候,平均一幅画,也只卖出 100 法郎而已。在世俗和势利的世界,却有这样的女人,倾心相投,倾身相许,犹如童话,胜似矫情的诗。

关于珍妮和阿贝丽丝的传说,如今已经被添油加醋地传烂。我常常想,当然,对于一个艺术家而言,女人天然和艺术靠得最近,也是艺术家灵感的刺激或源泉。尤其是对于像莫迪里阿尼这样倒霉的艺术家,女人的鼓励和温存,成为他救命的最后一根稻草,成为他艺术生命最为需要的支撑。但是,支撑莫迪里阿尼在艰难困苦中浪迹巴黎坚持下来,除了珍妮和阿贝丽丝,应该还有一个女人,被人们忽略了。

那便是莫迪里阿尼的母亲。

人们热衷的八卦,一般偏于情色,即使是感情,也会溶于并稀释于情色之中。真正富有情感的东西尤其是来自亲人润物无声的情感,便容易被忽略。母亲,是最容易被忽略的。因为作为孩子,觉得来自母亲的情感，如同小孩儿吃奶一样，是天然的、应当应分的。就像空气，我们每时每刻都无法离开，但空气看不见摸不着，我们便不在意，常常忽略了它的存在。

莫迪里阿尼小时候，家庭破产，生活艰辛之际，全靠着母亲独自苦苦支撑。这位饱读诗书，会写作能翻译的母亲，告诉小莫迪里阿尼，有钱并不代表富有，真正的富有是具备才华和能力，这是比金钱更为高贵的品质。是她的言传身教，教会了莫迪里阿尼面对贫穷的坚忍的品性。那时候，屋漏偏遭连夜雨，莫迪里阿尼从十一岁开始就疾病缠身，都是母亲照料，帮助他度过病魔阴影笼罩的少年时光。其中多少的辛苦劳累，多是在莫迪里阿尼昏昏睡梦中默默进行的。

由于母亲博学多才，影响了莫迪里阿尼从小对哲学和诗的兴趣和热爱。也由于母亲身上艺术的气质，潜移默化地影响了莫迪里阿尼对艺术尤其是绘画的兴趣和热爱。这是莫迪里阿尼人生与艺术的启蒙和底子，没有这样一位母亲，是无法帮助他开启艺术这扇启蒙的大门，打下这个人生厚实的底子的。

也是这位母亲，第一个发现了莫迪里阿尼的才华。十三岁的莫迪里阿尼画了一幅自画像。这幅自画像，是现今保存莫迪里阿尼最早的作品。在这幅自画像中，母亲看到了他扎实的素描功底，想起了前辈画家丢勒十三岁时的作品，觉得可以和丢勒相媲美。她在日记里克制着兴奋的心情写道："我们必须等待，也许他会成为一名艺术家。"只有母亲，才会对自己的孩子，有这样的敏感、信心和发自心底的期待。

于是，母亲把莫迪里阿尼送到家乡最有名画家的画室里学画，也是母亲后来送莫迪里阿尼到巴黎继续深造学画，自己省吃俭用，每月给莫迪里阿尼寄去生活费。对于一个破产的破落户家庭，这是一笔不小的开支,是母亲从牙缝里挤出来的。

　　莫迪里阿尼二十二岁离开家乡到巴黎,一直到去世,前后一共在巴黎生活了十四年。在这十四年中,他只回去过意大利三回。一回是回意大利的卡拉拉,那是二十八岁的时候,他正在学习雕塑,去卡拉拉,是为了找石料。他并没有顺便回家乡看看母亲。那时候,石头比母亲重要。

　　另外两次,他回到家乡,专门回到母亲的身旁。一次,是他二十五岁的时候;一次,是他三十岁的时候。两次,都是他身体虚弱,病魔缠身的时候,他想起了母亲,倦鸟归巢一般,回到了母亲的身旁,得到片刻的休养生息。两次,都是短暂的几个月,他的身体恢复过来了,便又离开了母亲,重返巴黎。他已经熟悉并习惯了热闹喧嚣的巴黎,尽管那里的生活并不如意,但那里的气氛已经如风一般裹挟着他身不由己,并乐此不疲。对于孩子,尤其是对于一个钟情于浪漫艺术的孩子,母亲和艺术的天平两端,总会倾斜于艺术一端,怎么可以倦马恋栈,所谓诗和远方,才是莫迪里阿尼向往之处。

　　世上的母亲都是一样的,尽管有千般不舍,也会放手让孩子远行。挥手自兹去,萧萧斑马鸣。门外萧萧鸣叫的斑马,属于孩子的远方,牵惹的却是母亲永不消逝的目光。

　　家,只是孩子的人生一个说走就走的驿站,是孩子疗伤的一个温暖的庇护所,是一个挥挥手可以不带走一片云彩的地方。

　　三十岁的莫迪里阿尼离开家乡,离开母亲之后,再也没有回来,再也没有见过母亲。

　　到美国多次,在好多美术馆里,我都见过莫迪里阿尼的真迹,并喜欢在他的画作前流连。他画的那些女人像,那些拉长了脖颈,歪着的脑袋,有眼无珠茫然无着的女人半身像;那些仰卧斜卧或横躺着的、被削去了半个头半条腿或半拉胳膊的裸体女人，是一眼就能够认得出来的。那些女人已经成为莫迪里阿尼风格的醒目名片。

有人说那些女人就是莫迪里阿尼自己内心的镜像，是孤独的象征。这应该是有道理的，对于漂泊巴黎整整十四年的意大利人莫迪里阿尼，孤独感是肯定存在的，漂泊无根，无所可依的那一份浓郁的乡愁，是弥散在他画里画外的。

我看到更多的则是他对形式的探索和创新。这些女人的肖像，再没有他早期席勒的写实风格；这些女人的裸体，也不是古典主义的希腊之美，不是克里姆特雍容华贵的华丽之美，不是雷诺阿的光与色夸张的塑造，也不是席勒的那种充满狰狞的情欲的宣泄。他以自己独特的表现方式，和他们都拉开了距离，让我们可以欣赏到区别于古典、印象、现代主义几大流派所表现不同的另外一种美。这种美，在于冷静得面无表情的人物之外，给人更多更丰富的想象而超越的那个时代之外，更在于这些作品中装饰风格的形式美。在二十世纪之初艺术各种流派纷繁竖立各自大旗的巴黎，莫迪里阿尼以自己特立独行风格的画作，树立了别人无法所能归属而属于自己的流派。

如果看过珍妮和阿赫玛托娃的照片，再来看莫迪里阿尼画的珍妮和阿赫玛托娃的画像，会觉得照片上的珍妮和阿赫玛托娃漂亮。但再重新看那些画像，又会觉得画比照片更简洁，更耐看，更富有性格，更让人充满想象。这便是莫迪里阿尼艺术的魅力。他一下子把文艺复兴时期拉斐尔那些须眉毕现，逼真透顶的人物肖像，拉开了十万八千里的距离。像，像照片一样的像，再不是人物像画作的唯一标准。

我看到的还有，而且，是我认为更为重要的，莫迪里阿尼对自己曾经爱过的三个女人,即珍妮和阿贝丽丝,包括阿赫玛托娃,都留下为之画过的肖像或裸体画。其中,画得最多的是珍妮,包括最出名的《穿黄色毛衣的珍妮》《戴宽边草帽的珍妮》等等二十多幅。他人生画的最后一幅画,画的也是珍妮。

但是,没有像惠斯勒一样,能够有一幅是画他的母亲的画。

我不知道,在人生垂危之际,莫迪里阿尼会怎么想,会不会有一丝一毫地想到了母亲,或者电光一闪,心里一痛,感到自己多少有些遗憾。

我是有些遗憾。

如果我是莫迪里阿尼,甚至会有些愧疚。

将莫迪里阿尼的照片,对照他母亲的照片看,会发现,莫迪里阿尼的容貌和母亲十分的像,他不仅遗传了母亲的艺术,也遗传了母亲的美丽。

记住不幸的莫迪里阿尼这个名字,也应该记住这位伟大的母亲,她的名字叫欧仁尼·加尔森。伟大哲学家斯宾诺莎的后裔。

毕沙罗的父子战争

不到五十岁,毕沙罗的胡子就全白了。第一次看毕沙罗那时候的照片,长长的大白胡子,给我留下很深的印象。从照片上看,毕沙罗显得挺慈祥的。后来,才知道,毕沙罗的性格很有些执着,甚至执拗,属于那种强按着牛头不喝水,一条路走到黑的主儿。

所有的父亲,没有一个不望子成龙的。毕沙罗的父亲也一样。他在加勒比海上一个叫圣托马斯的小岛上,开一家百货店,经营得有声有色,在那一带,是个成功的商人,日子过得不错。他没有别的更高的奢想,只是希望将来毕沙罗能够子承父业,也做像他一样成功的商人,不必经营他的百货店,可以做别的他愿意做的生意。在父亲的眼里,没有强硬权势的后台,没有祖上财产的支撑,靠自己的双手和心思做生意,是世界上最能赚钱的事情,是一条康庄大道。别的都靠不住。

毕沙罗十四岁的时候,父亲将他送到巴黎学习经济和法律。这说明父亲的野心,对毕沙罗的期望值很高。圣托马斯毕竟只是一个小岛,巴黎则是法国的首都,欧洲的中心。如同我们如今很多家长愿意破费一大批金钱送孩子去国外留学一样,父亲希望毕沙罗在巴黎学成之后,成为一个比自己更要成功的商人。他在为儿子铺设了一条更为宽阔的道路。

毕沙罗和父亲的心思不一样,他们父与子是两股道上跑的车。

毕沙罗自幼喜欢绘画，不喜欢父亲为他选择的专业，什么经济呀，法律呀，这在父亲看来，可以成为自己以后的立身之本。但在毕沙罗看来，这两个专业，像是两个陌生人，即使是两个长得再漂亮的姑娘，始终进不了他自己的心门，难以让他动心。

十四岁还小，第一次离开家，像小鸟飞出笼，倒让毕沙罗感到格外的开心，有了在家里没有的自由，可以想做什么就做什么。毕沙罗很多的时间不在学校里，而是跑到外面写生。巴黎太大了，圣托马斯小岛太小了，两厢的对比，让小小的毕沙罗的眼睛都不够用了。新鲜的风景，新鲜的人物，不断出现在毕沙罗的笔下，看也看不够，画也画不完。他获得从来没有的畅快，而这些畅快，不是经济和法律学带给他的，恰恰是绘画带给他的呀。他感到如鱼得水，在巴黎过着不问收获只管耕耘的无忧无虑的日子。

这样的日子，让父亲的容忍度一天天在减弱。花那么多钱，是让你学习日后经商的本事，不是让你画画去。毕沙罗十七岁的那一天，父亲不能再容忍了，把这个屡教不改一头只顾画画的儿子，从巴黎拎回了家。父亲为毕沙罗安排在圣托马斯岛一家商行做职员，他想让儿子浪子回头，从头做起，重新回到他为儿子安排好的人生轨道上。

重新返回圣托马斯小岛的毕沙罗，已经不再是十四岁的毕沙罗。见过了世面，并经历了青春期的毕沙罗，已经有了自己的人生观。这个人生观和父亲的不一样，他不想按部就班，一步一个脚印跟随在父亲的屁股后面，冲着父亲认为的人生成功之路大步向前。他有他自己的路要走，尽管这条路眼前还只是一片迷茫，甚至荆棘丛生，但他执意前行。

于是，人在曹营心在汉，虽然在商行工作，下班之后，毕沙罗就去码头写生,抱回一大摞码头工人的速写回家。这让父亲皱起了眉头。这些劳什子,是能当饭吃,还是能当衣穿?以后,你能就靠它们养家糊口吗?父亲从苦口婆心到雷霆爆发,爷俩儿之间的战争开始频繁不断。

父亲的心思,和毕沙罗对不上榫子,爷俩儿的脾气都够拧的,维系着血缘亲情的这根弦,在这样紧绷的状态下,迟早会崩断。在这个世界上,从古至今,父与子的矛盾,从来都是最深刻,最难以冰消雪化的,便也是最让父亲伤透了心的,让作为父亲的心感到,人与人之间距离的遥远和不可弥合,恰恰在于如此近在身边又是如此血缘亲密的亲人之间。

坚持了五年,父亲和毕沙罗彼此的坚持。从相互的忍耐,到难以忍耐;从相互的争执,到懒得争执;从相互的激战,到最后的冷战……一波接着一波的浪头,冲刷着礁石,终于,顽固的礁石不再忍受浪头的冲击,长出了脚来,自己要移步换景了。五年过后,毕沙罗二十二岁的时候,做出了这样年龄的年轻人最容易冲动的事情——离家出走。他远走高飞,去了委内瑞拉。他给父亲留下的话是:"我要隔断我同资产阶级生活的联系!"

这样的话,让我想起鲍伯·迪伦那首老歌《时代在变》里唱的:"来吧,父亲和母亲,不要去批评你们不理解的事情,你们的儿子和女儿对你们的命令已经不听,你们的老路子越来越不灵……"

毕沙罗这样的举动,对于父亲是致命的杀手锏。相比儿子刚硬的性格,此时再刚硬的父亲,也变成软弱的;相比儿子执着的性情,父亲更会是无奈的。在这一轮的拉锯战中,父亲落败。自己伤心,痛骂儿子之后,最后,父亲不得不妥协,这是一般父与子矛盾的结局,基本都是以父亲的退让付出代价。父亲从委内瑞拉接回来抱着一摞子油画的毕沙罗。而且，父亲举手投降，同意送毕沙罗重返巴黎学画。

父子之间，曾经雷与电呼啸而激烈的战争，终于化干戈为玉帛，平静了下来。不过，对于性情执着又执拗的毕沙罗，这只是一段暂时的平静。云团还在远方蕴藏着，聚集着，被风卷动着，一场新的暴风雨就要来临。

1859年，毕沙罗二十九岁。再一次和父亲闹翻，这一次，彻底闹翻，再无挽回的余地。

这一次，不是为了绘画，而是为了爱情。这是一般父与子之间另一个也是最主要的战争的触发点。

毕沙罗爱上了母亲的女仆，并且迅速坠入爱河，同居在一起，还准备要结婚。这桩门不当户不对的婚事，让父亲无法容忍，觉得毕沙罗简直走火入魔，越来越不像话了。毕沙罗却已经生米煮成熟饭，在爱情和亲情的对峙下，不会退让将爱情拱手相让。盛怒之下，父亲不想再退让，狠心地断绝对毕沙罗的经济支持。

衣食无忧的日子没有了，三十而立之年，寸功未立，婚后的毕沙罗，只好带着妻子，灰溜溜地，却依然心高气傲地离开了家，来到乡下，自谋生路。他自己当油漆工，妻子下地干农活儿，勉强度日，度过了一段狼狈不堪的日子。

在我看来，毕沙罗的一生，一直处于父与子的矛盾之中。这里有他执着和执拗的性格原因，还有社会的原因。毕沙罗这一代印象派画家，都是生不逢时。十九世纪中后期的法国，流行从普桑到拉斐尔的古典主义，孤芳自赏的学院派被封为正统。特别是普法战争之后，人们普遍接受古典主义和浪漫主义的画作，那些拘谨呆板的古希腊裸体女人，那些粉饰太平的歌舞楼台，占据了美术界的要津。更主要的是,官方掌控着巴黎沙龙画展,在当时,只有进入巴黎沙龙画展,才能获得官方的承认,让自己在巴黎有了立锥之地。

毕沙罗的画风,与这一切格格不入。他只幸运地参加过一次巴黎沙龙展,以后再无这样的幸运,他像是孤魂野鬼一样,游荡在巴黎画坛之外,睁大眼睛看着那些迎合当时风尚的画家吃肉,自己连汤都喝不上。在一个父系的社会里,强大的社会,其实也像是一位严峻而苛刻的父亲,冷酷无情地在压迫着人们。或者依从社会,顺从时尚,依附官方和学院派,或者我行我素,一条道走到黑。所有的画家,面临着同样的选择。毕沙罗,显然属于后者,在这样比父亲更强悍的时代和社会面前,毕沙罗和那时的印象派画家,都像一个个的独行侠,闯荡在冷漠无情的江湖里。

那时候,毕沙罗画的那么多画,一幅也卖不出去,而对他彻底丧失了信心的父亲,再没有给予他一文钱的帮助。他只好住在乡下,画乡间的风景,聊以度日。面对这样窘迫的生活。他对朋友说:"绘画使我快乐,它是我的生命,其他无关紧要。"这样的话,在我看来,有些像瘦驴拉硬屎,故意梗着脖子在说话。当然,这样的话,可以看出毕沙罗的性格,但也看出在强权压迫之下毕沙罗强颜欢笑的无奈。对抗这个强权社会,比对抗自己的父亲要艰难得多。父亲,只是断绝了经济来源,而社会却根本不接受他这样的画家。

1867年,毕沙罗三十七岁,得到当时著名作家左拉的肯定。左拉称赞他的画"有大师的传统",称赞他是"诚实者""是我们这个时代三四位大画家之一"。尽管左拉的话在当时颇具影响力,但是,这样高度的评价一时也难以抵挡当时的社会对他的挤压。强悍的社会中,文人的话打不起分量。毕沙罗的画,依旧一幅也卖不出去。

一直到1870年,毕沙罗逃避普法战争,从巴黎来到英国伦敦,和一位画商结识，得到这位画商的帮助，才卖出了自己的第一幅画。这一年，毕沙罗已经整整四十岁。为了画画，他已经辛苦奔波了三十年。

1874年，这帮始终进入不了巴黎沙龙画展的印象派画家的倒霉蛋，都已经辛苦画画了几十年，也都开始有了自以为得意的成绩作为资本。官方不带我们玩，我们自己玩！莫奈提议组织举办自己的一个独立画展，与官方分庭抗礼。毕沙罗带头支持，他的人缘好，带来高更、塞尚、修拉、西涅克等一批画家参加。"无名艺术家——画家、雕塑家和版画家协会展览"，即后来人们称为的第一届印象派画展，在巴黎开张。这无异于竖起一面大旗，向当时官方的巴黎沙龙展明目张胆地挑战，与当时官方统治的美术界为敌。他们要受到反击或者说来自官方和学院派的攻击，是在所难免的。当时，有人在报纸公开发表文章，点名指斥毕沙罗："应该让他懂得，树不是紫色的，天空也不是新鲜的牛油色，在乡村，我们找不到他画的那些。"面带着强大而惯性的强权与传统，对于刚刚破土出芽的印象派这些画家，压力是可想而知的。

印象派画展，一共举办过八次，第四届画展之前，莫奈便顶不住压力，没有参加，转而参加了官方的巴黎沙龙展，引得塞尚骂他叛徒。八届印象派画展，勾勒出印象派的发展史。这八届画展，毕沙罗都坚持参加了，他就是要官方和学院派的那些人看看，他画的树可以就是紫色的，他画的天空可以就是新鲜的牛油色的，他要让保守陈旧的巴黎画坛看看崭新而充满活力的画风和画派，就出现在他们的面前！

这很符合毕沙罗的性格。他有这种咬定青山不放松的性格。同时，他还团结了那些印象派画家，一直咬定青山不放松，坚持了八届画展。他当之无愧地成为整个印象派画家这个团体的中流砥柱。他被这些画家称为"摩西",甚至被称为"家长"。这是一个亲切的称谓,也是一个特定时代拥有特色意义的比喻。对于一生处于父与子矛盾漩涡之中的毕沙罗来说,更是带有人生历程中隐喻的意味。

如同多年的媳妇熬成了婆一样,毕沙罗自己也居然成为了父亲。在团结和领导这一批印象派画家中,他知道,自己不能做像自己父亲一样的人,也不能做强悍社会家长制一样的事。尽管印象派只是松散的团体,没有章程,没有宣言,没有选举,没有领袖。但这个团体中如果缺少了毕沙罗,是不可想象的。有了这样一个人,印象派画家被他所团结,抱团取暖,渐成气候,为十九世纪的美术界乃至整个艺术界,吹进一股清风。如果真的说作为家长,在印象派画家这个团体里,毕沙罗比自己的父亲做得要好。这是毕沙罗一生留给我最深刻的感想。

毕沙罗一生大部分作品画的是风景,乡间风景和巴黎街景。由于在乡间待过,我更喜欢毕沙罗的乡间风景,那些干草、干草车,那些乡间小路、坡地,房子,田野,湖泊,树木……画得多么好啊,都让我感到似曾相识,感到亲切。有人说,毕沙罗的风景画能够让人感到空气的流动。我尤其能够闻得到干草被太阳烘烤后散发的气息。那种夹杂着尘土和干草气味的暖暖的感觉,会让我想跳上去,四仰八叉地躺在干草垛上歇一会儿。在农场干活儿干累的时候,那些干草垛,曾经是我休息的沙发和床。

特别是有一幅1872年毕沙罗画的《秋》,秋天广袤田野里矗立起来的高高的草垛上,飞起了一群黑色的鸟(不知道是不是乌鸦),被他画得多么的美。如烟如雾一样飞起的鸟群,像是草垛燃放起来的黑色的烟火,升腾起来,直飞入蓝天白云之间,田野里的色彩,一下那么明亮，丰富了起来。这得是心里多么明亮又宁静的人，才能画得出来的画面呀！他让草堆，让鸟群，让田野和天空，都富于了情感，有了呼吸，有了心跳，有了表情，让我看后是那么的心动不已。

毕沙罗还有跟修拉学习画过的一些点彩画，我也非常喜欢。尽管毕沙罗自己并不以为然。他认为没这样精细的画法不适合自己。每一次站在毕沙罗这样的画作前，我都要站在那里看老半天，我觉得修拉的点彩画装饰的色彩更浓一些，毕沙罗的点彩画，更充满乡间朴实的味道，比起他别的风景画，这样点彩，让色彩更为浓郁而丰富。看他画的埃拉格尼的那些乡间的风景，真的是格外迷人。

想象着毕沙罗不是将事先在调色盘上调好了颜色，而是把各种单纯的纯色一种一种，一点一点地涂抹在画布上。这样一个一个的小小的色点，紧密地排列在一起，让人们在远处观看的时候，在距离和光线的作用下，有了二度创作，色彩在整幅画面上融合，形成新的感觉。这是和以往油画画法完全不同的创造，是和在调色盘上调好了色彩再挥洒在画布上完全不同的感觉，像是变幻的魔术，总让我感到像是在体育场的看台上看团体操，每一个人手里挥舞的花环，在整个团体操中形成了光彩夺目的画面。

心里常想，这样一点一点往画布上涂抹，得需要多大的耐心呀，内心里得有多大的乐趣啊。在我想象中，这时候大胡子的毕沙罗，一定快乐得像一个孩子。

对比父亲，孩子是作为一个画家最好的状态。

阿尔的太阳

　　那年在法国的普罗旺斯漫游,我执意要车拐了一个弯,到阿尔去一趟。因为阿尔曾经有过凡·高。凡·高很多的画,画有阿尔的人物、风景,包括阿尔的巴旦杏和向日葵,以及如今已经异常有名的兰卡散尔咖啡馆。

　　当然,更重要的是,还有阿尔的太阳。那个升起在普罗旺斯热带天空和空气中辉煌的太阳。正是由于有了这样辉煌的太阳,才有了凡·高的画作。可以说,来到阿尔后,凡·高画的油画中,无不迸发着这样太阳的光芒,他的画面才充满了自文艺复兴以来画家们很少用过的那种浓重浑厚的黄色,向日葵那种耀眼的金黄,才成为了凡·高艺术与生命极致的象征。

　　记得读美国作家欧文·斯通撰写的《凡·高传记》中,他曾经写道,在凡·高的"眼中看见周围那些在白热化碧蓝带绿的天空下从浅黄到橄榄棕色、青铜和黄铜的颜色。凡是阳光照到之处,都带有一种像硫黄那样的黄色"。于是,"在他的画上是一片明亮的、燃烧的黄颜色……他的画上浸透了阳光,呈现出经过火辣辣太阳照晒而变成的黄褐色,和空气掠过的样子。"这样说来,凡·高笔下太阳燃烧的金黄色,确实是异常丰富的。

　　来到阿尔的时候,已是黄昏,西垂的太阳还是一片热辣辣的金光四射,完全不像是夕阳老人就要告别下山的样子,依然如健壮的小伙子一样活力迸发。灿烂的光芒照透每一棵树木，把树上的每一片叶子都锻造成金子一样炫目反光，连风中都有阳光的金属般爽朗的铮铮之声。心里不住在想，不愧是阿尔的太阳，是凡·高画过的太阳。

当我在城里转了一圈，参观过古罗马的剧场和凡·高画过的《夜间的咖啡馆》之后，驱车走在阿尔郊外一片开阔的田野的时候，太阳还是迟迟地不肯落山，依旧是那样的炽热，灿烂得把每一缕光芒像天女散花一般散落在远处的麦田和近处的罗那河上，把河水映得分外金黄。显然还不是麦收的季节，眼前的麦田却如同麦浪翻滚的样子。

我想起一百二十多年前，凡·高曾经走在这片田野里的情景。我不知道，那时候的麦田还是这样子不是。只知道，从巴黎来到这里的凡·高，穷困得如同一个乞丐，连喝一碗汤都成为一种无法实现的奢求。而且，关键是阿尔的人们都不愿意给他当模特，而都认为他是一个疯子，甚至给阿尔的市长写信，要求管管这个疯子。凡·高只有走出城，来到这片田野，画风景写生，顽强而执着地实验他的笔触和色彩。

就是在这片田野里，凡·高刚刚画完麦田，遇到了邮递员卢朗先生。

那是个星期天的黄昏，卢朗先生带着他的儿子在玩儿。凡·高和他打了招呼，卢朗先生天天看见这个红头发的荷兰人背着画夹，也不戴帽子，就那么顶着毒太阳，一画一整天在田野里忙乎，人们给这个荷兰人起了个外号叫"伏热"，这个法语词翻译成中文的意思是"红头发疯子"。烈日炙烤下一天的画画，常让凡·高头晕目眩，但也让他充满激情和渴望。不过，这一切的痛苦和欢欣，又有谁知道呢？

卢朗先生冲凡·高客气地也打了个招呼,然后指着凡·高画夹上夹着的刚画完的麦田,客气地说:"您的麦田画得像个活物!"接着,又指着正沉沉的落日和树上被落日所染上的火焰一样的光芒说:"这也像个活物,您看是不是,先生?"

卢朗先生这话,让凡·高一愣。来到阿尔以来,还没有人对他说过这样的话,更没有夸过他的画,而且他说得有道理,讲得既简单,又深刻。他像遇到了知音。他继续和这个邮递员聊了起来。卢朗先生和他聊起了上帝,卢朗先生说:"现在的上帝似乎变得越来越令人难以置信了。上帝不存在您画的那片麦田里,一到现实的生活里,上帝就……""凡·高看出了卢朗先生对上帝的失望,他对卢朗先生解释道:"我理解您,不过我觉得您不能以这个世界的好坏来评价上帝,这个世界只不过是幅未完成的习作。"

从绘画到上帝,他们两人聊得很投机,而且聊得还很有哲理。就这么一直聊到太阳真的落下山,小星星都出来了。来到阿尔这么长时间,凡·高从来没有和当地人聊这么久。他禁不住打量了一下卢朗先生,他忽然发现这个当了二十五年却从来都没有得到提升的邮递员,用每个月挣来的135法郎微薄的薪水养四个孩子的父亲,心地那样的丰富。而且长得也有特点,他长着苏格拉底式宽宽的额头呢。于是,他对卢朗先生说:"我想为您画一幅肖像可以吗?"说完,他的心里有些忐忑,因为在阿尔没有人愿意为他当模特。可是,卢朗先生却答应了,只是说:"我感到荣幸,但我长得难看,干吗要画我呢?"凡·高高兴地说:假如真有上帝的话,我想他一定也长着和您完全一样的胡子和眼睛。"

这一段对话,是欧文·斯通在他的《凡·高传记》中写到的。我有些怀疑是欧文·斯通自己想象而杜撰的。因为无论凡·高还是卢朗,都早已经不在人世，他怎么可以知道他们两人当初的谈话内容，而且是这样的具体、绘声绘色呢？但是，凡·高确实是为卢朗先生画过肖像画，而且不是一幅，一共六幅。其中最著名的是画于 1888 年的《邮差卢朗先生》，蓝色的制服、黑色的勾边，金色的长胡子和金色的制服纽扣交相辉映，闪烁着明亮而温和的光。这幅藏于美国波士顿美术馆的油画，几乎也印制在所有凡·高的画册里，成为凡·高人物肖像的代表作。

凡·高和卢朗先生成为了朋友。他曾经到过他家做客，并为他的夫人也画过肖像画。即使后来卢朗先生调到马赛邮局工作去了，他们也常常来往。凡·高患病住进圣雷米精神病医院的时候，卢朗先生常常来看望。凡·高出院的那一天，也是卢朗先生来接他出的院。在凡·高短短三十七年苦难多于幸福的生命中，邮递员卢朗先生是他的一抹亮色，普通人质朴的情感，是注入他生命与艺术的力量。那力量蕴含在底层人的艰辛与自尊、自重之中，就像种子在泥土里，阳光在云层里一样。

应该说，对于凡·高来说，卢朗先生也是阿尔的太阳。

旷野中的诱惑

　　克拉姆斯科依是十九世纪俄罗斯巡回画廊派伟大的画家。在中国,他没有他的同胞列宾有名,但是他可是列宾的老师。作为巡回画廊派的理论家和思想家,他甚至可以说是领袖。他的肖像油画,尤其引人瞩目,他画的作家托尔斯泰,画家希施金、列宾的画像,都已经成为珍品。我特别喜欢他画的一幅题为《无名女郎》和一幅题为《月光》的油画,前者背景是雪后都市朦胧的街景,在街景映衬下女郎那不知所以的莫名眼神;后者清冽月光下的白衣妇人,尤其是打在森林深处的那一缕明亮如霜令人战栗的月光,让我很难忘记。

　　还是列宾在彼得堡美术学院读书的时候,克拉姆斯科依是他的老师。

　　命中注定,列宾和克拉姆斯科依有点儿缘分。十九岁的列宾,第一次来到彼得堡,曾经深夜拜访过克拉姆斯科依。这一晚的交谈,对十九岁的列宾影响至深。

　　走进克拉姆斯科依不大的画室,给列宾留下最深印象的,是墙上挂着的一幅基督的画像。那完全是学院派的传统画法,和一个画师笔下标准的基督画像没有什么不同,哪一位画师轻车熟路都会这样画的。列宾不明白像克拉姆斯科依这样一位有名的画家兼教授,为什么要画这样千篇一律的基督标准像?

　　克拉姆斯科依老辣的眼睛,注意到了列宾看墙上基督像时瞥下的一丝讥讽的眼光。他对列宾说："这是人家订购的一幅基督像。"

列宾知道，当时即使再大的画家的画也卖不出大价钱，都需要靠给别人订购画像谋生。这些有钱人定制的画像，不是基督耶稣圣母的神像，就是为他们自己画像。而且，必须要按照人家的要求画。这没有什么可奇怪的。

克拉姆斯科依对列宾说："我还把基督做成了雕像。"说着，他走到雕塑台前，掀开湿罩布，台上有一尊用灰色黏土刚做完的基督头像。这尊基督和墙上挂着的那个基督，竟然完全不同，它要传神得多，特别是它的眼神里有一种抑郁和苦恼，更是墙上的标准基督眼睛里所没有的。同样一个人，画出的基督和雕塑出的基督，竟是这样的不同。

那天夜里，列宾和克拉姆斯科依对基督都格外感兴趣。喝茶的时候，克拉姆斯科依倦意全无，兴致勃勃地对列宾聊起了基督。令列宾没有想到的是，克拉姆斯科依说起了基督身上也曾经存在过诱惑。基督是神呀，怎么也可以曾经有过诱惑呢？那时候，他还太年轻，涉世未深。

克拉姆斯科依提高了嗓音，对列宾说："你看，已经忍饥挨饿了四十天的基督，这时候在旷野里，远处有那么多繁华的城市灯火闪烁，人类的各种欲望的呼声此起彼伏，如浪涌来，纷纷在对基督呼喊：'这一切都可以据为己有，变成你的财产，让你成为这里万能的主宰！'这个呼喊声还在进一步对基督说：'你，神的儿子，你相信我刚才说的话吗？你可以试一试，如果你肚子饿了，只要吩咐这些石头，它们就会变成面包；如果你想穿漂亮的衣服了，只要吩咐这些树木花草，它们就会变成漂亮的衣服。你可以勇敢一些，就从这钟楼里跳下去，天神会伸出臂膀接住你的……'"

最后,克拉姆斯科依对列宾说:"你知道吗?这就是生活的诱惑。这种诱惑,既可以在旷野上有,也可以在我们的城市里有。我们普通人的身上有,基督的身上也有。"

晚年的列宾回忆起这一晚与克拉姆斯科依难忘的交谈时,在他回忆录中曾经这样写道:"说起基督,他好像谈的是身边的熟人。但过后,我马上醒悟过来,脑海里清楚地映出这个世界深刻的悲剧。"列宾还写道:"我一生还没有听到过比这更有意义的谈话,特别是讲到在旷野里诱惑那一节,他设想出基督和人类的天性中的黑暗面进行的斗争。"

正是受到那一夜克拉姆斯科依谈话的启发,列宾后来创作了《基督在旷野受诱惑》的油画。他将基督画成了赤着脚,裸露着斑斑伤痕,置身于悬崖之上,面对的是一片遥远的城市;他让痛苦而悲伤的基督,扭过头去不看这个诱惑他的大千世界;他画基督的一只手颤抖地按紧脑门,一只手伸向一旁,仿佛在使劲地推开已经如蛇一样缠裹紧紧的尘世的权力、金钱、美色等等种种的诱惑。他画出基督在面对诱惑时候的那种痛苦,也画出了基督的抵抗与决绝。

站在远处端详自己的这幅油画,列宾觉得基督的画像,有克拉姆斯科依的影子,也有自己的影子。列宾甚至有些恍惚,将三个人的身影交错叠印在一起。

列宾没有想到,也是从那夜谈话之后,英雄所见略同,克拉姆斯科依同样想创作一幅关于基督在旷野受诱惑的油画。只是这幅画他没有一蹴而就,他一直在苦苦地思索,总也找不到更好的方法表现基督面对诱惑时的心情和表情。从构思到完成,他一共用了十年的时间。

1873 年的夏天,克拉姆斯科依在克里米亚,每天一清早起来,脸也不洗，饭也不吃，趿拉着拖鞋，先到他的基督画像前挥笔作画，一画画到了晚上。那时，他正患有严重的气喘病，常常夜不成眠。夜不成眠的时候，他的脑子里，他的眼前，总是浮现出基督痛苦焦虑的影子。终于，他坚持画完了这幅他最想画的画。

这幅题为《旷野中的基督》，在巡回展览中，好评如潮。和列宾画的一样衣衫褴褛赤脚的基督，孤独而凄婉地坐在荒凉的旷野中光秃秃的石头上，诱惑被象征地画成城市之光，在基督的背后，呈一片朦胧而颤动的光影。逆光中的基督垂着头，双手交叉，目光痛苦，凝神沉思，将枯瘦的身影打在荒凉而坚硬又尖利的石堆前。

这一年，克拉姆斯科依三十六岁。

列宾更没有想到的，声名日隆的克拉姆斯科依，在创作《旷野中的基督》的同时，一直没有停下为他人定制画像的活儿。贫穷的画家，一直没有属于自己一间像样的画室。他渴望至极能够拥有这样一间画室。于是，克拉姆斯科依就像契诃夫在小说《醋栗》里写到的那个土财主，拼命地挣钱、攒钱，梦想能够买一幢乡间别墅。和那个土财主渴望别墅里有他梦想的醋栗一样，克拉姆斯科依渴望别墅里有专属于他的上乘的画室。

于是，他拼命为有钱的财主、有势的将军、娇宠的贵妇画像。

于是，他将赚来的钱购买了一片风光旖旎的土地，在上面建筑漂亮的别墅和带有露天模特台的豪华画室，开辟了占地三俄亩的轩豁的花园，还有一班编制齐全的仆人。

别墅和画室终于建成，他花了三万卢布。他住进了完全和地主庄园一样的别墅里。他年轻时的激情和画风也随之改变。他再画画时，要穿着精致的长襟礼服，趿着款式最新的拖鞋，连袜子都是十八世纪的古典样式。他不像一个画家，尤其不像一个从底层乡村出来的经过艰苦奋斗成功的贫寒画家，而像一个庄园主。外出开会，他不轻易讲话；如果发言，他会格外注意修辞，讲得抑扬顿挫，漂亮堂皇，并且他说的每句话都要记录下来，和他写的每封信一样，日后都可以付印出版。

大家都觉得克拉姆斯科依变了，唯一没变的是，他依然孜孜不倦地为人画像，因为建筑别墅，他还有贷款没有还完，豪华别墅连带的一帮人马庞大的开销，都需要他的钱袋子不能瘪。

1887 年，克拉姆斯科依在为一个叫拉乌克夫伏斯的大夫画像的时候，突然身子晃了一下，然后跌倒在地，身子正好砸在他的调色盘上。大夫赶快起身要扶他的时候，他已经咽气。这一年，克拉姆斯科依仅仅五十岁。

如今，想起克拉姆斯科依，我就会想起列宾，因为他们都曾经画过旷野里被诱惑过的基督。如今，克拉姆斯科依的《旷野中的基督》，列宾的《基督在旷野受诱惑》，都陈列在莫斯科的美术馆里。无疑，克拉姆斯科依和列宾都是俄罗斯伟大的画家。但是，面对这两幅同样是基督受诱惑的伟大作品前，常会让我心生感慨。无论在克拉姆斯科依的笔下，还是在列宾的笔下；无论在克拉姆斯科依的心里，还是在列宾的心里，基督是他们自己。基督所受到诱惑痛苦的折磨和抉择，他们也曾有过。所不同的是，他们中一个经受住了折磨和抉择，一个没有。

其实，茫茫人生中，我们每一个普通人也都是旷野中受诱惑的基督。列宾说得很对："基督就是我们身边的熟人，甚至就是我们自己。"

谁听到那唱歌的风

这一片茂密的森林叫黄树林,离布鲁明顿市大约十公里。当年,即 1907 年到 1926 年,斯蒂尔(T.C.Steele)曾经在这里生活了整整二十年。他是美国早期负有盛名的印象派画家,1900 年巴黎、1904 年圣路易斯、1918 年巴拿马三届世博会上,都有画作展出,他的很多作品,画的就是这一片森林风光。

斯蒂尔的林中故地很好找。醒目的标志牌,指示下公路往西拐两英里即是。在一片坡地上,散落着几座红色的房子,被绿树簇拥,红得醒目,绿得明心,油画般,又童话般,呈现在面前。正是雨后的下午,林中的空气清新而湿润,微风中的树叶飒飒细语,远近的树木静静地矗立在那里,像是远遁尘世的隐者,陪伴着这位已经逝去了八十八年的画家。

走近红房子,先看到的是办公室、美术教室和博物馆。博物馆像一座谷仓,我猜想是后建的,里面陈列着斯蒂尔的生平照片和不多的画作,他的大部分作品在印第安纳波利斯的美术馆、印第安纳博物馆和印第安纳大学里。我第一次见到斯蒂尔的画,便是在印第安纳大学,很多是他早期的画,画面大多是田野和森林风光,色调有些晦暗。

还有一幢尖顶房子,沿坡地斜立着,面对草坪,四周百合、萱草和太阳菊,是专门为今天的画家而设立,现在这里定期会请一位画家住在这里绘画,体验当年斯蒂尔的生活。这是向斯蒂尔致敬的一种方式。

再往前走,才是斯蒂尔的故居,是一排平房,褐色的坡顶,红色的墙身,很长,一侧有一个开阔的露台,很熟悉,那是斯蒂尔当年画过的,他画得很漂亮,一看就怎么也忘不了。只是,画中的露台前有一株参天的大树,如今没有了,露台前簇拥着一丛灌木,绿意葱茏,如浴后披散秀发的女人。屋前是宽敞的小院,花木扶疏,斯蒂尔也曾经画过,画面上曾经出现过他的外孙女,还是个孩子。如今,岁月如风长逝,当年的小姑娘即使还在人世,也是多年的媳妇成婆婆了。可惜的是,房子里住着人,大概是斯蒂尔的后代,无法进去仔细看。

斯蒂尔出生在印第安纳州欧文镇,那里离这里不远,我曾经去过一次,是一个袖珍小镇,四周是田野和森林,大约离这里二十公里。他的父亲是个农民,兼做马鞍,家族里没有美术因子的遗传。所以,我相信,绘画是一种天才的本领,后天的学习,只会让他如虎添翼。斯蒂尔七岁学画,却没有什么专业的训练,长大后在印第安纳波利斯和芝加哥以画广告和人像为生,其经历和如今北京聚集在宋庄的一批流动画家类似。如果不是一个叫赫尔曼的好朋友鼎力相助,也许他就一辈子泥陷宋庄。

当时,赫尔曼看他那么痴迷画画,便找了12个人,每人出资100美元,加上他本人,一共凑出1300美元,送他到慕尼黑皇家美术学院学习,要求是学成回来送他们每人他画的画。这一年,斯蒂尔三十三岁。五年后,他毕业回到印第安纳波利斯,留学镀金没有给他带来什么变化,他还是靠画广告和人像为生。不过,他的心里已经展开了新的画卷。他不想总是画广告和人像,最想画的是风景,他的画风因此大变,不再像以前那样色调阴沉晦暗,而是色彩明朗而丰富,光线在画面上跳跃,有了印象派的风格。他甚至攒钱买了一辆马车,为的就是到乡间和林间旅行,捕捉森林中瞬间的万千变幻,画他最想画的风景。他在那时候来到了这里,相中了这一片美丽幽静的黄树林。

1894年,是他命运转折的重要一年,这一年,他四十七岁。印第安纳波利斯艺术学会在芝加哥举办美术展览,选中他多幅风景油画。这一次的展览,让斯蒂尔声名大噪。他的画开始卖出了大价钱。1900年,印第安纳艺术学会买下了印第安纳波利斯的廷克大厦,创办了海伦艺术学校,斯蒂尔也搬进廷克大厦居住。1907年,斯蒂尔有了足够的钱,终于买下了黄树林这片他钟情的林中绿地,买下了眼前我看到的这幢红房子,经过翻修改造,变成了他人生后二十年的栖息地。

他称廷克大厦是他的冬宫,称这里是他的夏宫。他还非常富有诗意地把这幢红房子叫作"唱歌的风"。

房子露台一侧,沿石砌的台阶蜿蜒走下,是一片轩豁的草地,再往前走,便是密密的森林。林子前,有一座古老的小木屋,看屋前牌子的介绍,叫"路边博物馆",是1870年苏格兰人造的房子,原在离这里5英里的地方。1907年,斯蒂尔来这里时便看中了这座小木屋,后来把它买下,移到这里。移到这里的原因,是因为这里有一条斯蒂尔修的小路,沿着这条斗曲蛇弯的小路,可以通向密林深处,那里有一条清澈的小溪。

因为是雨后,沉积去年落叶的小路有些泥泞湿滑,左右横刺过来的枝条牵惹衣裳,阳光被枝叶筛下变成暗绿色,时光在那一瞬间回流到以前,想象着斯蒂尔每天走在小路的情景,仿佛和晚年达尔文与卢梭常常散步的林间小路一样,帮助他们思考和写作,使得达尔文有他的进化论的著作,卢梭有了《一个孤独的散步者的遐思》,

斯蒂尔也神助般有了他那样一批美轮美奂的画作。

斯蒂尔将这条小路命名为"沉默之路"。

为什么沉默？想起如今的喧嚣和舌灿如莲的热闹，或许沉默才显得可贵而难得。对于一切富于创造性的工作而言，沉默永远是最需要的。沉默源于并依赖于内心。森林就是沉默的。

晚年的斯蒂尔把他住的红房子，和这片静谧的森林，以及这条"沉默之路"，称作是"精神避难所"。他说："对于有些人来说，这样的精神避难所是必要的。对于保持身心健康、继续成长，是有必要的。在这里，我选择了'避难所'这个词，是经过深思熟虑，因为这个地方不是为了娱乐休闲，而是为了受到启迪。"

或许，这就像我们先辈所说的天人合一，让大自然洗涤我们尘埋网封的心灵和精神。或者，像是巴黎郊区的巴比松，大自然是艺术最好的老师和守护神，养育了一批画家一样，也养育了斯蒂尔等一批画家。事实上，自斯蒂尔来到这里后，一批画家也先后来到这附近，印第安纳一批画家在这片森林中成长并蔚为成名。

1926 年，将要八十岁的斯蒂尔因心脏病逝世于这幢红房子里。

站在这幢红房子面前，想起斯蒂尔当年称它是"唱歌的风"。风还在习习地吹，只是不知谁还能如斯蒂尔一样听得见四面林中吹来的歌声。

我听到了吗？

无言的倾诉

霍珀(1882—1967)，是我喜欢的一位画家。在美国，擅长画风情的画家，一位是霍珀，一位是怀斯。他们二位，一个画都市，一个画乡村，人物风景各异，构建成了同一个时代的美国城乡两端。

和怀斯不一样的是，霍珀的画无可避免地弥漫着美国经济大萧条时的气氛。不管他有意还是无意，那些画成为了那个时代的一种形象化的注脚。怀斯的画，却没有这种时代的氛围，他远避城市，偏于乡间，更注重个人的情感和回忆。

怀斯晚年自述中曾经提到当时有人建议他，也能够和霍珀一样画中带有时代风的事情。很多人都希望艺术中有时代的影子，有主题的升华。怀斯对霍珀很尊重，也曾经学习过霍珀的画，但是，他说："我知道他们希望我和爱德华·霍珀一样，做个描绘美国情景的美国画家。但是，我感兴趣的只是希望创造属于我自己的小世界。"

怀斯的坚持是对的，他做不到像霍珀那样。他们拥有着各自不同的世界，所谓龙有龙道，蛇有蛇迹。

相比怀斯，我更喜欢霍珀。霍珀爱画都市里静态的风景，在有限而特定的空间里，一个人或几个人的瞬间定格，却心里翻腾着风雨。他有意避开喧嚣和跃动，避开热闹的大场面、大事件。

霍珀关注人和城市之间的关系。那种关系，疏离又紧密，隔膜又贴近，痛楚又无言，孤独又期冀，寂寥又迷茫，忧伤又苍凉。他爱画餐馆、酒吧、旅店、汽车旅馆、戏院、建筑、街道,甚至空荡荡的楼梯和阳光照进来的无人的门口。他画的这一切景物,仿佛昏昏沉沉睡着,整个世界在停摆,有一种不知今夕何夕的感觉。

霍珀的人物,在画中没有任何交流,也没有任何的表情,和他画的景物都是处于静态的一样,人物也处于静态,像舞台上人物最后亮相时的造型。那些人物之间,便有了布莱希特戏剧的间离效果。他们各怀心思,将一种寂寥而落寞的情绪弥漫开来,和人物周围的景物浑然一体,造成一种气氛,无声片一样,让人猜想。即使一时想不出来他们到底想的是什么,但那种情绪已经感染到了你,因为那里的人,很可能就是你我。

霍珀有这样的本事,他的写实功夫了得,将景物和人物都会描绘得精致而真切。他曾经到过欧洲留学,但欧洲那时流派纷呈,抽象派、现代派并没有带给他什么影响,他不像有些画家那样唯新是举,被眼花缭乱的画风所冲击而迷失了自己的方向。他始终以一种保守的姿态,坚持写实的风格,以不变应万变,面对正在动荡不安的世界。

《周日的早晨》,空无一人的街道,和空无一人出现的店铺,门前坐着孤零零的一个人,或者是店铺里的店员。还需要再让他说些什么台词吗?

《加油站》,依然是空无一人的道路,远方有葱郁的树林,浓雾一样笼罩的夜色,对比着灯光明亮的加油站的那几个红色醒目的油箱。油箱旁,依然是孤零零的一个人,是加油站的工作人员。还需要再让他说些什么台词吗?

《自助餐厅》,依然是空无一人,只坐着一个女人,仔细看,她的前面有一杯咖啡,她的一只手握住杯把,另一只手的手套却没有脱掉。一种寂寞无着的心态已经泄露无遗。还需要再让她也说一句什么台词吗？

无疑，这样的情绪表达，不属于霍珀个人，而属于一个时代。看霍珀的画，让我想起汤姆·韦茨沙哑苍凉的歌，想起卡佛寂寥简约的小说，尤其会想起菲利普·罗斯的长篇小说《美国牧歌》，同样描摹了美国经济大萧条时代，同样抒发两代人所谓的美国梦——并的失落，和失落之后带来深刻的精神迷茫。只是，他们都能够唱出来，写出来，说出来，而霍珀无法倾诉，只能借助他的画，为那个时代存照。这便是霍珀不同寻常之处。

霍珀最好的作品，要属那幅《夜鹰》。十四年前，我有幸在芝加哥美术馆看到这幅画。那是我第一次看到这幅画，也是第一次听说"霍珀"这个名字。从此，我喜欢上了这位画家，曾经借阅过他的很多本画册，临摹过他的画和素描，买过他的《加油站》的复制品。在芝加哥美术馆，还买过印着《夜鹰》的一件体恤，至今每年夏天还在穿。

《夜鹰》中出现的二男一女食客，和一位餐厅的侍者，彼此之间没有任何交流，他们谁都没有说一句话。空荡荡的餐厅，没有什么多余的装饰，环形餐台上也没有多余的食物，干净得让餐厅显得格外空旷，让人有一种像身处茫茫大海却抓不到一件可以握在手中让心里多少感到一点儿安全的东西。餐厅外的街道，依然是空无一人，无边的夜色，从街道的深处和拐弯处，如水一样漫延，压迫着这间餐厅和餐厅里的人们。人，在这样的空间里，显得格外局促、渺小、寂寥，有些紧张，像在演出一场默剧。而这正是美国大萧条时代形象的写照。如今，特别是今年疫情在全世界暴发，全球经济惨淡萧条的时刻，看霍珀半个多世纪以前的画，近在眼前，别有一番感受。

尼斯水边栗色的马

每一位画家都有专属于自己钟爱描绘的对象,比如凡·高之《向日葵》、莫奈之《睡莲》、马蒂斯之《窗景》、莫迪亚阿尼之《长脸歪头无眼女》、席勒之《狰狞怪异裸男裸女》、德加之《训练场跳芭蕾的舞女》、劳特累克之《红磨坊的舞女和妓女》、蒙德里安之《几何图形》等等。康定斯基对马最情有独钟。

说起画马,必然想起我国的徐悲鸿的鼎鼎有名的马。徐悲鸿画过很多匹马,但和康定斯基就无法相比了。康定斯基一生画过的马到底有多少,我没有见过精确的统计,仅我非常局限地观览,就有几十幅之多。

多,是康定斯基画马的特点之一。特点之二,是即便在康定斯基辉煌的抽象期,可以将一切抽象,唯独难以完全把马彻底抽象,如何将马的形态变化甚至变形,哪怕只剩下古代岩画那种隐约的线条,始终都有马的形与神的影子,可以一眼看出。这一特点,不知是否有人专门进行过研究,在我看来,这应该是有缘由的。

康定斯基笔下的马,不是随意构之,有着他明确的意象。《蓝骑士》(1903);《三头马车》(1911)中的白马;《官员》(1927)中的黄马和蓝马的官员;《在日光下》(1911)中的三匹马,一蓝两黄。这些不同色彩的马,或悠闲;或疾驰;或梦幻;或渴望;或风入四蹄轻,万里可横行;或何当金络脑,快走踏清秋;或落日长鸣漫昂首;或踏花归去马蹄香;或索性如《在日光下》中的三匹马一样,由下往上,奔驰在山峰之间,呈"之"字形,接力一般,向上攀登……都有他的情感和隐喻,或者是他隐秘的回忆,或者是他设置的隐喻,或者寄托着他对马复杂的心绪,或者暗藏着马是他的护身符一般的祈祷。特别是他画过多幅的《蓝骑士》,和他成立"蓝骑士"画家联盟相关,彼此互为镜像,是他内心宣泄在画布上的大写意,而绝非率性随意。

我一直揣测康定斯基为什么对马如此情有独钟。有一日,忽然看到这样一则传说:关于对马的印象深刻,最早来自康定斯基童年三岁的时候。那应该是一个人的记忆之初。那时,他痴迷于色彩,他家的马车夫把一些棍子涂抹上褐色、绿色和象牙色这样花花绿绿的颜色,让他很兴奋,便常常拿这些棍子当马骑着玩儿。马这个形象,最早存留在他的脑海里。长大一点儿以后,他随父母到意大利玩儿,在威尼斯的一个夜晚,看见一匹栗色的马,站在运河水边潮湿的石级上,马的身上有赭色的斑点和淡黄色的鬃毛,在夜色中闪动着朦胧而迷人的光。这匹静静伫立在水边的马,不知为什么给康定斯基留下了深刻的印象。

以后,康定斯基从莫斯科来到德国,在慕尼黑,他也看见过这样一匹马,也是栗色的身子,也是身上有赭色的斑点和淡黄色的鬃毛。他立刻想起了童年在威尼斯看见过的那匹马。如此的巧合,让他忽然涌起一股莫名的激动,像是有什么一直处于沉睡中的东西被突然唤醒,在他的心里荡漾起很多冲动和想象,以及愿望。

他仿佛听到了马的呼吸,甚至嘶鸣。

他仿佛看到了马的漫步,甚至奔驰。

我的猜想,或者想象,康定斯基这时候才有了画马的冲动吧。从最初的画作,到他所创立的抽象主义时期,马都曾经是他很多画面中的主角。马承载着他童年的回忆、绘画的理想,驮着他一路勇猛精进。

偶尔,他会想起那匹立于尼斯水边栗色马? 肯定会的。

一直到他自己成为一匹老马。老马识途,他也常会想起自己的童年。童年的记忆,对于他是那样历久弥新,对他是那样影响至深,成为他创作的动力和源泉之一。我便想起同为画家的夏加尔曾经画过的一幅油画《维台普斯克冬之夜》,地上,树上,屋顶,教堂上,一片皑皑白雪。夜空中星星在闪烁,半轮金黄色的月亮正在升起,一对情侣,乘着一匹巨大的红马,在空中驰骋。维台普斯克是夏加尔的故乡,那里有他经常想念的亲人,有他念念不忘的童年。夏加尔也是借助马,让马驮着自己在梦中飞回家。无独有偶,夏加尔和康定斯基童年的记忆,不仅是他们艺术创作至关重要的源泉之一,可以带他们画出一幅幅的画作,也可以带他们一次次回家。我们不是画家,只是普通人,童年的记忆,同样是我们回家和回乡的起点和落点。

东山魁夷的独唱

1944 年，战争就要结束。东山魁夷终于从部队上复员了。战争已经让他厌倦。久别的家，让他分外想念，恨不得一步扑向家门。那时，他的家早已经不在神户，而转移到了战争疏散点，一个叫作荆江的小村庄。他要从九州的熊本穿过战火烧焦的一座座城镇，奔向那里。战争的硝烟还在弥漫，家的气息，热浪一般，迫不及待地向他扑来。

事过经年之后，东山魁夷回忆那时的情景时写道："甲府盆地周围的群山，清晰地印在晴朗的天空。甲府市区一片焦土，我坐在由街头开往荆江的电车上，脏污的复员制服外面背着行囊。"

在画家的笔下，这应该是一幅游子归来的画。充满弥散不去的硝烟，背负着战火咬噬的行囊。涌动着一言难尽的爱恨情伤。对于我们没有经历过那场战争的人而言，或许可以从费翔曾经唱过的那首有名的老歌《故乡的云》中，依稀获取三十五岁时东山魁夷那飘摇跌宕的心绪。"归来吧，归来吧，归来却是空空的行囊。那故乡的风，那故乡的云，为我抚平创伤……"

东山魁夷终于回到了家。迎接他的，只有老母亲和妻子。父亲早已经死了，死在战争开始的第一年。弟弟患有肺结核，住在疗养所（他还有一个哥哥，早在他读东京美术学校时就死了）。命运对他更大打击的是，仅仅两周过后，母亲患病又离开了他。

家，没有为他抚平创伤，相反，给予这样一个紧接一个的打击。

对于一位画家,再大的命运打击,也难以摧毁画画的欲望。在这样的时刻,绘画是为他抚平创伤的最好方式。对于毕业于东京美术学校又留学欧洲的东山魁夷,绘画更是已经成为他生命的一部分。战争中,已经失去了拿起画笔多年,现在终于可以拿起画笔,他像是阔别多年重新找回了失散的自己。他怎么可以放弃呢?只有绘画,才能够让他重新燃起新生的希望。

转过年寒料峭的二月,千叶县市川市,要举办日本画首届展览。东山魁夷绘画的愿望如春水荡漾,冲过堤坝,漫延不已。他废寝忘食画了一批画,到市川美术馆送展。渴望成功,是每一个初出茅庐的画家梦寐以求的,更何况是百废待兴时刻的日本首届画展,如果能够成功,将为自己掀开崭新的一页。

终于等待公布入选名单的那一天。但是,名单上,没有他的名字。他不甘心,重新从头到尾又仔仔细细地看一遍。没有。确实没有自己的名字。

本以为可以烟花灿烂照亮天空的情景,没有出现。没有比梦想落空更让心沉重不堪的了。天空依旧是阴霾一片。

东山魁夷拖着沉重的步子回到家。没有想到,等待他的是弟弟病危的通知书,静静地躺在桌子上,已经等待了他整整一天。他马不停蹄赶往疗养所。弟弟已经奄奄一息,连说话的声音呻吟如蚊,都听不大清了。他伏在弟弟的嘴旁,仔细地听,方才听清楚,弟弟在说要他画一幅圣母马利亚。他赶紧找来纸笔,飞快地画了一幅并不太像的圣母马利亚。弟弟看了看,轻轻地说了句:"不像马利亚,像个花园……"便昏迷过去了。不到一个星期,弟弟去世了。

东山魁夷说:"和我休戚与共、患难相从的亲人,一个都没有了。"

一个紧接一个的打击,摩肩接踵而至。东山魁夷沉落在深渊。他眼前的天空,更加是一片黑暗。

他知道,如果就这样趴在深渊,那么,很可能就这样永远地被埋在深渊,不会有人知道。自己必须要从深渊爬上来。靠什么爬? 他知道,当有着血缘关系至亲至爱的家人一个个都离去了之后,没有一个会或能帮助自己,只有靠自己。

事后,东山魁夷说:"那时的我,已经堕入深渊,但一想到再也不会沉落到哪儿去的时候,心里反而踏实了。"

便将深渊当作平地一步步开始走吧。休对故人思故国,且将新火试新茶。

他将妻子在疏散点安置好,告别了妻子,自己一个人到市川市租了间简陋的房子住下来,准备发愤图强,做一个新的开始。他知道,一切的苦难甚至灾难,走到了头,都必须要有一个新的开始。有了这个新的开始,才会有新的希望,已经走到头的路,才会出现一条新的路。没有这个开始,那条走到头的路,便是真的到了头。

他拿着他画的一批画先到东京,找到曾经在东京美术学校教过自己的老师结城素明先生。这位前辈,经历过明治、大正和昭和三代的日本画坛的先驱,看过他的画后,一针见血地对他说:"你的写生练习不够! "

然后,结城先生又对他说:"不经过写生,绘画就站不住脚。缺乏这个根柢,就会感到气韵不足。"

说起自己参加首届日本画展铩羽而归的事情,结城先生说:"在使作品精益求精的道路上伴随着苦恼,是要碰几次壁的,这时候就要回到写生中加以修正。"

"细致地观察平常的事物,就会有非凡的发现。拿素描本去写生吧,要心如明镜般地观察自然!"

这是那次东山魁夷到东京拜访结城先生时,结城先生对他讲的最后几句话。这几句话,不仅为他最初在日本首届画展失败找出原因、指明了修正的方向,更为东山魁夷以后专事描绘精美的自然风景画奠定了基础。

东山魁夷回到市川,开始他的新的写生和绘画。甲信和上越诸山那些绵延起伏又寂寞沉静的群山,给了他新的认知和体验。战火硝烟散去,岁月流逝过后,群山依旧,仿佛故人,又仿佛陌生的来者。生离死别,血泪苦痛,都没有在它们身上留下痕迹。春雪化后,草木重新绿在山上,像是浴火后的重生,而将所有经历过的目睹过的一切,参禅入定一般,都融化在自己的寂寞沉静之中。特别是望着夕阳辉映之下,近山一片沉郁,像是凝结成冰的湖水;远山一片金碧辉煌,充满灿烂的生机,如同能够洞穿世事沧桑的神祇。用不了一会儿的工夫,当夕阳下山之后,夜色铺天盖地涌来的时候,一切便都会像沉睡一样,变成沉沉的黑色,无比苍凉,却也无限苍茫。

世上的苦太多,只有在大自然中,才归于平和、平淡与平静。在大自然中,人的渺小,如同沧海之一粟,群山之一石,和渺小的人眼中大自然让人感到窒息的美,才对比得如此的强烈,又如此的融合。那一刻,东山魁夷经历战争与家人生离死别的破碎的心,得到了重新的整合。他的画,在大自然中得到重生;他的生命,在画中得到重生。

结城先生说得真对,细致地观察平常的事物,就会有非凡的发现。在和这些群山的相视与对话中,他体悟到了,山和人一样,在寂寞中默默隐忍着一切,承受着一切。无论宏观的战争也好,还是个体的命运也好;无论生离死别也好,还是成败沉浮也好;在大自然中都得到了化解和融合。他忽然感到一种从来没有过的充实和平静。在写生的过程中,东山魁夷找到了难得的生命感。这种生命感,如水一般,在大自然和他的笔与他的心之间横竖相通,彼此循环。

两年之后,1947年,东山魁夷在他窄小的出租房里,创作了根据写生群山的画作,取名为《残照》。画完之后,他准备送去参加第三届日本画展。谁知道,画画的时候忘记了窗户的大小,而狭窄的门道是根本走不进去这样大幅的画作的。在窗前试了几次,画板都无法从窗户送出去。没有办法,他只好把画纸从画板上揭下来,把画板拆成两半,才勉强把画板从窗户送了出去。到了外面,再把画板拼接一起,把画纸重新贴在画板上。

东山魁夷的这幅《残照》,终于第一次出现在第三届日本画展上,在最后的评选中,被评为特优,并被政府收购。东山魁夷获得了第一次成功。一年之后,1948年,东山魁夷的《乡愁》在第四届日本画展上展出,再次获得成功,并从此取得无鉴定参展的资格。他终于步入了日本著名画家的行列。

《残照》对于东山魁夷一生的绘画事业至关重要,他开启了东山魁夷的绘画生涯,也开启了日本绘画尤其是风景画的一个新时代。

我看这幅《残照》,感到有着明显欧洲风景画的风格,和东山魁夷后期的风景画尤其是那些静穆美丽而自成一格的樱花山林湖水的风景画,相距遥远。占据画面绝大部分褐色的山峦,占据画面上方一角的暗灰色的湖水,占据画面最上方被夕阳辉映得一派金黄的山峰……在光线的作用下,山川的颜色被改变,大自然被改造成人为想象的形状和色彩。但是,光是瞬息万变的,不是恒定的,而包括山川在内的大自然,却是永远站在那里,云卷云舒,花开花落,不会改变的。东山魁夷的伟大,是和大自然心心相印、气脉相通的,在这样变与不变之中,创作出大自然和自己的壮丽,流淌出大自然和自己的旋律。他的笔下创造了日本崭新的大自然,是和以往明治、大正和昭和风景画不同的大自然。在这样全新的大自然中,有独属于日本的美,也有独属于东山魁夷的心。

事过经年,东山魁夷曾经这样说过:"《残照》是一首雅静的独唱曲。"

尽管东山魁夷曾经认为自己的一些作品属于大合唱。不过,这只是他自己的话而已,是谦虚,更是对大合唱的警惕。东山魁夷所有的作品,都属于他自己的独唱曲。在独唱中,更适合于与大自然的对话和喃喃自语,相看两不厌,唯有敬亭山。只有大自然,才能让人相看两不厌,超越世俗而升华至艺术的境界。从某种程度上,大自然是人心对应的一面镜子,是人心的一种调试器,是人心的一种外化与升华。因此,包括绘画在内的一切艺术,都应该是独唱曲,而不应该是合唱曲,让艺术独有的细微与言语,湮没在众声喧哗之中。

《残照》,是东山魁夷先吟唱给自己听的独唱曲,然后,我们听到,感受到大自然,感受到日本,感受到东山魁夷。

齐白石的《发财图》

齐白石的润格和画作一样出名。他的润格是他的前辈吴昌硕先生写的,润格便出师有名。这是以前画家的一贯做法,而不是现在找一帮托儿,哄抬润格。所以,齐白石一贯理直气壮地说:"卖画不讲交情,君子知耻,请照润格出钱。"

1927 年 5 月的一天,有人来买画,指定题目,要齐白石画一幅《发财图》。当然,是照润格出钱的,而且,按照润格,指定题目,是需另加钱的。

齐白石以画花草虫鱼出名,"发财"这样时髦而又抽象题意的画,他还是真未遇见过。齐白石和买家有了关于《发财图》的下面的对话,非常有趣。

齐白石先问买家:"发财门路很多,该怎么个画法?"买家说:"你随便画。"齐白石便说:"画一个赵元帅如何?"买家立刻回答:"非也。"

这第一个回合的问答,是对于赵元帅的否定。我们知道,赵元帅指的是赵公明,是我们国家传统的财神爷。赵公明曾经为周文王负责围猎事物有功,被封为大夫,到了明清时期,由于经济活动的加大,市场经济和资本主义的萌芽,才发掘出了赵公明做木材生意发了财之后乐善好施这一方面的功德,被封为财神。对于赵元帅的否定,等于对于神祇的否定,也就是说,发财不必迷信于神,或者说,发财不必靠神仙指路。

第二个回合。齐白石问："那么画印玺衣冠之类如何？"买家又答："非也。"所谓印玺衣冠，当然指的是走官道发财，这是从古至今发财的一条屡试不爽的捷径。对于这样的一条发财之道的否定，是觉得这并不是一条发财的正经之路。

第三个回合。齐白石问："那么画刀枪绳索之类如何？"买家还是给予否定："非也。"所谓刀枪绳索，当然指的是走非法发财的黑道，并非仅指明目张胆地抢劫，而是坑蒙拐骗假冒伪劣的奸商之类。这应该也是从古至今都存在的发财之路，即马克思早就说过的每一个毛孔里浸满了血。对这样的发财之路的否定，应该基于良知和道义。

最后一个回合，问答颠倒，主角次角位置置换，改买家发问，他对齐白石说："画一个算盘如何？"齐白石答："善哉。"对于这个主意的肯定，齐白石有这样一个解释：欲人钱财而不施危险，乃仁具耳。然后，齐白石一挥而就，画了一个算盘。

这四个回合真是有意思，简直就像现在的电视小品，有起伏，有悬念，有心理战，有潜台词。

这四个回合，又像是一阕古典的寓言，有讽喻，有警示，有劝诫，有肯定。

对于这幅《发财图》，齐白石和这位买家，各自心里都早有既定的目标选择。买家肯定是来之前就已经成竹在胸，却引而不发。齐白石心里对发财也有自己既定的想法，却也引而不发，投石问路，三试其意，在揣摩买家对发财真实的意图，最后图穷匕首见，算盘脱颖而出。

发财是人之所欲望，并没有错误。错误是前三个回合中的否定物，即对神的顶礼膜拜，以及昧心、黑心、走黑白两道。想这样三条发财之道,至今依然被不少人所顶礼膜拜,真的要感慨齐白石当年画的这幅算盘《发财图》了。上述齐白石的那个解释,不知是当时对买画的人说的,还是事后自己的思悟,不管什么样的情况,齐白石所说发财之路的仁之意,还是值得今天警醒的。具有这种仁之意,才会让发财发得心安理得。所谓仁,是中国文化传统尊崇的道义,亦即不要发那些不义之财。不义之财,无论是黑道白道,都逃脱不掉最后的危险。那便是道义的惩罚,神祇也帮不了你。

八十九年前,齐白石画的这幅《发财图》中的算盘,便成为一种象征,成为一句谶语。齐白石很珍惜这幅画,客人买画走后,他立刻又重画一幅,自己藏于匣底,并书写了上述委婉有致四个回合的长篇题款,占了整个画幅一半以上。齐白石一辈子画虫草花鱼无数,画算盘,唯此一幅。想放翁诗:"细考虫鱼笺尔雅,广收草木续离骚",其实,白石老人的这幅算盘《发财图》,比那些虫鱼草木更能够笺尔雅,续离骚。

青羊宫邂逅

　　1939年，张大千年整四十岁。他迷恋成都的青城山，住那里已经多日了。这是张大千艺术活力旺盛的年代，在京沪两地已经举办多次画展，名声日隆，画卖的价钱也水涨船高。

　　这一年，题名"张大千画展"，在成都祠堂街举办。在成都，这是件大事，对于画界人士而言，谁都知道张大千来到了成都，居住在青城山上。但是，在成都开画展，这还是第一次，谁都想来先睹为快。

　　所有的画作，都在青城山上，打包运送下山，布展停妥之后，张大千到成都市里逛逛。他是位美食家，又是四川人，想到街面上吃吃成都的小吃。路过青羊宫不远，陪他逛街的一位朋友指着青羊宫，随便对他说了句："你知道广东的画家关山月吗？"张大千说："没见过，但听说过这么个人，是个年轻人。"朋友对他说："他的画展正在青羊宫里展览呢。"张大千一听，不去吃小吃了，大手一挥说道："走，看看去！"

　　什么时代，画家都是越老越值钱，越有名越值钱。关山月比张大千小了十多岁，那时还是小荷才露尖尖角，名气不足，兜里的银子更是不足。在那样一个兵荒马乱的年代里，办起这样一个画展，很不容易。关山月是广州人，太平洋战争一爆发，日本鬼子占领了广州，关山月逃离出广州，背井离乡，一路流浪，辗转来到大后方成都。这是一个和他的饮食生活习惯和说话的方言完全不同的一个地方，举目无亲，一下子显得天远地远，仿佛到了天边。身上带来的钱花得差不多的时候,吃住的生存问题迫在眉睫。他只有一双手和一支笔,靠卖画谋生了。举办画展就是为了卖画,赚几个钱来勉强度日。张大千太明白年轻人办画展的实际情况和一个流浪画家的苦衷,他自己也是这样一步步从年轻时候跌跌撞撞地走过来的。都说青春成长的背景不一样,但是青春所有的内容和本质却是相似的,那便是艰难和艰难中的不屈与跋涉。

张大千走进没有一个人参观的关山月的画展里,进门就大叫一声:"谁是关山月,关山月在哪里?"响亮的回声,在空荡荡的展室里回荡。

关山月闻声走了出来,心里挺奇怪,是谁呢?用一口地道的四川话,这么大声叫我的名字?既有些亲切,又有些陌生,还有些急切。

关山月走到张大千的面前,一看是个满脸大长胡子的人,这面孔好像在哪里见过,他立刻想起来,好像在报纸上曾经见过,莫非是张大千?但是,他一时不敢相信。张大千这么有名的大画家,而且,听说成都也正在办他的画展,那么忙,怎么会有闲工夫跑到我这里来呢?他有些迟疑。

张大千已经握住他的手,打破了他的迟疑,对他说:"你就是关山月先生吧,早就听说过你。我是张大千,今天特意来看看你的画。"

关山月喜出望外,忙不迭地说:"还请张先生赐教!"

张大千还没有看画,先问关山月:"你这里哪一幅画价格最贵?"

关山月有些奇怪,指着一幅画说:"这幅。"

这一幅标价一千大洋。关山月标这样高的价,并没有想能够卖出去。

张大千连看都没有仔细看,指着这幅画,立刻说:"好,我买下了!"

一千块大洋呀，在当时的成都，一千块大洋，可以买到一座很不错的公馆。

关山月明白了张大千来看他的画展的目的，这是在帮助他呀。画家再小，再穷，都有自尊，张大千用这种方法，为他雪中送炭。他一下子有些感动，也有些心酸，来成都多日了，有谁这样爽快地向他伸出过援手，在他最困难的时刻给他一点儿帮助呢？为办这个画展，画画用的纸张、笔墨、颜料、装裱的钱，都是七拼八凑借来的呀，借青羊宫这个展览的地方，还是朋友做的担保呢。身世浮沉雨打萍，颠簸流浪在异地他乡，饱尝了世态炎凉。没有想到，从未谋面的张大千前辈，却给了他这样的温暖。他的鼻子一阵发酸，眼睛湿润了。

张大千看到了他这样感情的起伏，安慰他道："你是岭南人，我的祖籍也是，我们还是老乡呢！说来，今日我们在青羊宫相会，是前世都安排好的呢。"

这话说得关山月有些莫名其妙，怎么会是前世安排好的呢？

张大千对他说道："你不记得杨雄在《蜀王本纪》里写过的话了：'子行道千日后，于成都青羊宫肆寻吾。'你看看，是不是你今天在青羊宫寻到我了？"说着，张大千将着他的长胡子呵呵大笑起来。关山月也被他这一番幽默弄得含泪带笑，一下子让关山月感到，站在自己面前的不是什么赫赫有名的大画家，而真的像是早就熟悉并相知的老朋友，或者岭南的乡亲。一时间，颇有种他乡遇故知的感觉。

张大千开始认真地看画，忽然，关山月发现他站在自己画的一幅画前，全神贯注地看了半天，没有动窝，还好几次退后几步仔细观看，用手将着他的大胡子沉吟良久。那是一幅墨梅，满纸墨梅盛放，清香凛冽，枝干遒劲，有股子不屈服的劲头。这可是关山月最为得意的一幅画呀，他觉得自己遇到了知音。

张大千看完之后,情不自禁地对关山月说:"这一幅画得最好。"还没等关山月说话,他紧接着又说道:"这一幅我也买下了!"

关山月当然明白,这是一位前辈对晚辈的提携,更是在动荡年代里一位前辈对晚辈不仅是物质而且是精神的关心和扶助。

张大千买走关山月的两幅画的消息,不胫而走,立刻在画界传开。名人效应的带动,懂行的、不懂行的;风雅的、附庸风雅的,都跑到青羊宫看关山月的画展。画展上,一直冷清的画作,没多久也陆续卖光。关山月庆幸自己在颠沛流离之中来到了成都,如果他不是来到成都,而是跑到了别的地方,他便遇不到张大千,也便没有了他人生中最难得的一次邂逅,没有了杨雄早就预料过的青羊宫寻觅的命中相遇。

事后,很多人提及这件事,张大千说:"我们是同行。世上好多事情,往往是你伸把手,帮一帮就成了,压一压就完了。"

其实,不仅对关山月,对很多年轻的同行,他同样是这样伸把手帮一帮。两年前在北京,也是青年画家何海霞拜张大千为师,送来一百大洋作为拜师礼。张大千知道这个贫寒的年轻人,哪里能有这一百块大洋,都是拼借来的,他怎么可以收这样的钱呢?没过几天,他把何海霞叫来,对他说:"这一百大洋,你送我,执弟子礼,我如不收,非礼也。现在,我把这一百大洋还给你,是我的师礼,你如不收,亦非礼也。我们都是寒士,艺道之交,贵在相知相助,以文会友,以画通心。"

在张大千的艺术生涯中,帮助扶植过的,不止一个关山月和何海霞。

四十三年过后,1982年年关将近的时候,一位来自美国的华裔科学家热爱绘画,到广州见到关山月。这时候的关山月早已经不是青羊宫里寒酸的小画家，而是鼎鼎有名的岭南派画家的代表人物。这位业余画家拿出自己画的一幅兰花，请关山月指教，无意之中提到了张大千的名字，让关山月眼睛为之一亮，四十三年前青羊宫邂逅的往事，立刻浮现眼前。分别四十三年，他再也没见过张大千这位他命中的贵人和恩人。岁月如流，这中间经历过多少世事的沧桑，而今自己也从一个小青年变成两鬓飞霜了。

这位科学家说过两天，他要去台湾拜会张大千。关山月心中无限感慨，那时候，两岸尚未三通，他能去拜见张大千，自己却不能。无限感慨之余，一时无法当场作画让这位科学家带给大千先生留念指教，手头又没有别的物件，忽然想起包里有新印的贺年卡，关山月拿出一张贺年卡，上面印着自己新画的一幅《红梅白梅图》，便在上面写上：大千前辈万福，艺术生命常青！请来人到台湾带给大千先生。

四十三年音信中断的两位画家，终于又连上了线。还是这位科学家兼业余画家的穿针引线，请在香港的赵少昂画竹和笋，请在中国台北的张大千画灵芝和寿石，最后请关山月补画墨梅，完成了这一幅合作画作。世上国画中合作的画作不少，但这样一幅绝对是空前绝后，它以并不遥远的距离，完成了几十年岁月阻隔的跨越。因此，它不是一幅平面纸质之作，而是具有时空与历史交织一起的三维立体之作。

对于关山月而言，这幅合作之作的意义更是非同寻常。因为，他最后补上的那一枝墨梅，也已经跨越时空，完成了他对于大千先生思念的不了之情。四十三年前，青羊宫里，大千先生流连夸奖他画得最好的那一幅画，画的也是墨梅。

这一幅合作之作，前后一共用了三个多月的时间。它也成了张大千的最后之作。这幅画完成后在北京荣宝斋装裱之后，被带到广州的那一天,正是张大千逝世的那一天。关山月得知消息后,挥泪写下这样四行诗:夙结敦煌缘,新图两地牵。寿芝天妒美,隔岸哭张爰。

这首诗,写得并不出色,敦煌之行,对张大千的艺术道路当然是至关重要的一个节点,但是,和关山月与张大千之间的关系不大,和关山月关系重要的,是青羊宫的邂逅。因此,诗的头一句应该写为"青羊宫结缘",就完美了。

悲鸿雪

　　1993 年的秋天,徐悲鸿画展在成都举办,徐悲鸿的夫人廖静文随那些名贵画的原作,专门从北京来到成都。可见她对此次画展的重视。因为那一年,正是徐悲鸿逝世四十周年。

　　说来,真是太巧了,那时,我正在成都,没有错过这次精彩的画展。

　　在琳琅满目的画作中,特别的奇怪,我在这样一幅国画面前停住了脚步,站在那里看了许久,那情景,虽然已经过去了整整十年,依然记忆犹新。而那幅画,更是定格在我的脑海里。

　　那是一幅国画,画的是雪。

　　正如一百个人读莎士比亚或读曹雪芹,会有一百种读法和想法一样,每个人走在徐悲鸿的画前,也会涌动着不相同的心境和思绪。会有更多的人,对他的奔马、灵鹫、伤狮、九方皋、漓江纯雨、巴人汲水,或者"每逢佳果识时节,当日深交怀孚公"的枇杷……兴味盎然,流连低回。而我在这所落成不久偌大的展厅里,在徐悲鸿油画、国画、速写上百幅巨制里,唯独在一幅画掐灭蓦然眼光一亮,双脚焊在那里,望着它久久没有移开脚步,肯定有一些理由,或者在冥冥中有什么启示。

　　也许,我对徐悲鸿其他的画早已见惯了,不仅印在画报上,而且印在挂历上、明信片上,复制得太多,见多不怪,缺乏了新鲜感。而这幅画,以前我并未见过。可能是我见识太少,对徐悲鸿并不了解,当时这幅画挂在展厅的一个角落里,并不显眼,不知为什么,大约它不如其他那些画那么有名吧?也许,只是无意的安排而已。但我却被它吸引,我却觉得这幅画笔法遒劲,寓意非常,颇值得玩味。如果说那些早已闻名的奔马、灵鹫、伤狮、九方皋、漓江纯雨、巴人汲水……更多地表现了徐悲鸿的爱国感情和民族情操,那么在徐悲鸿众多画中,这幅画寄托着更多个人的情感,方使得笔底涟漪荡漾,不同凡响。也可能,这只是我看它时寄寓主观色彩的想象,根本不足为凭。但我确实很喜欢这幅画。

这幅国画,画着松树枝上缀满皑皑白雪,漫天纷飞的大雪扑满纸面的其他空间。要说,这样画面的构思,在传统国画中并不新奇,松的皴染、雪的点彩,技法也并不独特,但那意境确实深邃,细致入微的笔触,让你觉得雪花纷飞直扑到你的脸上,钻进你的脖颈。寒冷凛冽之中的湿润而温馨的感觉,是只有雪才会给予你的。雪天之外的世界,更引你悠悠遐想。或许对于当时流连在我身旁那些很少乃至从未见过雪的南方人来讲,这算不得什么,引不起他们什么感情的回忆和联想。对于我这个来自北方,一个在北大荒冰天雪地里摸爬滚打了整个青春岁月的人来说,这个世界太熟悉、太亲切、太让我心头发紧发疼,而生出对雪种种记忆和想念。

在秋天,我见到了冬天的雪,这是徐悲鸿的画给予我的天地!在南方,终于见了雪,这是只有艺术才能创造的奇迹!

关键是这幅画下方有徐悲鸿的题跋。原句已忘,大约是时在桂林,桂林冬日无雪,他分外想念雪云云。这是他 1942 年客居桂林时的创作。1942 年,无论对于民族,还是他个人,都是一个至关重要的年头。我弄不明白他为什么要画这样一幅思念雪的画,我也弄不明白他对雪的思念到底蕴涵着什么。当然,雪是北方的象征,可以说他对正在浴血奋战抗日前线的北方的思念。这是一般很多人愿意对徐悲鸿的解读,但我不愿替他做这样浅露直白的解释。把他所有的画都做如此解释,实际上泯灭了作为艺术家个人的情感。而 1942 年,正是他个人情感转机的年头。这一年,他与蒋碧微女士分居已长达六年之久;恰恰这一年,另一位十九岁的少女从湖北来到桂林,鬼使神差地走到徐悲鸿的面前。她就是廖静文。1942 年,她为徐悲鸿个人生活撩开新的帷幕。

我读过廖静文女士著的《我的回忆》,也读过蒋碧微女士写的《我与悲鸿》。传记这东西总带有个人强烈感情与个性色彩。原汁原味已绝不可能。因此,尽管这两本书相悖之处颇多,我想能辨真伪的只有当事人,旁人是很难去做政治与道德简单评判的。我只是在这次画展中,重读 1926 年徐悲鸿为蒋女士画的油画《箫声》、1943 年(也就是自桂林见到廖静文后的第二年)为廖女士画的水墨素描(其实,我是第一次看原作,以往看的只是画报上的复制品),心里想象着这两位女士在徐悲鸿这样一位艺术家生活道路与情感世界中的印痕,恐怕是极为复杂而绝非单一,更不会如鸟飞天际、了无踪迹的。文字书写的传记、时过境迁的回忆,都远远赶不上当时的画作更能够揭示人的内心一隅。在这一点上,绘画比文字要更为感性地能够为真实的岁月和感情保鲜。恰恰是有这两幅画留在世界上,可以掀开徐悲鸿内心的一角。

在这两幅之间,有了这幅《雪》。在 1926 年和 1943 年之间,有一个 1942 年的桂林对纷飞雪花的思念。

或许,这只是我的胡思乱想,却是我站在这幅画前的真实想法。无雪的季节、无雪的南方,思念雪,无论如何,是一种别样的心致与情境，它构成了有无之间、物我之间、现实与想象之间、渴求而不可得之间、近在咫尺与远在天边之间，一种精神上落差所产生的美感。这种美感，是折磨而苦涩的，颇似瀑布飞天落地时沉重的迸裂之感。

雪，在这一刻有了生命。

我的一位朋友兼兄长，我极尊敬的历尽磨难而坠楼长逝的诗人昌耀，正是在1993年那一年写了这样一句诗："不冷的冬天，难道不是冬之赝品？"

同样可以说，无雪的冬天，一样是冬之赝品！

同样也可以说，没有爱情的人生，一样是人生的赝品！

尽管，雪很冷。

而真正的爱，也并不尽是甜蜜蜜的棒棒糖。

而真正的艺术（包括绘画在内），恰恰应该是爱和痛苦的结晶。

花之语

　　艺术家，从来分幸运和不幸两类。一般而言，过于幸运，对于艺术家会是腐蚀剂；艰难困苦，玉汝于成，从另一方面则会让艺术家因不幸的磨难而将艺术之路走得更远些。

　　庞薰琹先生属于这样一类的艺术家。

　　庞薰琹先生是我国老一辈的油画家，年轻时和徐悲鸿、常玉等著名画家同时期到法国巴黎留学，学习油画，并与他们齐名。他可谓学贯中西，有着西画和国画的双重实践，是对于服饰装潢有着独到造诣的艺术家和工艺美术教育家，1949 年后，曾首任中央工艺美院副院长。不过，庞先生的命运赶不上徐悲鸿，1957 年撤销了他的中央工艺美院副院长的职务，他被降两级的处分，在清华大学万人和工艺美院千人大会之后不久，他的妻子也是我国老一辈油画家丘堤去世了。从此，沦落为打扫厕所的清洁工，开始了他孤独的人生，度过他人生最艰难痛苦的时期。

　　晚年的庞薰琹先生写过一本自传，其中有这样的两行字：

　　1964 年。画油画:《紫色野花》。花是从花店地下捡回几枝被弃的烂的花，取其意进行创作的。

　　面对这两行字，我读过好多遍，每读一次，心里都发酸。"地上"

"被弃""烂花",这样三个紧连在一起的词语,呈递进的关系,犹如电影里的一个由远推近的特写镜头,让我看到这样几枝委顿的残花败叶,一点点地彰显在眼前而分外醒目。这样在花店不值一文钱的花,这样在一般人眼里不屑一顾甚至会不经意踩上一脚的花,对于一个画家,特别是在失去了创作的机会却渴望绘画的敏感的画家,却是如获至宝。庞先生将这样"烂的花"称为"野花"。他以自己的创作,赋予了这样路边拾来的花以新的生命。野花,可以被抛弃,被遗忘,被鄙夷,但却也可以充满旺盛的生命力,慰藉自己,并慰藉他人。

一个著名的画家,又重回年轻窘迫的巴黎留学时光,没有钱,更没有机会,可以让他面对鲜花写生创作,而只能从花店地下捡几枝被弃的烂的花回家,悄悄地写生创作。很长一段时间,我的脑子里都浮现这个画面,总忍不住想象那一天庞先生从花店门口经过,偶然看见了店门口这几枝零落的残花。不知道,那一天是黄昏还是清晨;不知道,庞先生看见了花之后,想上前去捡时是有些羞怯,还是没有丝毫的犹豫。我想,如果是我,首先,我会敏感地注意到地上落着有花吗?即使是凋败却依然美丽的残花吗?其次,我会有勇气不怕别人的冷眼甚至呵斥,上前弯腰拾起花来吗?

也许,这正是庞先生区别于我们的地方。他以一名画家对美的敏感,对艺术的渴求,对哪怕是艰辛生活也要存在于心的希望,才会看到我们司空见惯中被零落被遗弃甚至被我们亲手打落下的美好的东西。他才能和这地上的残花有了这样意外的邂逅。

同时,他毕竟会画画,画画是他的本事,更是他的追求。什么时候,任何人,都无法剥夺他手中的画笔,他可以用他特有的方式让活下去有了勇气和信心,让绘画不仅仅属于展览会或画廊乃至画框,而属于生命。因此,这样的邂逅,便不只是同病相怜,而是一见倾心,是彼此的镜像。他才赋予那地上的败花以紫色这样高贵的色彩。

　　晚年的庞先生画了大量的花卉,《鸡冠花》《美人蕉》《窗前的白菊花》《瓶花》都被中国美术馆收藏,六十七岁生日之作《瓶花》还曾经参加巴黎美展。这和他前期在巴黎时重视人物与景物的现代派风格浓郁的画作大不相同。不知道别人会如何解释这一现象,我以为这和 1964 年他在花店的地上捡回几枝被弃的烂的花,有着密切的关系。从那以后,他的心似乎更加柔软缠绵,甚至他路过崇文门花店看见地上的几朵无人问津的草花,也花了几角钱买回来,放大作画。在经历了颠簸的人生与沧桑的命运折磨捉弄之后,他反而越发孩子一般对于比他更弱小而可怜的草花关切,除了他本身的艺术气质之外,就是他不易操守,不改初衷,依然保持着年轻时候就有的对于生活的真诚和对美的向往,以及不会被磨折和泯灭的信心。

　　每当我想起庞先生的这幅画,总忍不住想起法国作曲家拉威尔曾经作过的一首叫作《花之语》的乐曲,曾经是芭蕾舞曲,又曾经被改编为管弦乐曲。如果花真的能够说话,我相信,这幅《紫色野花》便是庞先生最好的心曲。拉威尔将这首《花之语》又取名为《高贵而动情的圆舞曲》,我想后者这名字和庞先生正相吻合。庞先生把那野花画成了紫色这样高贵的色彩。拉威尔的这首曲子,是这幅画最好的背景音乐。

自画像和自拍照

　　自画像，是绘画样式中特殊的一种。它们总能引起我卑俗的窥探欲，多少能够猜想到画家绘画之外内心一隅的些许秘密。

　　非常多的画家都画过自画像，就如同很多作家都愿意写自传。这种传统，大概自文艺复兴时期达·芬奇始。达·芬奇的那幅自画像属于写实派，须眉毕现，更像照相，只是自己的心情与性格，并不十分分明。特别是与后来各种流派纷呈时代的画家的自画像相比，比如阴冷抽烟的贝克曼、手比脸还要长的席勒、脸部完全变形的培根、裸体的基弗、色块堆砌的塞尚……画风与意象，相去甚远。

　　我不知道世界上哪一位画家画的自画像最多，从资料上看，似乎是凡·高和弗里达自画像的数量位于前茅。仅仅在1885年到1889年这四年里，凡·高就画有四十多幅自画像；而弗里达一生中三分之二的作品，画的都是自画像。

　　还有一位画家，自画像画得也是不算少的，便是蒙克。

　　好几年前，我和孩子在纽约玩儿，正赶上蒙克回顾展在现代艺术馆展览。展品丰富，贯穿蒙克一生。有意思的是，蒙克后期的作品，特别喜欢重复画曾经画过的旧作。自画像，便是他重复画的作品。那次的展览中，看到他晚年画的很多幅自画像，其中几幅都是蒙克年轻时候画过的自画像。从画面上看，苍劲的笔触画得依然那样的英俊潇洒、风华正茂，心里便有些奇怪，蒙克为什么要在衰老之年画这些青春时的画像？是伤红悼绿,留恋远逝的青春吗？

蒙克不是一个外向的人,他有些内敛,甚至有些羞涩。他的童年和少年是不幸的,五岁那年,母亲因病去世;十四岁那年,姐姐又因病去世。这样不幸的阴影,再加上贫穷沉重的影子,一直伴随并影响到他整个的青春期,成为他画中与画外世界的一种连接点。在远离青春几十年之后,反复画同样一幅画,是蒙克记忆顽强不灭的一种方式,也是蒙克消除自身痛苦的一种方式。同时,成为他绘画艺术中独有的美学表现的一种方式。

那次画展中,留给我至今难忘印象的,是这样两幅画,一幅是题为《在时钟和床之间的自画像》,他画了自己老年的样子,却努力挺直了高高瘦削的身子,一身黑西装颇有些笔挺地站着,他的右侧的书架上摆放着一个不大的老式时钟,他的左侧是铺着黑红相间横条纹床单的单人床,床边挂着一幅朦朦胧胧的黑白女人裸体画。在这一幅自画像中,可以看到命运再如何不屈服,毕竟已经老了,强撑着疾病缠绕的身子,远逝的一片苍白的爱情,时钟和床,便都成为带有象征意味的生命流逝的背景。

另一幅,是展览中最后的一幅画,这是蒙克的最后有他晚年画的自画像。这是他最后的一幅自画像。他再也无法挺直身子,他索性脱掉了那件黑色的西装,赤身裸体地站在床边(还是那张寂寞的单人床),那样的瘦骨嶙峋、衰败颓然,让人不忍目睹。这是以前在画册中从未见过的,它让我心里涌动着一股说不出来的感觉。生老病死,蒙克都经历过了;爱恨情仇,蒙克也都品尝过了。旧事已无人共说,鹤发残年,蝇头细笔,只剩下了自己的手中的调色盘。他知道自己走到了生命的尽头。

都说艺术家有自恋情结,越是大艺术家,这种情结越浓。画家的自画像和作家的自传,可能表现出来的这种情结更显著。心理学家说过,任何自传都免不了包含着自我辩护。如果这样的说法成立,自画像也应该会包含着自我辩护。它通过色彩和线条,以及绝非客观的视角,总会遮掩一些什么,会遗漏一些什么。难得的是,蒙克最后的这两幅自画像,没有那种春风得意的画家画风中情不自禁流泻而出的志得意满,也没有那些人老之后江湖码头大佬的颐指气使,或者人老珠黄却偏不服老依然要洋溢一颗少年心的洋洋得意。他没有回避自己的衰老和病态,他真实再现了垂危时刻内心所掩藏不住的无助、无奈的悲凉,与形体的丑陋、面容的呆滞,以及我所难以了解的他更为复杂的心情和感情。我想起在展览最前面蒙克照片的介绍中引用他的一句话:"真正的艺术作品来自人的内心世界。"他说得真好,看这幅自画像,觉得他一生的轨迹,起码相当一部分都浓缩在这里了,或者说赤条条地展现在这里了。从这一点说,我是相信画家的自画像,甚于相信作家的自传的。

自画像,让我想起如今流行的手机自拍。但是,这种自拍照和画家的自画像,本质的不同,便在于蒙克所说的自画像属于艺术品,来自人的内心世界,而借助电子化立马可得的自拍照,只会有脸上瞬间绽放的表面甚至是伪饰出来的表情,而难有自画像笔墨色彩勾勒而出的内心曲折的流露。

凡·高在谈自己画的那些自画像时,曾经说过这样一句话:"一个世纪之后自己的自画像,在那时人的眼里如同一个幽灵。"这话说得很有意思,自画像,尤其是如凡·高和蒙克这样的现代派画家的自画像,确实会给人这种穿透时光、心灵和面目的幽灵般地感觉,再绚烂多姿的自拍照,只是平面的、表象的,绝对不会有这样地感觉。这或许从另一个侧面,说明了自画像和自拍照的区别,是一目了然的。

第二辑

曲中论

寻找贝多芬

有一段时间,我突然不喜欢贝多芬了,而把兴趣转向勃拉姆斯和德彪西。我觉得世上将贝多芬那"命运的敲门声"过分夸张,几乎无所不在,不仅在文学作品中屡见不鲜,以此为主人公命运的点缀,就连詹姆斯·拉斯特和保罗·莫里亚的现代轻音乐队,也可以肆意演奏他的《命运》,强烈的打击乐莫非也能发出"命运的敲门声"吗?这很有些像那一阵子将莎士比亚的《奥赛罗》改成我们的京戏,让人啼笑皆非。过分夸张,可以成为漫画,但那已经绝不再是贝多芬。而天天、处处听那"命运的敲门声",实在也让人受不了。贝多芬既非指照明灯那样的思想家,也不能通俗得如同敲打不停的爵士鼓。

其实,那一段时间,我如一些浅薄的人一样,对贝多芬所知甚少。除《命运》《英雄》之外,他还有着浩瀚的音乐财富。

一个闷热不雨的夏天,我忽然听到美国著名小提琴家雅沙·海菲兹演奏的小提琴。那乐曲荡气回肠,一下子把我带入另一番神清气爽的境界。其实是乐曲的第二乐章,柔美抒情中带着绵绵无尽的沉思,那音乐主题由小提琴带动不同乐器反复出现,真让人感到面前有一幅动情的画在徐徐展开,呈现出层次丰富而色彩纷呈的画面,那乐曲让我深深感受到天是那样蓝,海是那样纯,周围的夜是那样明亮、深邃、清凉一片而沁人心脾……

后来,我知道,这同样是贝多芬的乐曲《D大调小提琴协奏曲》。

贝多芬原来也还有这样近乎缠绵而美妙动情的旋律。我也知道,正是创作这首协奏曲的那一年,贝多芬与匈牙利的伯爵小姐苔莱丝·勃朗斯威克订了婚。他将他的爱情心曲融进那七彩音符中。

贝多芬不是完人,却是一位巨人。当我更多地接触了一些他的音乐作品,才深感自己是面对一座高山一片森林,原来却以一石一叶而障目,自己远远没有接近这座山这片森林。贝多芬并不是夏日流行的西红柿和冬天储存的大白菜,可以俯拾皆是。他不能处处时时为你敲门,也不会恋人般无所不在地等候与你相逢。他需要寻找,用心碰他的心。

春天,我从海涅的故乡杜塞尔多夫出发,到科隆,然后来到波恩。我是专门来找贝多芬的。在这座城市波恩小巷 20 号的二层小楼上,1770 年 12 月 16 日,诞生了这位音乐巨匠。

那一天到达波恩已是黄昏,天在下着蒙蒙细雨,沾衣欲湿,如丝似缕。踏上通往波恩小巷的碎石小道,我心里很为曾经对贝多芬的亵渎而惭愧。对一个人的了解是世上最难的事。对音乐的认识,我真还是处于识简谱阶段。此番之行,算是对贝多芬真诚的歉疚。

当我不止一次听贝多芬的《月光奏鸣曲》和《D 大调小提琴协奏曲》,每一次都为他的深情感动。贝多芬在作了这首小提琴协奏曲四年之后,他与苔莱丝小姐的婚事未成,再一次的打击迎接了他,但他依然源源不断地创作出《热情》《田园》那样美妙动人的乐章。我相信这是那矢志不渝的爱的结晶。要不为什么在十年后,贝多芬提起苔莱丝仍然说:"一想到她,我的心就跳得像初次见到她时那样剧烈!"而且写下那一往情深的《献给远方爱的人》。

不管别人如何理解贝多芬,我心目中的贝多芬的外表,绝不像街头批量生产的那种贝多芬石膏头像,也不是被人们形容的那种

"狮子似鼻尖和骇人的鼻孔"的李尔王时的悲剧人物。我懂得,他所经历的痛苦远远比我们一般凡人多得多,但他绝不仅仅是一个天天咬着嘴角、皱着眉头、忧郁而愤恨的人。正由于他对痛苦的经历与认识比我们多,所以他对爱欲、欢乐渴望的意义才比我们更为深刻,更为刻骨铭心而一往情深。他不是那种描绘性的作曲家,而是用自己的深情、自己的心和灵魂进行创作的音乐家。我想,正因为这样,在他创作的最后一部《第九交响曲》中,既有庄严的第一乐章的快板,也有如歌的第三乐章的慢板,更有第四乐章那浑然一体高亢而情深的《欢乐颂》。听这样的音乐实在是灵魂的颤动,是心与心的碰撞,是感情世界的宣泄,是人与宇宙融为一体的升华。

雨丝飘飘洒洒,似乎也沾染上了贝多芬动人的旋律。暮色中的波恩笼罩着几分伤感的情调。小巷不长,很快便到了一座并不高的小楼前:淡藕荷色的墙,苹果绿的窗,翡翠绿的门,门楣上雕刻着橙黄色的花纹,均是新油饰而成。墙上排雨管边镶着一块木质门牌,阿拉伯数字"20"分外醒目。这便是贝多芬的故居?简陋而显得寒酸,如同他最后指挥《第九交响曲》一样,连一身黑色燕尾服都没有,只好穿件绿燕尾服将就。至于那门窗墙的颜色搭配得不协调,简直像是出自小学生之手,这未免太委屈了贝多芬。只有门前两个方形的小小的花坛中栽满红的黄的不知名的小花,在雨雾中含泪带啼般楚楚动人。

可惜,我来晚了,早过了参观时间,绿门已经紧闭。我无法亲眼看看贝多芬儿时睡过的床、弹过的琴,和他那些珍贵的手稿。我只有默默地仰望着二楼那扇小窗,幻想着这一刻贝多芬能够从中探出头来,向我挥一挥手;或者从那窗内飘出一缕琴声,伴随着他那一阵阵的咳嗽声……

没有。什么也没有。只有雨还在如丝似缕地飘洒，只有门前的小花在晚风中悄悄细语。但我分明已经感受到了贝多芬本人的气息！我终于找到了他，虽未能认识他的全部，但毕竟结识了他！我的心头掠过一阵音乐声，是我自己谱就的，虽然不成体统，却是真诚的，从心底发出的。我相信它一定能长出翅膀，飞进小楼的窗中，飞进历史苍茫的岁月，飞到贝多芬熟睡的身旁……

街灯，在这一刹那全亮了。雨中朦朦胧胧的一片，像眨动着无数只小眼睛。哪一双眼睛是属于贝多芬的？

就在这 20 号门旁，是一家小商店。它的对面也是家商店，不远处可以看见有汉字招牌的中国餐馆。每一家都是灯火辉煌，正是生意兴隆的时辰。唯独 20 号这幢楼暗暗的静静的，睡着了一样。

就这样默默地走了，真不甘心！一步一回头，总觉得那窗口、那门前、那花旁、那雨中，宽脑门的贝多芬会突然出现。那样的话，我敢说所有那些商店餐馆里的人都会拥出，所有辉煌的灯光也会黯然失色。

走出小巷不远，是市政大厅前宽敞的广场。我真的看见了贝多芬，他穿着件破旧的大衣，手搭在胸前，双眼严峻却不失热情地望着我。那是屹立在那里的一座贝多芬雕像。在那里，即使没有雕像，贝多芬的影子也会处处闪现，他的音乐晚会日夜不息地流淌在波恩小巷乃至整座城市上空，然后顺着莱茵河一直飘向远方。

广场旁传来一阵六弦琴声。那里，在一家商店的屋檐下，一位流浪歌手正在演奏。在杜塞尔多夫，在科隆，我都曾经见过他。他似乎只管耕耘，不问收获，每次不管听众有几个，也不管有没有人往他甩在地上的草帽里扔马克，他一样激情而忘我地演唱或演奏。这一天，同样没有几个人在听，他同样认真而情深意长地弹着他的六弦琴。

我听出来了，那是贝多芬的《致爱丽丝》。

光就是从那儿来的

　　艺术从来都是痛苦的结晶,或是身世,或是精神的痛苦,才使得艺术在心灵的磨砺淘洗中得以升华,而变得神圣、高贵而高尚。

　　我们爱说高尚,不爱说高贵,以为高贵是资产阶级或者贵族的专利。其实,没有精神上的高贵和境界上的神圣,人是高尚不起来的。

　　《弥赛亚》是亨德尔历尽苦难之后倾注全部热情创作的一部清唱剧。这部作品的第二部"哈里路亚大合唱",表现的是耶稣遭受的苦难和复活。这里融入了亨德尔自己的情感和经历的影子。亨德尔在这之前曾经破产贫穷如洗、病倒半身不遂,在这之后更有双目失明的悲惨境遇。

　　我没有听过《弥赛亚》的全剧,只听过其中的"广板",真是百听不厌。那种清澈动人的旋律,让人感到只有来自深山未被污染的清泉,或者来自上帝手中为我们洗礼的圣水,才会这样的透明纯洁,能把我们尘埋网封的心滤就得明朗一些。有的音乐是一种发泄,有的音乐是一种自言自语,有的音乐是一种浅吟低唱,有的音乐是一种搔首弄姿,有的音乐是一种卖弄风情……亨德尔的这一段"广板"是来自天国的音乐,是来自心灵的音乐,它可以让人的心灵美好崇高,它可以让人面对躁动、喧嚣和污染保持一份清明纯净。

　　据说,《弥赛亚》在伦敦上演,当演唱到第二部"哈里路亚大合唱"的时候,在场的乔治二世深受感动,禁不住肃然起敬,躬身倾听,带动在场所有的观众都站立起来恭听。从此,形成了规矩,在世界各国演出只要演到这里时,观众们都莫不如此肃然起敬。亨德尔的音乐和整个音乐大厅连带周围的世界,都充满神圣而庄严的气氛。

我很难想象这种情景。我们现在还能够出现这种情景吗?会有一种音乐,或者其他的一种艺术,能够让我们怀有如此圣洁、如此神往的心情和心地自觉而虔诚地肃然起敬,去聆听,去拜谒吗?

我们的心和我们的艺术,都难以滤就得如此水晶般澄净空明,宗教般虔诚景仰了。看看我们周围,当丑角变成了人生的主角,当小品成为舞台上的中心,当肥皂剧占据了人们的视线,当浅薄的二三流歌星膨胀为音乐家……我们就知道亨德尔的时代已经无可奈何地离我们远去了;亨德尔时代艺术所拥有的那种高贵神圣的感觉,已经无可奈何地离我们远去了。现在,我们的剧场、音乐厅可以越盖越高级,我们还创造出来了更为方便而现代的电视、音响、手机、CD、VCD、DVD、iPad……我们可以躺在被窝里,依偎在鸳鸯座里,嚼着泡泡糖,豪饮着冰啤酒,去听去看这些所谓的艺术,怎么可能会再自觉自愿一往情深地肃然起敬,去聆听,去拜谒亨德尔的《弥赛亚》呢?

知道亨德尔的人不会太多,知道亨得利的人却一定很多。把心和艺术商品化、时装化、世俗化、市侩化,化妆成五彩斑斓的调色盘,腌造成八宝甜粥、九制陈梅的太多了。

满街连商店里都安上了高音喇叭,轰鸣起招揽生意的震天响的音乐,真正的音乐已经离我们而去。

所有人的口中都唱着流行的爱的小调,真正的爱已经变成人们嘴里肆意咀嚼的泡泡糖。

也许,亨德尔的音乐和时代,都离我们太遥远、太古典。现代人已经没有了这种情感、庄严和信仰。我们的情感和信仰都已经被稀释得缺少了浓度，单薄得比不上一只风筝，自然只会随风飘摇；庄严和神圣，当然就只成了我们唇上的一层变色口红，或者我们西服上的镀金领带夹。

我却为那种遥远、古典的情景和情怀而感动，并对此充满向往。人类之所以创造出了音乐和其他艺术，不就是为了让我们庸常的人生中能够涌现出这样的时刻吗？不就是能够让我们看到天空并不尽是污染，而存在着水洗般的蔚蓝、天使般的星辰和金碧辉煌的太阳吗？它们就辉耀在我们的头顶并审视着我们的心灵，让我们的心得以伸展而不至于萎缩成风化的鱼干；让我们的精神知道还有美好的彼岸而不至于搁浅在尔虞我诈、物欲横流的泥沼。人只有在艺术的世界里，才能超越自身的局限和龌龊，创造出至善至美的神圣境界。

亨德尔的《弥赛亚》，为我们创造出了这样神圣而美好的境界。并不是所有的音乐、所有的艺术，都能够创造出来这种境界的。难怪亨德尔对《弥赛亚》格外钟爱，在临终前八天，抱着病危的残躯，仍然坚持参加《弥赛亚》的演出，出任管风琴演奏。《弥赛亚》中，有亨德尔的心血，更有他的信仰。让蚯蚓般青筋暴露并颤抖的手指弹奏管风琴，即使看不到，却能够感受到全场的观众肃然起敬庄严闪烁的目光和他交融相碰，那是一种怎样感人的情景呀？

晚年的海顿（F.J.Haydn 1732—1809）在伦敦听到《弥赛亚》时，禁不住老泪纵横，洒满脸颊。他由衷地赞叹："这是多么伟大、神圣的音乐！"他由此发誓："我的一生一定也要创作出这样一部音乐！"

看来，海顿的心和亨德尔是相通的。海顿从伦敦回到维也纳，开始创作他的《创世纪》。每天写这部音乐之前，海顿都要虔诚地跪拜在神像面前，把心袒露给上苍。我们现在对自己的艺术还会有这样的虔诚吗？我们不必跪拜在神像面前，我们只要求将手洗得干净一些，将尘埋网封的心抖擞得明亮一些，将我们过早长出的老年斑去掉几颗，每天能够做得到吗？

《创世纪》在维也纳演出的时候，海顿已经卧病在床，但坐在安乐椅上，他依然来到音乐会现场。当听到全剧的高潮，"天上要有星光"一曲响起的时候，七十七岁的海顿，竟然不顾苍迈病重，神奇般从安乐椅上一下子站了起来，情不自禁地指着上天高声叫道："光就是从那儿来的！"说罢，他就倒下再未醒来。

第一次在书中读到这里时，我被感动得湿润了眼角。以后，每逢想到这里时，都让我的心里泛起激动的涟漪。我的耳边似乎总响起海顿这苍老而激动人心的声音："光就是从那儿来的！"

光到底是从哪儿来的？我们现在知道吗？我们现在还关心光到底是从哪儿来的这样的问题吗？我们还能够像海顿一样即使到死之前也要抬起老迈的头颅，去寻找光是从哪儿来的吗？

每逢想到这里，我为自己和我们这个越发物化的世界而惭愧。我便情不自禁地问自己也问这个世界：现在还会出现这种情景吗？莫非我们以为我们是站在了光明灿烂的中心，已经不再需要寻找光的照耀了？莫非它真只是一个遥远而过时的古典情景，只可远看，不可走近，难以重返现代人的心中？

是海顿和亨德尔在我们的眼里变得越来越疯疯癫癫有些傻，还是我们的艺术包括我们自身已经变得俗不可耐，越来越实际实用实惠，退化得失去了这种庄严神圣撼人心魄的力量？

我们的视力已经无可奈何地减退，看不到"天上要有星光"，更看不清光到底是从哪里而来射在我们的头顶。我们便无法将那束庄严而神圣的光收进我们的心中。

亨德尔活着的时候曾经说过这样的话:"假如我的音乐只能使人们愉快,那我很遗憾;我的音乐的目的是使人们高尚起来。"

我们应该让我们自身和我们的艺术高尚起来。谁,哪一束光,或者什么力量,可以帮助我们高尚起来呢?

肖邦之夜

　　一年四季，秋夜在北京最美。今年北京许多秋夜因有一夜是傅聪演奏的"肖邦之夜"，更是平添了一分难得的美丽与温馨。

　　音乐并非与北京无缘。北京有无数的夜晚，不只是在秋天，歌吹乐喧，多的是"蹦迪"和伪摇滚，也不乏酒吧的靡靡之音，还有大街上伪劣音箱里迸发出躁热的电子乐声。只是没有肖邦，肖邦似乎在遥远的巴黎或者华沙。

　　是傅聪为我们带来了肖邦，从异国他乡，从夜的深处。

　　傅聪走上台来，一件黑色的燕尾服，一头乌发如墨，大概是染的，微微有些谢顶。不知身体如何，记得十七年前1981年他回国时曾一再说他的身体好极了。我看他此次上台的台步不那么爽朗，他毕竟是六十四岁的人了。

　　他的手指却还是那样的美，虽然缠着绷带，依然柔若无骨，触动琴键时连琴键也变得柔软如一匹黑白相间的丝绸。我坐在楼上的第一排，看得格外清楚他的手指，清风临水一般掠过琴键，那美妙的琴声便像是荡漾起一圈圈清澈动人的涟漪，偌大的剧场和我的心都被这琴声抚摸得有些平顺而湿润了。

　　看傅聪坐在钢琴前弹奏，总让我止不住想起柏辽兹当年看肖邦在钢琴前演奏时曾经说过的话："他变成了一位诗人，歌颂着自己幻想中的主人公们奥西安式的爱情和骑士风的功勋，歌唱着他的遥远的祖国。"在我眼中,傅聪和肖邦在钢琴旁叠印着,融为一体。想想他和肖邦共同的身世,萍飘絮泊,浪迹天涯,便越会体味出柏辽兹话中最后一句的滋味。

坐在钢琴前,傅聪的确变成了一位诗人。他将肖邦的音乐演绎成为一首首透明的诗,鸟儿一样扑扇着翅膀从黑白键中飞出来,让今夜的天空多了几分并不仅仅是星星和月亮的明媚,也不仅仅是只飞翔着蝙蝠那驮满沉重阴影的翅膀。

说实话,傅聪带来的肖邦的钢琴曲,有我许多的遗憾。我并不大想听肖邦的前奏曲,虽然才华横溢,乐思简练,情调丰富,但怎么也脱不出练习曲的痕迹,是太小的小品。而我想听的许多乐曲,他此次悭吝并未演奏,比如肖邦最著名的最富有诗意的被誉为"抒情诗篇"的升 F 大调和降 D 大调夜曲(作品 15-2、作品 27-2)。但他毕竟为我们带来了那样动听的降 b 小调、降 E 大调、B 大调夜曲(作品 9-1、2、3),明朗宁静,凝神沉思,琴里关山,梦中明月。还有《F 大调第二叙事曲》(作品 37),如泣如诉,如怨如慕,寒树依微,夕阳明灭。还有年轻时弹奏过并拿到肖邦钢琴比赛大奖走向世界的、他最拿手的挥洒自如的玛祖卡……这就够了,毕竟都是一首首玲珑剔透的诗。在一个秋天的枫树已不再那样火红、银杏已不再那样金黄的污染的季节,在一个艺术包括音乐在内的文化世界变得王纲解体却大王旗频频变幻的季节,一切都太散文化的世纪之末,一颗赤子之心尚存,一粒诗的种子尚存,不仅保护得那样好,还能让它绽放出如此美丽清新的花朵来,已是实属不易之事了。

更何况,肖邦的前奏曲毕竟也有着动人的乐章,优雅慢板 b 小调的"雨滴",和摇篮曲式降 D 大调的"雨滴",会让我想起在马略尔卡岛上肖邦和乔治·桑在一起那短暂却幸福的时光;而升 f 小调的激情,降 E 大调的明朗,都让我听到明亮如同凡·高描绘出的那一片金色阳光般的金属声响。

我不必埋怨傅聪为什么没有带来肖邦那些美丽而忧郁的夜曲,他大概不想把肖邦之夜弄得过分缠绵,甜蜜蜜如同一杯芬芳四溢的果汁。

是的,肖邦之夜并非是抒情之夜。那样,既误会了肖邦,也误会了傅聪。听肖邦,确实能听出缠绵和抒情,与肖邦只活到三十七岁的凄清身世对比明显,便越发对肖邦产生一种别样的情感。优秀的艺术家,都是这样不会总自恋般咀嚼自己,而会拥有一份大感情与人类相通。听肖邦,当然能听到天籁纯净的自然、色彩缤纷的田园,听出静谧,听出飘逸,听出华美,听出典雅,听出耳鬓厮磨、喁喁絮语、听出游丝一缕、思绪万千,听出夜色如水、心律如歌,听出荷风送香、竹露滴清,听出桂子夜中落、天香云外飘……但听肖邦,毕竟还能听出阴郁、痛苦、焦虑和庄严,听出激情澎湃、悲壮高亢,听出严峻如山、思念似海,听出秋风铁马、铜板金钹,听出碧海青天、长风明月,听出断鸿声远、天涯望尽,听出万里寒烟、一片冰心,听出栏杆拍遍、雕弓挽满,听出潮平两岸阔、风正一帆悬,听出夜阑卧听风吹雨、铁马冰河入梦来……

听肖邦,其实也就是在听傅聪。他是用肖邦的乐曲在钢琴上说着自己的心里话,或者说他是在和肖邦诉说着彼此的心里话。只不过钢琴上的肖邦是年轻时的肖邦,他去世时还不到四十岁,而钢琴旁的傅聪已进入老年,听傅聪便多了几分沧桑和达观,既有别来沧海事、语罢暮天钟的心境,也有秋水共长天一色、落霞与孤鹜齐飞的意境。

不过,在我看来。除了年龄的差别,他们确实有着太多的相似,命运、情感、天性和对音乐的感悟、感觉。我想起十七年前傅聪自己说过的话："我觉得，肖邦呢，就好像是我的命运。我的天生的气质，就好像肖邦就是我。"也就理解了为什么在这个秋夜他为我们带来的是肖邦，而且是这样演绎着肖邦，不愿意把肖邦仅仅演奏成一个"钢琴王子"式的、口香糖式的肖邦。

演出结束了，大家拼命地为他鼓掌，他双手抱在胸前深深地向大家鞠躬。今晚的夜色真好，好像真的滤掉了许多喧嚣和躁热，好像真的充满着几分宁静和沉思，好像真的在路的远方、在夜的深处，有着亲切的呼唤和什么等待……是因为有这美妙的琴声，像空气像花香一样弥散在夜色之中；是因为有肖邦向我们走来，用他那有些冰凉却柔软的手指，用他善感的心和美好的音乐，将夜色和我们一起拥抱。我知道以后会有许许多多的夜晚在等待着我们，但肖邦之夜并不多。也不能奢求夜夜都是肖邦之夜，那么，肖邦也就像夜夜狂欢未尽的迪斯科和卡拉 OK 一样不值钱了。许多的美好，就是这样的转瞬易失。回家的路上，起风了，吹起了尘土和落叶一起飘飘欲飞。

罗西尼风格牛肉

在音乐家之中，斤斤计较金钱的，罗西尼（G.A.Rossini 1792—1868）和理查·施特劳斯（R.Strauss 1864—1949），是最著名的两位了。

在罗西尼时代，作曲家已经不再如巴赫和贝多芬那时穷困潦倒，曲谱能够立刻换来大把大把的银子，音乐同女人漂亮的裙子和男人剽悍的坐骑一样，成为畅销的商品。罗西尼就是这样把自己的艺术毫不隐讳地当成了商品的作曲家，他直言不讳地把自己的作品和钱等同起来，两者之间常常忍不住画起等号。

两者交换的关系如此赤裸裸，不是会让艺术跌份吗？但他不怕。这和他童年艰苦的生活有关，他常常回忆起爸爸当年给人家当小号手时的卑贱，自己跟随妈妈的草台子剧团到处流浪的艰辛。钱对于他曾经是那样的渴望，因此当钱真的攥到手里的时候，罗西尼对钱的感觉和感情与众不同。穷怕的人一旦暴富，对钱的感觉、感情和欲望，不同于常人。

晚年时，瓦格纳曾经拜访他时，他忍不住对瓦格纳算过这样一笔账：他花 13 天写完了《塞尔维亚理发师》，拿到的头一笔稿费是1300 法郎，折合平均一天 100 法郎，而父亲那时辛辛苦苦吹一天小号的报酬，是区区 2 个半法郎。

不要责备罗西尼，那是他真情的流露。他很看重这一点，他念念不忘童年的悲惨经历,他要把那时的损失加倍地找补回来。他不是那种为艺术而艺术的音乐家,他绝不故作清高,他看重市场,因为这会给他带来好的效益。这一点,他不隐晦自己就像是一个在集贸市场上斤斤计较的小商贩。

我觉得这样说罗西尼并不会冤枉他。1816 年,随着他从乡间小镇的野台子步入了那不勒斯,随着《塞尔维亚理发师》的走红,他已经彻底脱贫。但是,在 1820 年,二十八岁的他还是和比他大七岁的歌剧女演员伊萨贝拉结了婚。伊萨贝拉是当时他所在圣·卡洛歌剧院的首席女高音,爱上了他这样一个从肉铺和铁匠铺来的穷小子,是看上了他的才华,才不吝闻到了他身上的肉和铁屑混杂的味道;他看上的绝不是已经三十五岁衰退的姿色,而是人家身后每年 2 万法郎的收入,而且还有一幢在西西里的豪华别墅。其实,那时,他已经并不缺钱,却还要肥肉添膘,他就如同一个暴发户一样,钱已经不仅仅是为了花,而成为一种占据自己心理空间的象征,银行账号上钱的数字的增多,犹如看到了天空中的群星灿烂。

所以,罗西尼的后半生没有再写什么歌剧,而是以吃喝玩乐著称的,他已经有的是钱,他可以随意挥洒,来补偿一下童年的凄惨了。音乐的创作,对于他可以退居二位。

只是,他玩得并不那么高雅,总还是摆脱不了乡土味道的俗气,有点像是今天我们这里见惯的土大款。他在波伦亚乡村养猪,采集块菰,还如我们这里的歌手演员明星在北京开餐馆一样,在巴黎开了一家名为"走向美食家的天堂"的餐厅。他亲自下厨,练就一手好厨艺,替代了当年作曲的好功夫,他吃得脑满肠肥,他玩得乐不思蜀。

据说,当时,他的拿手绝活是一道名为"罗西尼风格的里脊牛肉"的菜肴,在当时的巴黎,足以和他的《塞尔维亚理发师》齐名。而当时流行的不再是罗西尼荡气回肠的音乐,而是他有关"罗西尼美食主义"的名言,他说:"胃是指挥我们欲望大交响曲的指挥家。""创作的激情不是来自大脑,而是来自内脏。"想到也许这就是罗西尼的真实的一面,对这些匪夷所思的事情也就不足为奇了,他怎么还能够拿起笔来再写他的歌剧呢?

在罗西尼的晚年,爱戴他的人们筹集巨额资金,准备在米兰为他塑一尊雕像,建一座纪念碑。他听到这个消息后说:"只要他们肯把这笔钱送给我,我愿意在有生之年,每天都站在广场旁的纪念碑的石台子上。"

我想这绝对不是他的玩笑话,如果真的把钱都给了他,他是会站在那石台子上去的。如果有人肯再多出一些钱的话,他甚至还会整天卖他的罗西尼牌牛肉呢。而假如碰上我们现在能够变着法子,甚至无中生有从慈禧太后的传说中演绎出名目繁多的宫廷菜谱的那些聪明人,还不凭着罗西尼这一道菜谱就赚出大钱来?

之所以想起了罗西尼牌牛肉,是因为这真的有点儿像我们今天有些所谓艺术家的一个隐喻。陈年旧事,有时候会像陈皮泡茶一样,味道十足。

金黄色的麦秸

    1848 年，意大利歌剧界不可一世的人物唐尼采蒂去世之后，他原来霸占的维也纳皇家剧院显赫的音乐总监职务空缺下来，不少人狗一样眼巴巴地窥视着这个位置。官方作曲家请威尔第（G.Verdi 1813—1901）来担任这个职务，并有希望将来荣升为许多人艳羡不已的宫廷音乐大师。没有想到，威尔第回信，断然拒绝。

    他说我不希望当什么宫廷音乐大师，我只希望住在我的庄稼地里，写我的歌剧。那时候，他正在写《游吟诗人》，他正着迷于十五世纪西班牙的风情，爱着剧中那位吉卜赛女郎阿苏塞娜，那种融合在她身上既有女儿对母亲的爱也有母亲对女儿的爱，以及燃烧在她心里那种强烈的复仇火焰，都让威尔第情不自禁。遥远的吉卜赛热辣辣的阳光融合着家乡田野上的清风，正鼓荡着威尔第的胸膛，他怎么忍下来去和那些曾经拒绝过的达官贵人苟合？

    他回到他的家乡圣阿加塔的乡下。

    四十年后，1888 年，在威尔第七十五岁高龄的时候，他已经熬到德高望重的岁数，那波里音乐学院的院长快要死了，官方再一次聘请他来担任音乐学院的院长，他冷笑地摇摇头，再一次断然拒绝。

    他想起了当年米兰音乐学院是如何把自己拒之门外的情景。那时候，他十八岁，第一次从农村来到米兰报考音乐学院，就被无情地拒之门外。他当然要报复在青春时期曾经无情折磨过他的大都市和那些趋炎附势的人。他宁可住在乡村，也不愿意见到他们的嘴脸。

他曾经这样说过："到哪儿都行，只要不在米兰或者别的哪座大城市。最好是去农村耕耘土地。土地不会叫人失望。"他还是回到了家乡圣阿加塔的乡下。

威尔第向往乡村，向往土地。对于他，土地不仅是一方手帕，可以渗透失败的泪水；同时也是一只酒杯，可以盛满成功的酒浆。越是功成名就如日中天，威尔第越是向往乡村，甚至对乡村的感情浓得化不开。他会忽然之间为自己小时候觉得故乡布塞托的天地狭小而不喜欢它感到羞愧，他便迫切地渴望在故乡的田野上散步。故乡的田野让他拥有重逢故人的感情，会给予他不期而至的灵感，他会如观察五线谱一样仔细观察土地，看土质好坏，攥起一把被阳光晒得暖暖的泥土，心里开始盘算着购置哪一片土地。早在《纳布科》刚刚成功之后他回到家乡的时候，他就想购置大片土地，经营农场、猪圈、葡萄园。他觉得，土地是可以信赖，是将来的依靠，是对一个饱受贫困煎熬的人的补偿。而对于都市，他怀有的是痛苦的回忆，是报复的心理。

威尔第实在是一个怪人。他的音乐是那样豁达、细致、温情，但生活中却是那样的刻板，甚至粗暴，在他的农庄里，他经常训斥、大骂他雇用的农民，音乐和生活反差是如此之大。在这一点上，他确实是个地地道道的农民，脱离不了农民的本性。他对文化界尤其厌恶，除了承认诗人曼佐尼，他几乎与他们没有任何来往。他把自己关在圣阿加塔，庄园之外发生的任何事情，他都不感兴趣。他只关心他的马、牧场、田地、播种、收割，天气不好的时候去观察天空，担心未来庄稼的收成；葡萄熟的季节，他会兴致勃勃地摘葡萄……

一生创作了《茶花女》《阿依达》等 26 部歌剧的威尔第逝世的那

天清早(1901 年 1 月 27 日凌晨 2 点 50 分),所有车辆路过他的逝世地——米兰旅馆附近的街道,都放慢了速度,以便不发出响声。在这样的路上,铺满了麦秸。这些麦秸是米兰市政府下令铺的,"为了不使城市的噪声惊扰这位伟大的老人。"只有充满浪漫色彩和艺术气质的意大利,才会想起这样金黄的麦秸。

这金黄的麦秸,来自农村。这符合威尔第的心愿,让老人安息在乡村麦秸的气息里吧。

五月的花开如音乐

那天,听勃拉姆斯(J.Brahms 1833—1897)的《D大调小提琴协奏曲》,忽然想起今年是德国伟大的钢琴家克拉拉·舒曼逝世120周年。一百二十年前,即1896年5月,克拉拉在法兰克福去世。听到这个消息,勃拉姆斯立刻赶回法兰克福。那一年,勃拉姆斯六十三岁,正在瑞士休养,以一个病危之躯,急匆匆往法兰克福赶去的时候,忙中出错,在火车站踏上的却是相反方向的列车。

每一次听勃拉姆斯,总会让我想起克拉拉,眼前便总会浮现出这个画面:火车风驰电掣而去,却是南辕而北辙;呼呼的风无情地吹着勃拉姆斯花白的头发和满脸的胡须;他憔悴的脸上扑闪的不是眼泪,而是焦急苍凉的夜色。

同为音乐家,勃拉姆斯和克拉拉的感情非同一般,几乎是所有爱乐者都熟知的事情。克拉拉是德国伟大音乐家舒曼的夫人,勃拉姆斯二十岁那年,在当时著名小提琴家约阿希姆的引荐下,和舒曼相识。在舒曼的家中,勃拉姆斯第一次见到了克拉拉,便一见钟情,无可救药地爱上了克拉拉。只是,内心充满激情表面却害羞至极的勃拉姆斯,一直把这份最真挚的感情藏在心中,从未向克拉拉吐露,一直到克拉拉和他自己都离开人世。

1854年,舒曼投莱茵河自杀被救,一直到两年后舒曼逝世,都是勃拉姆斯守候在克拉拉的身边,陪伴着她照料舒曼和他们的七个孩子,帮助她从痛苦和绝望中解救出来。为此,他放弃了许多出名和赚钱的机会。克拉拉心如明镜般清楚,勃拉姆斯与其说是为了他的老师舒曼,不如说更是为了克拉拉她自己。

克拉拉不是孩子,比勃拉姆斯大十四岁,又是有过爱情经历的人,肯定知道勃拉姆斯的心意。

既然克拉拉比勃拉姆斯大十四岁,而且是一个有着七个孩子的母亲。勃拉姆斯为什么非要如此钟情地爱着她?而且爱得一往情深,爱得一生到底?并且,为此勃拉姆斯终身没有结婚。既然谁也无法取代他心目中的克拉拉,勃拉姆斯却为什么始终没有把自己的这一份感情向克拉拉表明?他始终让表面上和克拉拉呈现出的是友情,而把爱情如折叠伞一样折叠起来,珍放在自己一人的心的深处,让它悄悄滴洒着湿润的雨滴,温馨着自己的心房。

舒曼去世之后,勃拉姆斯就离开克拉拉,再没有见面,他的离别,是那样的毅然决然,断然没有什么执手相看泪眼的缠绵,没有给自己,也没有给克拉拉留下一点点的机会和缝隙,哪怕是一张纸条,或可以拭泪的纸巾。他曾多次给克拉拉写过很多封情书,那情书据说热情洋溢,发自肺腑,一定会如他的音乐一样动人而感人。但是,这样的情书,一封也没有发出去。在克拉拉逝世之后,勃拉姆斯已经意识到自己也即将不久于人世了。他焚烧了自己不少手稿和信件,其中包括他曾经写给克拉拉的情书。

内向的勃拉姆斯把这一切的感情都紧紧地锁在心里,他给自己垒起一座高而坚固的堤坝,他让自己感情曾经泛滥的潮水,滴水未漏地都蓄在心中了。那水永远不会干涸,永远不会渗漏,只会荡漾在自己的心中。这样做,我不知道勃拉姆斯要下多大的决心和花费多大的气力,他要咬碎多少痛苦,他要和自己做多少搏斗。他的克制力实在够强的了。这是一种纯粹柏拉图式的爱情,是超越物欲和情欲之上精神的爱情。这是对爱情具备古典意义和高尚品格的人,才能做到的。也许,爱情的价值本来就并不在于拥有,更不在于占有。有时,牺牲了爱,却可以让爱成为永恒。

我现在已经无法弄清克拉拉对勃拉姆斯的这种态度到底是什么了。也许,克拉拉和勃拉姆斯一样坚强地克制着自己;也许,克拉拉的感情依然寄托在舒曼的身上,她和舒曼的爱情得来不易,经历了那样的曲折和艰难,她很难忘怀,共度了十六年"诗与花的生活"(舒曼语),因而不想将对勃拉姆斯的感情升格而只想升华;也许,克拉拉不想让勃拉姆斯受家庭之累,自己毕竟拖着油瓶,带着七个孩子;也许,克拉拉觉得和勃拉姆斯这样的感情交往更为自然更为可贵更为高尚更为美……

当然,这只是我对克拉拉的揣测。对于勃拉姆斯本人而言,克拉拉没有这么复杂,克拉拉只是一种爱情与音乐中最美好的象征,他完全把克拉拉诗化和艺术化了,并将她内化为自己心中的音乐。可以说,没有克拉拉,就没有勃拉姆斯以后的音乐成就。包括音乐在内的一切艺术,本质不在于技术,而在于心灵与精神。克拉拉在世的时候,勃拉姆斯把自己创作的每一份乐谱手稿,都寄给克拉拉。勃拉姆斯曾经这样一往情深地说:"我最美好的旋律都来自克拉拉。"

可以想象,如果克拉拉身上不具备高贵的品质,不是以一般女性难以具备的母性的温柔和爱抚,同时不具备非同寻常的音乐造诣和艺术灵性而能与勃拉姆斯心心相通,勃拉姆斯骚动的心就不会那样持久地平静下来,将那激荡飞扬的瀑布化为一汪如镜而深沉清澈的清水潭。正如两颗坠落的心更容易齐头并进落入地狱,两颗高尚的心则可以双双携手进入天堂,两个高尚的灵魂融合在一起,才能够奏出如此美好纯净的天籁般的音乐。勃拉姆斯和克拉拉才能够将那远远超乎友谊也超乎爱情的感情，保持了长达四十三年之久！四十三年，对一个人的一生，是一个太醒目的数字，它包含的代价和滋味无与伦比。世上有多少人可以将这样一份感情，平淡如水却也深沉如水地坚持四十三年？四十三年，如此漫长的时间，足以水滴石穿，让一切的不可能变为可能，让一切的转瞬即逝变为永恒。

或许，情到深处，语言往往是多余的，也是苍白无力的。心心相通，有时是最简单质朴的，无须缤纷的语言如盛开的花朵去夺人眼目，那一般只适合在舞台上的抒情，在生活中是用不着的。尤其音乐本身就是心灵的语言，更用不着嘴巴。特别是像勃拉姆斯这样内敛的音乐家，他把他内心里最深沉最激荡的感情，都化入他的旋律与音符之中了。

六十三岁的勃拉姆斯，拖着病病歪歪的身子，从瑞士赶到法兰克福，为克拉拉亲护灵柩下葬。据说，在克拉拉的墓地前，勃拉姆斯独自一人为克拉拉拉了一首支小提琴曲。我常常会感动那样的情景，想象那样的情景，但是，我想象不出那会是一种什么样的情景。天苍苍，地茫茫，猎猎风吹，悠悠琴响，只有勃拉姆斯一人和克拉拉默默相对，那琴声只是他的心对克拉拉的心的倾诉？

此曲只应天上有，那小提琴曲一定美妙绝伦。那应该是一首什么样的曲子？可以让勃拉姆斯从二十岁到六十三岁埋藏在心底长达四十三年的感情，如同流经漫漫长路的涓涓细流，融化了如此漫长的岁月，成为心底的倾诉和浸润？

后来，我查到了，这首乐曲叫作《四首最严肃的歌》。这是用《圣经》里的词句编写的乐曲，是1896年克拉拉去世前不久，勃拉姆斯刚刚完成的作品，是专门为了献给克拉拉即将到来的七十七岁生日的乐曲呀。

这首乐曲之后,勃拉姆斯没有再写别的音乐,可以说是他最后的作品了。我是看到德国人维尔纳·施泰因著的《人类文明编年纪事》的《音乐和舞蹈分册》,在这册书中关于1896年这一年的纪事里,特意注明此曲是"献给克拉拉·舒曼"的。

接到克拉拉逝世的电报后,勃拉姆斯立即出发去奔丧时,从住所里没有拿什么东西,只是随手拿起了这部刚写完不久的《四首最严肃的歌》的手稿。可见,这部作品对于勃拉姆斯和克拉拉是多么的重要。只是,这四首曲子名字的选择:《因为它走向人们》《我转身看见》《死亡多么冷酷》《我用人的语言和天使的语言》,似乎已经隐隐指向死亡,音乐在感情的指引下,走向了不归路。

勃拉姆斯是坐了整整两天两夜的火车,才从瑞士赶到法兰克福又赶到了波恩克拉拉的墓地前。勃拉姆斯颤颤巍巍地拿出了《四首最严肃的歌》手稿,任五月的风吹散他花白的鬓发,独怆然而泣下。克拉拉再也听不到他的音乐了,这是他专门为克拉拉的生日而作的音乐呀!

石头深埋在海底,可以化为美丽的珊瑚;树木深埋在地底,可以化为能够燃烧的煤;时光深埋在岁月里,可以化为沉甸甸的历史。感情埋藏在心底呢?化为的乐曲就应该是这种样子吧?

勃拉姆斯的音乐,不是那种热情洋溢、愿意澎湃宣泄自己情感的样式。他的音乐给人的感觉,是深沉,是蕴藉,是秋高气爽的蓝天,是烟波浩渺的湖水。他的作品,内敛而自省,古典而深沉,是那种哥特教堂寂静地立在夕阳晚照下,不是那种浑身玻璃墙的新派建筑辉映着霓虹灯闪烁。《四首最严肃的歌》就是这样的一部作品,即使不是勃拉姆斯四首交响乐和《德意志安魂曲》那样大部头的作品,却是勃拉姆斯感情最深沉最个人化最重要的作品。

　　我们常说梁祝或罗密欧与朱丽叶的爱情,令人荡气回肠,成为一种经典。其实,勃拉姆斯和克拉拉一点儿不比他们差,也许因其活生生的真实的存在,而比他们更为动人,更让我们沉思。勃拉姆斯和克拉拉是相互映照的镜子, 克拉拉映现出来的是女性的温柔和美好,勃拉姆斯映现出来的是男人的隐忍与深沉。克拉拉更多是以一位钢琴家的姿态出现,勃拉姆斯更多是以作曲家的身份出现,他们在彼此的钢琴演奏与音乐旋律中,如风相拂,如水相拥,如影相随,交融着,映照着,呼应着彼此的心底里最值得珍存的那一份情感。一百二十年后的这个五月里,满眼鲜花盛开,如他们的爱情一样的美好,如他们的音乐一样的美好。

曾经的后浪德彪西

　　遥想当年,法国音乐家德彪西也属于"后浪"。十九世纪末,欧洲乐坛的天下,属于气势汹汹的瓦格纳和他的追随者布鲁克纳、马勒,以及他们的对立派同样不可一世的勃拉姆斯等人所共同创造的音乐不可一世的辉煌。敢于对此不屑一顾的,在那个时代,大概只有德彪西。那时候,德彪西口无遮拦,曾经冒出过如此狂言:"贝多芬之后的交响曲,未免都是多此一举。"他同时发出这样粪土当年万户侯的激昂号召:"要把古老的音乐之堡烧毁。"

　　这才真正像个"后浪"。"后浪",从来冲岸拍天,不会作春水吹皱的一池涟漪,温柔地吮吻着长岸。

　　我们知道,随着十九世纪后半叶瓦格纳和勃拉姆斯这样日耳曼式音乐的崛起,原来依仗着歌剧地位而形成音乐中心的法国巴黎,已经风光不再,而将中心的位置拱手交给了维也纳。德彪西开始创作音乐的时候,一下子如同《伊索寓言》里的狼和小羊,自己只是一只小羊,处于河的下游下风头的位置,心里知道如果就这样下去,他永远只能是喝人家喝过的剩水。要想改变这种局面,要不就赶走这些已经庞大的狼,自己去站在上游;要不就彻底把水搅浑,大家喝一样的水;要不就自己去开创一条新河,主宰两岸的风光。

　　同时,我们也要看到,在当时法国的音乐界,两种力量尖锐对立,却并不势均力敌。以官方音乐学院、歌剧院所形成的保守派,以僵化的传统和思维定式,势力强大地压迫着企图革新艺术的年轻音乐家。

德彪西打着"印象派"大旗,从已经被冷落并且极端保守的法国,向古老的音乐之堡杀来了。在这样行进的路上,德彪西对挡在路上的反对者极端而直截了当地宣告:"对我来说,传统是不存在的,或者,它只是一个时代的代表,它并不像人们说得那么完美和有价值。过去的尘土不那么受人尊重的!"

我们现在都把德彪西当作印象派音乐的开山鼻祖。"印象"一词最早来自法国画家莫奈的《日出印象》,当初说这个词时明显带有嘲讽的意思,如今这个词已经成为艺术特有一派的名称,成为高雅的代名词,标签一样随意插在任何地方。最初德彪西的音乐,确实得益于印象派绘画,虽然德彪西一生并未和莫奈见过面,艺术的气质与心境的相似,使得他们的艺术风格不谋而合,距离再远心是近的。画家塞尚曾经将他们两人做过这样非常地道的对比,他说:"莫奈的艺术已经成为一种对光感的准确说明,这就是说,他除了视觉别无其他。"同样,"对德彪西来说,他也有同样高度的敏感,因此,他除了听觉别无其他。"

德彪西最初音乐的成功,还得益于法国象征派的诗歌,那时,德彪西和马拉美、魏尔伦、兰坡等诗人的密切接触(他的钢琴老师福洛维尔夫人的女儿就嫁给了魏尔伦),他所交往的这些方面的朋友远比作曲家的朋友多,他受到他们深刻的影响并直接将诗歌的韵律与意境融合在他的音乐里面,更是人所共知的事实。

德彪西是一个胸怀远大志向的人,却和那时的印象派的画家和象征派的诗人一样,并不那么走运。从巴黎音乐学院毕业之后,他和许多年轻的艺术家一样,开始了没头苍蝇似的乱闯乱撞,落魄如无家可归流浪狗一样在巴黎四处流窜。猜想那几年,德彪西一定就像我们现在住在北京郊区艺术村里那些自由的艺术家一样,在生存与艺术之间挣扎,只不过,那时居无定所的德彪西他们常常聚会在普塞饭店、黑猫咖啡馆和马拉美的"星期二"沙龙里罢了。

但这并不妨碍他们指点江山,激扬文字,粪土当年万户侯。生活的艰难、地位的卑贱,只能让他们更加激进和那些高高在上者和尘埋网封者决裂得为所欲为。想象着德彪西那个时候居无定所,没有工作,以教授钢琴和撰写音乐评论为生,过着有上顿没下顿的日子,却可以不用看任何人的脸色,想骂谁就骂谁,想爱谁就爱谁,想写什么曲子就写什么曲子,他所树的敌大概和他所创作的音乐一般的多。

我们可以说德彪西狂妄,他颇为自负地不止一次地表示了对那些赫赫有名的大师的批评,而不再如学生一样对他们毕恭毕敬。他说贝多芬的音乐只是黑加白的配方;莫扎特只是可以偶尔一听的古董;他说勃拉姆斯太陈旧,毫无新意;说柴可夫斯基的伤感太幼稚浅薄;而在他前面曾经辉煌一世的瓦格纳,他认为不过是多色油灰的均匀涂抹,嘲讽他的音乐"犹如披着沉重的铁甲迈着一摇一摆的鹅步";而在他之后的理查·施特劳斯,他则认为是逼真自然主义的庸俗模仿;比他年长几岁的格里格,他更是不屑一顾地讥讽格里格的音乐纤弱,不过是"塞进雪花粉红色的甜品"……他口出狂言,雨打芭蕉般几乎横扫一大片,质疑并颠覆着前辈以往所拥有的一切,雄心勃勃地企图创造出音乐新的形式,让世界为之一惊。

如今,我们知道了德彪西,听过他著名的管弦乐前奏曲《牧神的午后》的好多好听的乐曲。但在当时,德彪西只是一个被"前浪"鄙视、训导、引领的"后浪"。

如今，法国当代著名作曲家皮埃尔·布列兹这样评价这个"后浪"："正像现代诗歌无疑扎根于波特莱尔的一些诗歌，现代音乐是被德彪西的《牧神的午后》唤醒的。"

维索卡的鸽子

德沃夏克（A.Dvorak 1841—1904）是个怀旧感很浓的人，尤其是听他的第五交响曲《自新大陆》第二乐章，浓郁而甜美醉人的乡愁，一种"无奈归心，暗随流水到天涯"的思乡之情，让每一个音符都牵动你的心，百听不厌，每一次听都会感动得想流泪。没有如此浓重而刻骨怀念故乡的感情，德沃夏克不会写出这样感人的乐章。有时，我会想，文字可以骗人，没有文字的音乐不会骗人。音乐是音乐家的灵魂。亚里士多德说："灵魂本身就可以是一支乐调。"这话说得没错。真的，德沃夏克《自新大陆》第二乐章动听迷人，是欣赏德沃夏克的首选。他师承的是勃拉姆斯那种古典主义的法则，又加上捷克民族浓郁的特色，特别是他的旋律总是那样的优美，光滑得如同没有一点儿皱褶的丝绸，轻轻地抚摸着你被岁月和世俗磨蚀得已经变得粗糙的心情，缠绕在你已经杂草蔓延荆棘丛生的灵魂深处。这种发自内心深处的动人旋律，是内向而矜持的勃拉姆斯少有的，面对波希米亚的一切故人故情，学生比老师情不自禁地掘开了情感的堤坝，任它水漫金山湿润了每一棵树木和每一株小草。

维也纳，当时是欧洲音乐的圣地和重地，所有音乐家都希望到维也纳去，就像我们现在的几乎所有的音乐人都蜂拥至北京一样。在那里，他的朋友著名的音乐批评家汉斯立克劝说德沃夏克，必须写一部不要拘泥于波希米亚题材的而要是德奥题材的歌剧，才能具有世界性的主题。他希望德沃夏克根据德文脚本写一部歌剧,才能征服挑剔的德国观众,也才能走向世界。他同时好心地建议德沃夏克最好不要总住在捷克,永久性地住在维也纳对他更为有利,维也纳是当时多少音乐家梦寐以求打破脑袋也要挤进来的地方。

无疑,这些都是对德沃夏克的一番好意,但他却因此非常痛苦不堪。也许是鱼翔浅底,鹰击长空,各有各的志向,各有各的道路。他无法接受好朋友的这些好意。就在汉斯立克好言相劝不久,他在捷克南方靠近勃拉姆的维所卡村子里买了一幢别墅,他没有居住到维也纳去,相反大多时间住在了维所卡。捷克南方的景色和空气,比他的家乡尼拉霍柴维斯还要美丽、清新,他喜欢那里的森林、池塘、湖泊,还有他亲手饲养的鸽子。据说,他特别喜欢养鸽子,就像威尔第喜欢养马、罗西尼喜欢养牛似的。你能说他局限吗?说他的脚步就是迈不出自己小小的一亩三分地?说他只是青蛙跳不出自家的池塘,而无法奔流到海不复还地跃入江海生长成一条蓝鲸?他就是这样无法离开他的波希米亚,他的每一个乐章、每一个旋律、每一个音符,都来自波希米亚,来自那里春天丁香浓郁的花香,来自夏天樱桃成熟的芬芳,来自秋天红了黄了的树叶的韵律,来自冬天冰雪覆盖的沃尔塔瓦河。

正是这种思想和心境的缘故,后来在德沃夏克已经取得世界性的声望之后,对故土的感情越发浓烈。他就像一个恋家的孩子,始终走不出家乡的怀抱,家乡屋顶上的袅袅炊烟总是缭绕在他的头顶。1892年9月到1895年4月,他应邀到美国任纽约国立音乐学院的院长,离开维所卡村子的时候,他还特地写了一首有独唱、合唱和管弦乐队演出的《感恩歌》,依依惜别地献给了维所卡。

在美国短短的不到三年时间里,他带着妻子先后将六个孩子都接到了美国,并有一次整个夏天回国探望的假期,他依然像一条鱼无法离开水一样,实在忍受不了时空的煎熬。他频繁给国内的朋友写信,一次次不厌其烦地诉说着他在异国他乡举头望明月、低头思故乡的孤独落寞之情,诉说着他对家乡尼拉霍柴维斯亲人的思念,对兹罗尼茨钟声的思念,对维所卡银矿的矿工(他一直想以银矿矿工的生活为背景写一部歌剧,可惜未能实现)、幽静的池塘(后来这池塘给他创作他最美丽的歌剧《水仙女》以灵感),还有他割舍不掉的那一群洁白如雪的鸽子……

德沃夏克在美国其实不过仅仅不到三年的时间,但他就是忍受不了这时间和距离对祖国和家乡的双重阻隔。他特别怀念维所卡的那些鸽子。在纽约离他居住地不远的中央公园里,有一个很大的鸽子笼,他常常站在笼前痴痴望着而无法排遣乡愁浓郁,禁不住一次次地想起维所卡的洁白如雪的鸽子。无论是纽约中央公园的大鸽子笼,还是维所卡的鸽子,都是一幅色彩浓重、感人至深的画面。弥漫在德沃夏克心底的实在是一种动人的情怀,实在让人感动。有这样炽烈情怀,我们就不难想象,在美国的聘期刚一结束,哪怕美国方面多么希望挽留他继续聘任他,德沃夏克还是谢绝了。虽然留在纽约的年薪要比在布拉格当教授高出二十五倍,他还是迫不及待地带着妻儿老小,立刻启程回国了。“即从巴峡穿巫峡,便下襄阳向洛阳。白日放歌须纵酒,青春作伴好还乡。”

他这样讲过:“每个人只有一个祖国,正如每个人只有一个母亲一样。”

在这里,我想特别说一下他的《b小调大提琴协奏曲》。这是德沃夏克自己非常钟爱的一部作品,在把它交给出版商的时候,他特意嘱咐不允许任何一位大提琴演奏家在演奏它时有一点儿修改。这是他旅居美国时写下的最后一部作品,怀乡的感情和《自新大陆》同出一辙。当他回到维所卡村,他立刻把那首《b小调大提琴协奏曲》的最后乐章修改了,让那乐章洋溢起重返故乡的欢欣,他要让自己这份心情尽情地释放出来。

这就是德沃夏克。有这样一份无可遏制的心情,有这样一份浓郁似酒的乡恋,才会有那样真挚无比甜美沁人的《自新大陆》第二乐章。

德沃夏克的维所卡村,让我想起了格里格的特罗尔豪根村。特罗尔豪根距离格里格的家乡卑尔根5公里。格里格四十三岁时就在那里建造了他简朴的乡间房子,和德沃夏克一样,他把那里当成了他的家,一共住了二十二年。一直到去世,他也是在特罗尔豪根安详地闭上了眼睛。他去世之前,留下遗愿,一定要将自己的骨灰埋藏在他特罗尔豪根的一个天然洞穴里,因为那里面对的是祖国的挪威海。祖国和归家永远是他音乐与人生的主题。

民族、祖国、家乡,美好而崇高的艺术可以超越它们,却永远无法离开它们;艺术家的声名可以如鸟一样飞得再高,艺术家自己也可以如鸟一样飞得再远,但作品的灵魂和韵律却是总要落在就像这片的土地上。

当我听德沃夏克的《自新大陆》第二乐章,或是听他的《b小调大提琴协奏曲》的最后乐章,总能闻得出维所卡村森林里散发的林木和泥土的气息,总能听得到德沃夏克和维所卡村银矿的工人一起饮酒的畅快的谈话声,总能看得见维所卡村德沃夏克亲手饲养的鸽子,驮着明晃晃的阳光,雨点似的落满他的肩头。

一生惆怅忆江南

　　思乡是一切艺术家最容易患的病症。越是艺术造诣深的艺术家越是易患思乡病，"可怜多才庚开府，一生惆怅忆江南。"

　　1865 年，格里格二十二岁，独自一人到罗马。游历富于艺术气质的意大利，一直是格里格的梦想。但是真的来到了赏心悦目有艺术气息的罗马，并没有给予他更多的快感，却让他的思乡病越发地蔓延。他在给朋友的信中不止一次地诉说着他因远离祖国而引起内心无法派遣的苦闷——

　　"我每天夜里都梦见挪威。"

　　"我在这里不能写作。"

　　"周围的一切太耀眼，太漂亮了……却丝毫没有使我感到在家乡刚发现我们的淡淡的微薄的春意的欢欣。"

　　据说，丹麦的童话家安徒生曾经偶然听过格里格的一首管风琴即兴曲《孤独的旅人》，很是欣赏，那种因远离自己的祖国而感到无法排遣的孤独，因孤独而渴望回到祖国重温春天絮语的心情，使得他们两人的心豁然相通，日暮乡关何处是，烟波江上使人愁。那时候，格里格正在丹麦，他和安徒生因这首《孤独的旅人》结识，安徒生正是从思乡之处敏感地感受到他的天赋，器重并鼓励这个年轻人的音乐创作。格里格曾经为此终生感谢安徒生。

　　如果我们明白了上述有关格里格的经历，也就明白了格里格为什么在他的《培尔·金特》组曲里那首《索尔维格之歌》唱得那样凄婉动人了。索尔维格终于等来了历尽艰难漂洋过海而回到祖国的丈夫培尔·金特，唱起的这首气绝而亡的歌当然要成为千古绝唱。

我们也明白了格里格在他去世之前，一定要让人将他的骨灰埋藏在他家乡卑尔根附近特罗尔豪根的一个天然洞穴里，因为那里面对的是祖国的挪威海。他说："巴赫和贝多芬那样的艺术家是高地上建立的教堂和庙宇，而我，正像易卜生在他的一部歌剧中说的，是要给人们建造他们觉得像是在家里一样幸福的园地。"祖国和归家永远是他音乐的主题。

我们也就明白了格里格在他逝世前一次音乐会演出，当他知道了门口挤满了没有买到票的年轻人，说让他们都进来吧。因为他知道他们是他的国家的年轻人。同时，我们也就明白了，为什么在他逝世的时候会有四万人拥上街头为他送葬。如今还会有任何一个哪怕是再伟大的人物逝世之后有这样多的人自愿而拥上街头为其送葬吗？

思乡，确实是人类共有的心理特点。特别是在如今世界动荡不安的时刻，意想不到的灾难和恐怖威胁甚至战火的蔓延，总是如暗影一样潜伏在我们四周，思乡更成为人们心心相通的共同鸣响的旋律。我想，也许正是因为如此，肯基金的一首萨克斯曲《回家》才那样风靡在世界的许多角落吧？在古典音乐之中，在我看来思乡意味最浓的大概要数德沃夏克和格里格了。只有德沃夏克的《自新大陆》第二乐章的思乡情结能够和格里格相比，如今无论你在哪里听到格里格的音乐，那种他独有的思乡的浓郁感情，总会伴随着特罗尔豪根前挪威海飘荡的海风，湿漉漉地向我们扑面而来。"共看明月应垂泪，一夜乡心处处同。"

巴托克的启示

　　曾经有一位英国的学者论述巴托克时这样说他的音乐："拒绝为了美或放纵情感的利益而破坏其逻辑性。""如果有人坚持音乐必须是悦耳动听,那他就无法欣赏巴托克的音乐。"

　　巴托克(B.Bartok 1881—1945)的音乐到底是什么样子的呢? 真的就不美不动听吗? 这倒引起我对他的兴趣。

　　我买了一张迪卡公司出品的巴托克作品集,布列兹指挥,美国芝加哥交响乐团演奏,里面包括巴托克最享有盛名的弦乐《交响协奏曲》,还有四首为管弦乐队作的小品。主要想听他的《交响协奏曲》。

　　说实在,巴托克和在他之前的古典和浪漫时期的音乐家的作品不尽相同,同他热爱的理查·施特劳斯、勃拉姆斯,也不尽相同,他们的作品还在一定的规矩方圆中舞蹈,古典和浪漫的内核还是包容在内容和形式之中的。巴托克是在想标新立异,他是想突破古典音乐尤其是新浪漫音乐的规矩,他便将两种现成的东西都置于自己的对立面:上溯历史的渊源,下数眼前的,他太想横扫千军如卷席,独树一帜。这在他早期的几首弦乐四重奏就可以明显地看出来,在我买的这张唱片中的为乐队所作的四首小品也可以看出。他的音乐做法和音响效果都和以前不完全一样,他注重出奇制胜的效果,讲究一泻千里的气势,有点光怪陆离。但和勋伯格还是不一样,他并没有如勋伯格走得那样远,他没有完全抛弃调性。显然,他走的不是古典与浪漫派音乐相同的路,也不是勋伯格完全现代派的路,他走的到底是一条什么路呢?难道他能走成两者之间一条中间道路吗?

在听巴托克的音乐的时候,在捕捉巴托克的音乐品格和性格的时候,我的思想常常在开小差,飘移到巴托克的音乐之外。原因是我一边听一边总是忍不住在想,在巴托克所在二十世纪的初期,不仅音乐是如此的活跃,出现了连同巴托克在内的不同流派不同追求却相同在努力探索的音乐家,如德彪西、马勒、勋伯格、理查·施特劳斯、斯特拉文斯基、艾弗斯……呈一种百花齐放的局面,是如此的缤纷热闹,如同此起彼伏的浪涛奔涌;是如此互相攻击着,又互相鼓励着;是你花开罢我花开,而不是我花开时百花杀。而且,在其他艺术和非艺术领域,一样都出现了如此美不胜收的烂漫似锦的场面:比如文学就有普鲁斯特的浩瀚长著《追忆似水年华》占据春光,心理学有弗洛伊德的《梦的解析》一鸣惊人,美学有克罗齐的《美学》问世,科学有爱因斯坦的《相对论》的诞生,还有莱特兄弟的人类第一架飞机上天……就是在我们的国家,也可以如数家珍一样,数得出许多各界的豪杰,如鲁迅、胡适、蔡元培、熊十力、马一浮……足以光耀后人。

为什么在一个世纪之前的二十世纪的初期,这个世界会出现如此欣欣向荣的局面?而英雄是如此辈出,大浪淘尽千古风流人物,新人层出不穷后浪推前浪,让我们后代仰慕如同仰望漫天的星辰是如此璀璨耀眼?如今,一个新的世纪又来到了,在二十一世纪的初期,我们还能看得到这样的局面和场面,看得到这样的星辰这样的天空吗?说实话,真让我憋气。在一个世无英雄,遂使竖子成名的时代,城头频换大王旗,冠以著名的这家那家遍地都是,却是评定的高级职称在日益贬值一样,不过大多是荒草丛生罢了。

我们还是回过头来看看巴托克,他还能给我们一些安慰。

巴托克既没有走一条古典和浪漫派或新浪漫派的老路,也没有走现代派的新路,他一直在孜孜探索自己的路。他走的是民间的路。有音乐史专家说:"巴托克全部创作的一根导线是熔民间音乐精髓与西方艺术音乐为一炉,技艺精湛,丰富多样。巴托克主要不搞革新,他像亨德尔那样兼收并蓄古今之精粹,雄辩地加以综合。"这话说得非常有见地,讲出了民间音乐和正统音乐、古典音乐和现代音乐、继承和创新、吸收和改造、东方和西方的诸多种关系。这些关系的处理方式和取决的态度,表现着音乐家在创作的走向和性格的轨迹。对于民间音乐,并非巴托克一个人情有独钟,许多音乐家都曾对民间音乐痴迷,勃拉姆斯就曾经改编过匈牙利舞曲,德沃夏克改编过斯拉夫舞曲,而西贝柳斯和格里格也曾经把芬兰和挪威本国的民间音乐元素移植到自己的音乐创作中来。但是,有像巴托克这样把自己音乐的根深扎在民间音乐之中的音乐家吗?

曾经在一本书中看过这样的一幅照片,是巴托克的老友也是匈牙利的音乐家柯达伊(Z.Kodaly)为他拍照的:巴托克在特兰西瓦尼亚山村,用一个旧式的圆桶录音机在录制当地的民间音乐,很像我们现在热门出版的一些老照片的书上的照片,上面的那些偏远山村的村民都笔直地立着,面部表情都有些呆滞,巴托克在认真地鼓捣着那架录音机。这幅照片让我感受到一个世纪之前的生命气息和艺术气息,那个时代人们对艺术的真诚和投入,执着得带有孩子似的天真,不惜踏遍千山万水也要寻求一种真理般的渴望,真是让我感动。我们现在还能出现这样的场面吗? 我们的许多音乐翻录别人现成的带子(俗称"扒带子")就马到成功了,谁还愿意那样千里迢迢地去采风?

据说，巴托克不满意自己早期简单模仿的作品，而他企图成立新匈牙利音乐学会也惨遭失败，他离开了大都市，离开了音乐的中心，而跑到了深山老林，带着他的老式圆桶录音机，就这样采风收集了两千多首民间乐曲，其中包括匈牙利本土，也包括罗马尼亚、南斯拉夫，还包括北非和东方。同时，巴托克还撰写了大量论述民间音乐的论著。不知道世界音乐史上还有没有如他一样的热情去采集众多民间乐曲的音乐家了？我猜想，如他一样热情的有，如他一样蜜蜂一刻不停地采蜜般采集两千多首民间乐曲的少见。巴托克惊异地发现民间音乐尤其是匈牙利的民间音乐充沛的活力和新颖的生命力，并把它们带入他的音乐，拓宽了音乐本身的疆域。

巴托克对民间音乐的钟情和付出的努力，在音乐家中是少有的。早 1906 年他二十五岁的时候，有一次和神童小提琴家费伦茨·威切依到西班牙去演出的机会（当时巴托克为其伴奏），演出结束回匈牙利前，他去了葡萄牙，然后去非洲，采集民歌。1913 年，他再次重游非洲采风，他竟然很快地学会了当地的语言。他对那些非洲民间音乐爱不释手，他说那是些埋藏在这些国家地下最珍贵的财富、最纯洁的宝藏。对于有人说民歌是粗俗的甚至是色情的，难登大雅之堂，他说："最粗鄙的字眼就是这个'大雅之堂'，这个词叫我头疼。在出版美丽的民歌，特别是美丽的民歌歌词时，我吃够了它的苦头，这种民歌都是在精神和肉体亲切温存的情境中产生，或者在深切需要快乐和幽默以调剂一下单调生活时创造的。"

整日奔波在这些偏僻的山村，尤其是看到那些平日里沉默寡言的村民唱起民歌来忘记了羞怯，脸上呈现出的喜怒哀乐和歌曲这样的感情完全融为一体的时候，他越发感受到什么才是他所需要的民间音乐。这些真正地道的民间音乐，彻底地改变了他和他的音乐。他像是从一头关在城市里的动物,变成了一只飞出笼子的鸟,发现了一片无限自由的天空。那时他说过许多关于民间音乐的话,现在来听听是很有意思的。比如,他曾经无情地批评过那些伪民歌:"国内外以为是匈牙利音乐精神的东西,不是真正的匈牙利民歌,却是些没有根基的、拼拼凑凑的仿制品,加上吉卜赛乐队的雕琢风格。"他同时还说:"那些所谓的歌曲,一年又一年地大批生产,潮涌般地不断向人们灌输。你稍不戒备,就会失去免疫力,久而不闻其臭。每个历史时期都有这类弄虚作假的'天才',信口雌黄,歌词从头到尾都是些陈词滥调,也只配上那些叫人恶心的音符——我才不把这种东西叫作音乐呢。"这样的话,对于我们今天仍然有着警醒的启示意义。

关键,那时巴托克不仅生活艰难,而且已经染上了不治之症白血病。虽然,民间音乐并没有成为令他起死回生的一剂良药,但毕竟让他的生命充实,让他的音乐为之耳目一新。

都说巴托克的音乐不大悦耳,其实也是一种误解,只能说他的有些音乐不悦耳。这支弦乐的《交响协奏曲》的开头就很好听,不同乐器的渐渐加入,将乐曲的层次谱就得那样精致细微又色彩分明,整体的弦乐如同从湖面上掠过的一阵阵清风,带有花香,带有鸟鸣,也带有嘹亮的呼叫。巴托克自己称第一乐章为严峻,第二乐章为悲哀,末乐章为对生命的肯定。听第二乐章的感觉,一样很美,开头笼罩的哀婉情绪,在长笛和单簧管交错的呼应之下,显得格外迷人。竖琴的颤动,和着弦乐的摇摆起伏,间或弦乐和长笛的几声尖厉的鸣叫,如鹤唳长天,大多时候弦乐如银似水般荡漾,十分抒情,圆舞曲的旋律,回旋着曳地长裙,也回旋着天空中的袅袅白云,完全是古典主义的情致。末乐章里的民间音乐的元素最为明显,那种民间乐曲的粗犷,充满野性的张力,山洪暴发般,一泻千里。说《交响协奏曲》是巴托克最为出色的作品,一点儿不为过。

如果我们知道这首《交响协奏曲》,是在巴托克逝世前两年1943年的作品,在此之前许多时候他是一直在贫困和白血病的双重重压下艰难地活着,精神处于极度的痛苦煎熬中,许多时候没有创作也不愿意创作,是他的好友指挥家库塞维茨基的竭力约请,他才出山谱就了这首乐曲,我们就会对这首乐曲更充满敬意。如果我们知道了巴托克创作完这首乐曲,由库塞维茨基在波士顿指挥演奏成功,而巴托克的白血病也出奇地有了好转,有了回光返照的生命的最后两年,我们就会对这首乐曲更充满感情。我不知道别人听说《交响协奏曲》有这样的背景之后会不会涌出这样的敬意和感情,但我对这首乐曲对巴托克多了一份感情。

有人说:"巴托克是活跃于1910—1945年间并留下传世之作的四五位作曲家之一。"

这是很高的评价。这也是一个苛刻的评价。

这让我想起我在前面曾经提到过的问题,为什么在一个世纪之前的二十世纪的初期,这个世界会出现如此欣欣向荣、英雄辈出?这实在让我们后辈汗颜惭愧。其实,在那段时期,并非仅仅拥有传世之作的巴托克这样四五位作曲家,但我们只要面对巴托克一个人就可以了,我们可以从巴托克的身上学到一些对艺术追求的执着与真诚,对艺术之树重新返回民间在大地生根的一点儿精神的净化和意义的启迪。

艺术比死亡更有力量

　　并非说是同为意大利人,托斯卡尼尼(A.Toscanini 1867—1957)和普契尼(G.Puccini 1858—1924)就一定有着不解之缘。人海茫茫,本都是素不相识,一个人与另外一个人开始结识,并有着漫长时间的不解之缘,恐怕不都是出于偶然的因素,总有些命定般的原因。如果从托斯卡尼尼最早指挥普契尼的歌剧《艺术家生涯》开始算起,到普契尼逝世为止,他们之间的交往,起码有着二十八年的历史。二十八年,对于托斯卡尼尼也许算不太长,因为他活了整整九十岁;但对于活了六十六岁的普契尼来说,却不能算太短,这占了他生命的近二分之一。

　　这不能不引起我对他们极大的兴趣。

　　让我对他们更感兴趣的,是他们之间存在的并不仅仅是友谊,也就是说,他们之间的矛盾、冲突乃至不可调和的厮斗,常常如一块块突兀的礁石,阻挡着他们两条河的汇合和前进,使得他们生命和艺术之流激起浪花,溅湿彼此的衣襟。我在听托斯卡尼尼指挥的音乐,尤其是指挥普契尼的歌剧录音磁带时,常想为什么他们之间会存在这样的友谊、这样的矛盾、这样充满矛盾的友谊? 音乐家之间,彼此结为美好而和谐的友谊的人有不少, 比如舒曼和勃拉姆斯、肖邦和李斯特、被称为强力集团的巴拉基列夫、穆索尔斯基、鲍罗丁和里姆斯基-科萨柯夫……是什么原因使得托斯卡尼尼和普契尼的友谊像是一条起伏不平的小路,让他们总是磕磕绊绊?

应该说,托斯卡尼尼和普契尼最初的友谊是顺风顺水的。1896年2月1日,对于他们两人都是极其重要的日子。这一天,由托斯卡尼尼指挥普契尼的歌剧《艺术家的生涯》在都灵首演。在这之前,他们两人都小有名气,公平地讲,托斯卡尼尼的名气更大些,他成功地指挥了瓦格纳的《汤豪舍》和威尔第的《法尔斯塔夫》,为他带来了声誉。而普契尼在此之前还只是一个二流的作曲家,他所作曲的第一部和第二部歌剧,全遭到失败,只有一部《曼侬·列斯科》获得好评。《艺术家的生涯》是普契尼的精心之作,是他下的赌注,关系到他是否能从二流泥潭中一跃而出。但是,一直到演出之前还有评论家说,《艺术家的生涯》不过是昙花一现而不会成功。因此,普契尼一直把心提到嗓子眼儿,托斯卡尼尼每天排练这部歌剧的时候,普契尼都要到场,心里惴惴不安;音乐评论界和出版商也很重视这部歌剧的首演,关注着演出是否成功。这让他们两人的友谊出场显得气势不凡,而且有着坚实的基础。可以说,托斯卡尼尼为普契尼带来了好运,他一丝不苟的排练和精彩绝伦的指挥,使得首场演出大获成功,好评如潮,一连演了23场,让观众叹为观止,让普契尼更为折服。这一年,普契尼三十八岁,托斯卡尼尼二十九岁。

为什么有着这样好的友谊基础,他们的友谊会出现矛盾、波折,甚至破裂?我不大明白,为什么在1921年,当时欧洲最著名歌剧院斯卡拉剧院,计划演出普契尼《艺术家的生涯》《托斯卡》和《蝴蝶夫人》三部歌剧时,托斯卡尼尼坚决拒绝出任指挥,而只是派他的助手出场?而普契尼在请人出面调和不成之后,为什么气急败坏地出言不逊大骂托斯卡尼尼是"充满恶意""没有艺术家的灵魂"?真的是后来托斯卡尼尼自己解释的那种原因"我不喜欢《蝴蝶夫人》"吗?未免太简单了吧？虽然，托斯卡尼尼是一个对艺术格外认真的人，对于他不喜欢的音乐，他是不会接受的。反正我是不能相信仅仅这样一个原因，会导致托斯卡尼尼果断地做出这样一个伤害普契尼同时也伤害米兰观众的决定。因为如果托斯卡尼尼真的不喜欢《蝴蝶夫人》的话，他完全还可以指挥另外两部歌剧，况且，《艺术家的生涯》和《托斯卡》这两部歌剧，他都曾经指挥过，并获得成功，这时候却撒手不管了，于情于理都有些说不过去。还有一点让我不解的是，普契尼写作《蝴蝶夫人》是早在 1904 年，当时托斯卡尼尼批评这部歌剧"长得令人生厌"，普契尼听说后立刻改写脚本，缩短乐谱，有不少章节重写，完全是按托斯卡尼尼的意见修改了的呀。

在一本介绍托斯卡尼尼的书中，我看到这样简单几句对托斯卡尼尼和普契尼的介绍，其中说他们两人之间友谊的裂痕出现在 1914 年，即对第一次世界大战的看法不同，政治的态度导致了艺术的矛盾。这我就想象得出了，他们的友谊不可能不出现裂痕，即使普契尼再如何请人出面调和，也是无济于事的。想一想，第二次世界大战之后，托斯卡尼尼对曾经为法西斯垂首做过事情的富尔特温格勒和卡拉扬的态度，托斯卡尼尼拒绝和他们同台演出，以及他那句著名的话："在作为音乐家的富尔特温格勒面前，我愿意脱帽致敬；但是，在作为普通人的富尔特温格勒的面前，我要戴上两顶帽子。"托斯卡尼尼对普契尼肯定不会原谅，便是很正常的事情了。

后来，在一本意大利人写的托斯卡尼尼的传记中，看到托斯卡尼尼和普契尼 1914 年的夏天在维亚雷焦海滨度假时，两人为刚刚暴发不久的第一次世界大战的看法不同而矛盾暴发。托斯卡尼尼是支持英美协约国的，而普契尼是支持德国，两人因此争吵起来，托斯卡尼尼突然愤而起身，怒斥普契尼而后闭门不出，气得整整一个星期不上街。当有人劝他和普契尼讲和，他说："我坚决不和他讲和，相反，碰到他，还要打他几个耳光！"这和他对富尔特温格勒的态度是一样的，便不会奇怪了。

不过，我有时会想，如果没有发生第一次世界大战，或者虽然发生了第一次世界大战，但是普契尼没有对托斯卡尼尼说出自己真实的看法，而只是藏在心里，只谈艺术，不谈其他，他们两人之间的友谊会不会维持下去？就真的能导致后来 1921 年斯卡拉剧院演出矛盾的暴发了吗？

我看不见得。

性格所致，会使得看似平行的两条线越来越远。作为艺术家，有的会极端地表现在艺术之中，有的会极端地表现在艺术之外的为人处世里面，托斯卡尼尼的性格是毫无保留地表现在这两者之中。他是一个极其严谨的人，他不抽烟，不喝酒，每天排练四五个小时当中不吃饭，也不饿。同普契尼一贯的折中主义不同，他是一个开弓没有回头箭的人。他又是一个独断专行、极其固执己见的人，包括音乐在内的所有事情，他不会和别人商量，也不会听从别人的意见。他是鲁迅先生说的那种到死也不会宽容他人的人，更不会为自己的行为和思想做稍微的妥协。同时，他又是一个极其容易暴怒的人，这一点并不是后来他的名气越来越大的缘故，他从一开始走上指挥台就是这样，据说如果他听到乐队里有人没有全神贯注或吹错、弹错，他会立刻勃然大怒，毫不留情地大骂人家是"畜生"，是"杂种"，是"无耻"，毫无节制，没人敢上前制止或劝说他，这可以说他的修养实在有些难以恭维，也说明他其实是一个胸无城府的人。他就像一条笔直的线，不懂得有时是应该拐弯的，哪怕稍稍有些弧度和弹性。

曾经听说有关托斯卡尼尼这样一个小故事，说他一次听一位指挥家的排练,听到这位指挥家的节奏不对(其实很可能是不符合他自己心目中的节奏),他丝毫不知道忍耐,不知道该给同行一点儿面子,立刻容忍不下去了,拍起手掌,示意人家节奏应该是这样的。结果,乐队竟按照他顽强手掌的节奏进行演奏,把那位指挥家晾到一边。

托斯卡尼尼就是这样一个性格坚硬且棱角过于峥嵘的人。一次排练,他尚且不容于他人,他怎么能容忍和自己政治观点相左的普契尼?不少人劝他和普契尼讲和,他的妻子也这样劝他,他都不为所动。所以,到了1921年斯卡拉剧院演出和普契尼的矛盾暴发,就是水到渠成的事情了。虽然第一次世界大战已经过去了七年,非但没有随时间淡化和消解矛盾,却是冰冻三尺非一日之寒,矛盾随日子而长大,结上一个解不开的死疙瘩。

即使没有这一矛盾的暴发,也还会有其他的矛盾暴发,便是很可以理解的事情,而且可以断定是必然的事情。这里除了托斯卡尼尼性格的因素,也有普契尼的性格在起着作用。普契尼是一个和托斯卡尼尼的毫不妥协的性格完全不一样的人,他对于艺术和生活的折中主义,必定要和托斯卡尼尼发生矛盾。而普契尼对于托斯卡尼尼的嫉妒,也必然是产生矛盾的另一条导火索。因此,虽然托斯卡尼尼的性格并不因为他是一个大师就一定那么可爱,但是,普契尼的性格就更不可爱。两个这样性格的人偶尔相处,也许可能会迸发友谊美丽而夺目一闪的火花,长期相处,不暴发矛盾才怪,第一次世界大战,不过是给他们两人火上浇油。虽只是出于偶然,却含有必然的命定,在劫难逃。

说实在的,托斯卡尼尼和普契尼这样两位意大利十九世纪末期、二十世纪初期最有名并且照耀了整个世界乐坛的人物,他们之间的关系就这样淡然结束，真是让我惋惜甚至扫兴，或者说有些不甘心。我一直寻找他们最后的结尾，就像读一部小说，希望读到自己期待的结尾一样，惊鸿一瞥，出乎意料，而心存一丝幻想。

幸亏不是幻想，他们的结尾多少让我感到一些安慰。虽然，他们的结尾没有在普契尼活着的时候出现（普契尼比托斯卡尼尼早死了三十三年），令人欣慰的结尾，毕竟出现了。

是在普契尼逝世两年之后。托斯卡尼尼突然出任普契尼的歌剧《图兰朵》的指挥。这是普契尼最后一部歌剧，是他呕心沥血之作，一直写到公主死去的时候，他自己也死去了。这场音乐，据说全场鸦雀无声，人们听到并看到，在音乐声中，托斯卡尼尼和普契尼又走到一起。我想这大概不是托斯卡尼尼的妥协，或对死者的一种悲悯，而是对艺术的一种真诚，《图兰朵》确实是普契尼的精心之作。

托斯卡尼尼在指挥到公主死去的时候，指挥棒突然在空中停住了，整个乐队在他的指挥下戛然而止。托斯卡尼尼慢慢转过身来对观众们说了那句《图兰朵》在我国上演时被报纸不断引用的话："歌剧到此结束，普契尼写到这儿时，心脏停止了跳动。死亡比艺术更有力量。"

这话说得充满哲理，更充满感情。这话让我感动。

更让我感动地是1946年的春天，在普契尼的歌剧《艺术家的生涯》首演50周年纪念日的那一天，托斯卡尼尼虽然人在美国，还是记起这个日子，在电台指挥了普契尼的这部歌剧，并灌制了唱片。这一年，托斯卡尼尼已经七十九岁高龄。

只有在美好的音乐之中，人们才能消弭了芥蒂而相会相融。托斯卡尼尼说得不对，并不是死亡比艺术更有力量，而是艺术比死亡更有力量。

我们为什么特别喜爱老柴

再没有一个国家能够比得上我们对柴可夫斯基(P.I.Tchaikovsky 1840—1893)充满感情的了。我们似乎都愿意称他为"老柴",亲切得好像在招呼我们自己家里的一位老哥儿。

我始终弄不明白,为什么我们对柴可夫斯基如此的一往情深。或许是因为我们长期受到俄罗斯文学的影响,便近亲繁殖似的,拔出了萝卜带出了泥,对柴可夫斯基有着一种传染般的热爱? 从骨子深处便有了一种认同感? 或者是因为柴可夫斯基的音乐里打通了宗教的音乐与世俗的民歌连接的渠道,有了一种抒情的歌唱性,又混合了一种浓郁的东方因素,便容易和我们天然的亲近? 让我们在音乐的深处能够常常和他邂逅相逢而一见如故?

柴可夫斯基就这样能够轻而易举地和我们相亲相近。几乎每一个中国喜欢音乐的人,特别是中国的知识分子,似乎都容易被柴可夫斯基所感染,这在他们的书中都能够找到许多溢于言表的证据。这大概是音乐史中的一个特例,或者说是一个奇怪的现象,令柴可夫斯基自己本人也会莫名其妙吧?

丰子恺先生在二十世纪初期是这样解释这种现象的:"柴可夫斯基的音乐中的悲观色彩,并不是俄罗斯音乐的一般的特质,乃柴氏一个人的特强的个性。他的音乐所以闻名于全世界,正是其悲观的性质最能够表现在'世纪病'的时代精神的一方面的'忧郁'的缘

故。"(《世界大音乐家与名曲》)

我不知道丰先生是不是说得准确,但他指出的柴可夫斯基的音乐迎合了所谓"世纪病"的时代精神一说,值得重视。而对于一直饱受痛苦一直处于压抑状态,一直渴望一吐胸臆宣泄一番的我们中国人来说,柴可夫斯基确实是一帖有种微凉的慰藉感的伤湿止疼膏,对他的亲近和似曾相识是应该的。

作家王蒙在他的文章里曾经明确无误地说:"柴可夫斯基好像一直生活在我的心里。他已经成为我的生命的一部分了。"他说他的作品:"多了一层无奈的忧郁,美丽的痛苦,深邃的感叹。他的感伤、多情、潇洒,无与伦比。我总觉得他的沉重叹息之中有一种特别的妩媚与舒展,这种风格像是——我只找到了——苏东坡。他的乐曲——例如《第六交响曲》(《悲怆》),开初使我想起李商隐,苍茫而又缠绵,绚丽而又幽深,温柔而又风流……再听下去,特别是第二乐章听下去,还是得回到苏轼那里去。"(《行板如歌》)

另一位作家余华,在他专门谈音乐的新书《高潮》中有一篇文章则这样地说:"柴可夫斯基一点儿也不像屠格涅夫,鲍罗丁有点像屠格涅夫。我觉得柴可夫斯基倒是和陀思妥耶夫斯基很相近,因为他们都表达了十九世纪末的绝望,那种深不见底的绝望,而且他们的民族性都是通过强烈的个性来表达的。在柴可夫斯基的音乐中,充满了他自己生命的声音。感伤的怀旧,纤弱的内心情感,强烈的与外在世界的冲突,病态的内心分裂,这些都表现得非常真诚,柴可夫斯基是一层一层地把自己穿的衣服全部脱光。他剥光自己的衣服,不是要你们看他的裸体,而是要你们看到他的灵魂。"(《重读柴可夫斯基》)

非常有意思的是,他们一个把柴可夫斯基比成了苏轼和李商隐,一个把柴可夫斯基比成了陀思妥耶夫斯基。也许,你会觉得将柴可夫斯基比成苏轼和李商隐,有些玄乎;而把柴可夫斯基比成了陀思妥耶夫斯基,又有些过分。但他们都是从文学中寻找到认同感和归宿感。(有意思的是,美国音乐史家朗格在他的《十九世纪西方音乐文化史》一书中,则把柴可夫斯基比成英国诗人密尔顿,也是文学意义上的比拟。)这一点上和我们大多数人是相同的。也就是说,我们在听柴可夫斯基音乐的时候,已经加进我们曾经读过的文学作品的元素,有了参照物,也有了我们自己的感情成分,柴可夫斯基进入我们中国,已经不再仅仅是他自己,柴可夫斯基不得不入乡随俗。我们在柴可夫斯基的音乐里能够听到我们自己心底里许多声音,也能够从我们的声音里(包括我们的文学和音乐)听到柴可夫斯基的声音。可以说,从来没有任何一位音乐家和我们能够有如此心同身感的互动。

我们对柴可夫斯基的感情,也许还在于他同梅克夫人那不同寻常的感情。当然,这也是世界所有热爱他的人都感兴趣的地方,并不能仅仅说是我们的专利。但是,对于他们长达十四年之久的感情,而且是超越一般男女世俗的情欲,保持得那样高尚而纯洁,是我们所向往的。在一个情感和情欲一直处于压抑的年代里,这种柏拉图的感情自然更会是知识分子多一份慰藉和憧憬。柴可夫斯基与梅克夫人的通信集,早在二十世纪四十年代,我国就有了陈原先生的译本,直至现在再版不断。

梅克夫人是在听了柴可夫斯基的《暴风雨》序曲之后格外兴奋而对他格外感兴趣的。梅克夫人非常有艺术天赋,这首先来自家传,她的父亲就是个小提琴手,她自己弹一手好钢琴。所以,她和柴可夫斯基是真正在心灵上的交流,真正在音乐中的相会,梅克夫人不是为了附庸风雅，凭着自己有钱而豢养着音乐家绕自己的膝下；柴可夫斯基也不是为了傍上一个富婆（要知道柴可夫斯基每年从梅克夫人那里有 6000 卢布的赞助，这在当时是一笔不少的数目），使得自己尽快地脱贫致富好爬上中产阶级的软椅。他们在佛罗伦萨同住一所庄园里，本来可以有见面的机会时也要坚守诺言，梅克夫人要把自己出门散步的时间告诉柴可夫斯基，希望他能够回避，即使偶尔柴可夫斯基忘记而和她意外相遇，他们也会只是擦肩而过从不说话。正因为对感情有如此超尘脱俗的追求和把握，他们才能够坚持了十四年之久的通信，柴可夫斯基才能向她毫无保留地倾吐了在别人那里从未说过的关于音乐创作的肺腑之言，梅克夫人也才能向他倾诉了内心的一切包括一个女人最难说出口的隐私。他们把彼此当成了知己，联系着他们的心的不是世俗间床第之间的男欢女爱，而是圣洁的音乐。

　　说起柴可夫斯基的音乐，我们爱说其特点是"忧郁"，是"眼泪汪汪的感伤主义"。当然，仅仅说是"忧郁"和"眼泪汪汪的感伤主义"是不够的。柴可夫斯基的音乐是很丰富的。我们听得非常熟悉的他的《第一钢琴协奏曲》(1875)，还有他的《D 大调小提琴协奏曲》(1878)、《第一弦乐四重奏》中的"如歌的行板"(1871)、《罗密欧与朱丽叶》幻想序曲(1869)、《意大利随想曲》(1880)、《1812 序曲》(1880)，以及他有名的《第四交响曲》(1877)与《第六交响曲》(1893)，和他的好多部芭蕾舞剧的音乐，其中我们最熟不过的《天鹅湖》(1876)、《睡美人》(1890)和《胡桃夹子》(1892)……我们对于柴可夫斯基，真可以是如数家珍。但是，"忧郁"和"眼泪汪汪的感伤主义"，毕竟是感动我们的最主要的部分，即使在上述的作品中，我们依然能够得到这样的感觉，"春花秋月何时了，往事知多少"；"问君能有几多愁，恰似一江春水向东流";"城上高楼接大荒，海天愁思正茫茫";"青鸟不传云外信，丁香空结雨中愁"……我们能够从我们的古典诗词中信手拈来多少与老柴这些音乐链接，吻合跃动在同一个脉搏上。

柴可夫斯基的旋律，是一听就能够听得出来的。特别是在他的管弦乐中，他能够鬼斧神工般在其中运用得那样得心应手，逢山开山、遇水搭桥一般手到擒来，那些美妙的旋律仿佛神话里的藏在森林的怪物，可以随时被他调遣，为他呼风唤雨。在他的那些我们最能够接受的优美而缠绵、忧伤而敏感、忧郁而病态、委婉而女性化、细腻而神经质的旋律里，我们可以明显地感受到他的感情是那样的强烈，有火一样吞噬的魔力，有水一样浸透的力量，也有泥土一样厚重的质朴。那种浓郁的俄罗斯味道，是我们最熟悉也是我们最喜爱的原因了。

在这一点上，曾经尖锐批评过柴可夫斯基的朗格有过精彩的阐发："柴可夫斯基的俄罗斯性不在于他在他的作品中采用了许多俄国的主题和动机，而在于他艺术性格的不坚定性，在于他的精神状态与努力目标之间的犹豫不决。即使在他最成熟的作品中也具有这种特点。"(《十九世纪西方音乐文化史》)朗格所说的这种特点，恰恰是俄罗斯一代知识分子所具有的共同的特点。我们在托尔斯泰、契诃夫，特别是在屠格涅夫的文学作品中(比如屠格涅夫的小说《罗亭》)，尤其能够感受到那一代知识分子，在面对自己国家与民族命运时刻所奋斗所求索的性格，这种性格犹豫不决的不坚定性中蕴含着那一代人极大的内心痛苦。

也许，明白理解这样的一点，我们才能够多少理解一些柴可夫斯基音乐中的俄罗斯性，也才会多少明白一些，为什么在我们中国那么多的知识分子特别是老一代的知识分子(新生代对柴可夫斯基早已经不那么感兴趣了），对柴可夫斯基那样一往情深，一听就找到了息息相通的共鸣。这是深藏在柴可夫斯基音乐里的俄罗斯气息，也是渗入我们骨髓里的民族性格。柴可夫斯基不仅独属于俄罗斯的音乐，也和我们一拍即合。

我们就是这样迷恋上老柴的，或者说老柴就是这样轻车熟路地走入我们的家门，成为我们家人的。

值得记住的一点，并也值得研究的一点，是老柴开始步入我们的家门的时候，在欧洲和美国，已经是包括老柴在内的古典主义和浪漫派音乐日渐式微的时候。为什么在这样历史的分界点，我们却对老柴一见如故，如获至宝？

英国学者雷金纳德·史密斯-布林德尔在他的《新音乐》一书中曾经指出："第二次世界大战之后，西欧电台播放的音乐内容发生了根本性的变化，首先播放的是巴托克、斯特拉文斯基、欣德米特、贝尔格以及勋伯格的那些被忽略的宝贵作品。"同时，他指出："这种新音乐所追求的不是甜美的旋律（哪怕是简短的），不是紧凑连贯的和声和清晰的曲式。事实上，当时，到底要追求什么样的声音人们并不明确，只知道要避免什么。"显然，那个时代，我们的上一辈慢了一拍，至少慢了半拍。其实，我们同样经历了第二次世界大战，饱受的磨难应该是一样的，但在战后我们的选择却是不一样的。我们选择的还是甜美的旋律、紧凑连贯的和声和清晰的曲式。我们喜爱的还是老柴式的"忧郁"和"眼泪汪汪的感伤主义"，而且强烈地和其一塌糊涂地产生共鸣。曾经赞赏过老柴的他的俄罗斯同胞斯特拉文斯基，当时却明确地说："音乐从本质上没有能力表现感情的任何东西——无论是感情还是思想态度，还是心理情绪。"他们都已经无情地抛弃了柴可夫斯基，而我们却把他重新拾回。我不知道该如何解释这一事实，也许，和那时我们正在革命的年代有关，或和我们的民主化进程有关，或和我们知识分子一直的软弱有关；或和我们的讲究言情言志的传统文化有关。我们只是知道，老柴确实影响了我们国家的两代人，这种影响不仅是感情，而且包括音乐在内的文艺创作的思维模式。

还是布林德尔，在分析第二次世界大战之后那个特定的时代的选择时说过："音乐历史中，以前的任何关键时期都有不得不'重新开始'的时候。"不仅仅是对于我们的老柴，我们似乎都应该有我们不得不重新开始的时候了。

走近肖斯塔科维奇

一

　　捷杰耶夫又来了。这一次来北京的两场音乐会,他带来的是对于中国而言久违的肖斯塔科维奇(D.Shostakovich 1906—1975)。这是我很期待的。

　　说是久违,因为以前对于我们中国人而言,听的、知道的更多的是民族乐派特别是柴可夫斯基,老柴以后,则是拉赫玛尼诺夫和斯特拉文斯基。关于肖斯塔科维奇的专场音乐会,是比较少的。

　　对于肖斯塔科维奇,以前,我曾经有过误解。因为他的《第七交响曲》太有名了,只要一提起肖斯塔科维奇,准要说他的这个《第七》,说在德国战火包围之中的列宁格勒,只剩下一名指挥和15名乐手,仍然坚持演奏这首《第七》,极大地鼓舞了苏联人民反法西斯的士气,从而造成全世界的影响。这样的演出,确实具有传奇色彩,使得这首《第七》不同凡响。所以,《第七》又叫作《列宁格勒交响曲》,被称为"战争的史诗"。

　　对于所谓音乐的史诗,我一向都抱有警惕,因为我会觉得它们延续的是贝多芬、瓦格纳的一套旧数,走的是宏大叙事的老路,音响效果多为轰轰烈烈。两年前,我到美国小住,闲来无事,在图书馆里借来一套肖氏的弦乐四重奏,共15首,拿回来一听,和我想象的肖氏不同,音乐极其丰富,旋律富有感情,非常打动我,并非宏大叙事。遂对他刮目相看,一下子燃起我对他的兴趣,又借来他的好几张交响曲,包括《第七》,仔细听个够,方才发现自己的浅陋,也知道这个世界上充满了多少误解和隔膜。

坐在大剧院的音乐厅里,等待捷杰耶夫出场。这是我第一次在音乐厅里听肖氏。

我一直以为指挥家为音乐会选曲,最见其思想与艺术的造诣。每一次来北京,捷杰耶夫的选曲都不一样,都见其独到的功力。有意思的是,这一次,他没有选肖氏最著名的《第七列宁格勒交响曲》,而是选择了肖氏的其他四部交响曲和两部钢琴协奏曲。其中四部交响曲,第一是肖氏十八岁的作品,演绎着青春的心情;第七和第八是肖氏的中期作品,也是当时备受打击的作品;第十五是肖氏最后一部交响曲,这部交响曲之后四年,他便去世了。两个晚上,捷杰耶夫和马林斯基交响乐团,带我走遍了肖氏几乎坎坷的一生。这是一次难得的音乐会,特别是对我这样对肖氏音乐不甚了解的人来说,是最生动的补课。

两场音乐会,第二场来的人更多些,心里暗想,北京的乐迷还是有水平的。最值得一听的,是第八和第九。相比刚刚听完不久的日本NHK交响乐团演奏成四平八稳的老柴,马林斯基团在捷杰耶夫的指挥下,更多起伏跌宕的层次和情感,整个乐队配合得风来雨从一般浑然一体,特别是弦乐中管乐的加入,或两者的相反加入,那样的熨帖,不着痕迹,缝若天衣,又水乳交融,风生水起。

当然,除了捷杰耶夫的指挥,还要感谢肖氏音乐本身的非凡功力。虽然,肖氏崇拜马勒,但比起马勒来更具现代性,特别是其配器,还有短笛、小号、单簧管突兀尖锐声音的横空出世,实在具有石破天惊的感觉。它让我听到的,更多是发自身心无以言说的痛苦,而不仅仅是表面的欢乐与悲伤。同他的前辈柴可夫斯基相比,更少了泪眼汪汪手帕浸湿的那种几乎滥情的感伤。

我尤其感动于第八,这是两天音乐会的压轴。第一乐章的弦乐,就让我震撼,那种揪动心弦的悲戚,不是揪着你的衣襟,执手相看泪眼的陈情诉说,而是黄河捧土尚可塞,北风雨雪恨难裁,那般地深切,随着浪一样一阵阵涌过来的音乐,层层叠叠地压在心头,拂拭不去。最后,英国管的独白,其实也是肖氏自己的独白,无字诗一样摇曳,直至曲终天青,唯留下半江瑟瑟半江红。

第二乐章突兀出现的短笛,听得真让人惊心动魄,仿佛一道划过来的闪电,将你的心魂瞬间掠去。第三乐章,长号和大提琴、木管和小提琴,还有小号、巴松和定音鼓,包括三角铁的撞击,此起彼伏,汇聚成的音响,撩人,又令人目不暇接。

第四乐章中那 11 段的变奏,是我最期待的。弦乐、圆号、短笛、长笛,到最后单簧管的呻吟,此起彼伏,气息绵长不断。肖氏实在是太有才了,将各种乐器信手拈来于股掌之间,让它们各显其能,各尽其长,又彼此呼应,同气相投,相互辉映,交织成一天云锦霞光。

最后的乐章,与第十五相似,也是在往返反复几次的铜管鼓钹之后渐渐地弱音收尾,所不同的是此前有一段大提琴如怨如慕吟唱般的倾诉,真的让人柔肠寸断,让人感到只有音乐才会拥有如此的穿透力,让你感受到来自心灵的痛苦,不是悲伤,不是眼泪,无法诉说时,呼天无门时,还有音乐可以帮助我们救赎。

想起当年斯大林时代对第八的批判,扣上的帽子是反苏维埃和反革命的音乐。原因便是在辉煌的第七之后,肖氏为什么没有进一步唱响反法西斯胜利中对斯大林的赞歌,最好是出现颂歌式的独唱和大合唱，相反却要这样悲悲戚戚，最后选择渐渐消失的弱音而不是以胜利的锣鼓一般的高潮结尾。当时，批判的一条理由便是这样的悲戚，说肖氏"悲悲戚戚地站在了法西斯一边"。

音乐，在强权面前就是这样被肆意肢解和误读。曾经有人——至今在此次捷杰耶夫带来马林斯基交响乐团演出前的宣传，也是这样说，将肖氏的第七、第八和第九说成是"战争三部曲"。记得晚年的肖氏非常反感这种说法，他说："一切都归咎于战争，好像人们在战争期间才遭受折磨和杀害。"在谈到第七、第八时，他认为都属于自己的"安魂曲"。

这里牵扯到时代、政治和艺术的关系问题，但是，好多音乐总是可以超越时代和政治的，正如肖氏的交响乐，纵使我们对肖氏和他生存的那个时代一无所知，但并不妨碍我们欣赏他的音乐，我们会非常清晰地听出那里流淌出来的绝对不是欢乐和喜庆，而是痛苦和悲伤。我们可以非常明确地从中听出痛苦的深沉无比和无处不在。因为这种人类共有的痛苦超越时空，是来自心灵的，而不是来自观念。好的音乐总是能够从心灵到心灵，让我们产生共鸣，让我们在音乐中相逢。

二

在所有俄罗斯作家中，肖氏最喜欢的是契诃夫。他把契诃夫所有的小说和剧本，连同契诃夫的笔记本和书信都读了又读。他认为"契诃夫是位非常富有音乐感的作家。"肖氏晚年一直想把契诃夫的小说《黑衣僧》改编成一部歌剧。他说："我一定要写歌剧《黑衣僧》。可以说，这个题材摩擦着我结满老茧的灵魂。"可惜的是，肖氏临终前未能完成这部歌剧。这也成了一个肖氏之谜。

《黑衣僧》(汝龙翻译为《黑修士》,似乎不如《黑衣僧》好,黑修士可以理解为修士的肤色黑,缺少了黑衣的特指,而在小说里这位僧人来无影去无踪的幻影,黑衣飘飘无疑是平添许多气氛),是契诃夫1873年写作的一篇中篇小说。内容写一位叫柯甫陵的心理学硕士,到一位农艺学家乡间的园子里做客。在黑麦田里,忽然遇见了他曾经梦里见过的一千年前的黑衣僧。同时,他爱上了农艺学家的女儿达尼雅,并顺利地和她结婚住回城里。婚后柯甫陵却因见到黑衣僧而疯了,不久和达尼雅离婚。达尼雅返回乡间,迎接她的却是父亡园毁,气急之下给柯甫陵写了一封谴责和诅咒他的信。此时,柯甫陵正在大他两岁的女友照顾陪伴下到南方养病的途中的旅馆里。看到并撕碎这封信后,柯甫陵倒地身亡,临死前想叫女友的名字救自己,呼喊出的却是达尼雅的名字。

可以看出,小说的情节并不复杂,但因为出现黑衣僧这样一个虚幻的角色,使得小说不完全属于写实,而增添了魔幻色彩。在谈论这部不太长的中篇小说时,契诃夫说这是一部"医学作品",描写的是一个"患自大狂的青年人"。面对评论家蜂起的诸多评论,比如说主人公的崇高志向和现实的矛盾等等,契诃夫表示:评论家们没有看懂他的小说。

那么,肖氏看懂了契诃夫的小说了吗?他执着地想将小说改编成歌剧,要表达的是什么样的情感和思想?能够和契诃夫相契合吗?还是要借契诃夫浇自己胸中的块垒?

如今,因为没有《黑衣僧》的这部歌剧诞生,所以已经无法弄清楚肖氏的真实意图了。但是,我还是非常感兴趣,企图触摸到肖氏与契诃夫之间的微妙的心理轨迹,以及音乐和文学之间的交织、交融和互为营养、互为镜像的蛛丝马迹。很多音乐家都曾经做过这样的工作,比如德彪西就曾经改编梅特林克的歌剧《佩里亚斯和梅丽桑德》,理查·施特劳斯曾经把塞万提斯的小说《堂吉诃德》改编为管弦乐。文学从来都是音乐最好的朋友。肖氏一生,除了为他的学生弗莱施曼(过早地战死在"二战"战场上)根据契诃夫的小说《罗特希尔德的小提琴》改编的歌剧写过配器之外,没有写过一部或一首关于契诃夫的音乐作品,成为遗憾。

做这样力不从心的工作,我想从这样两方面入手:一是小说中黑衣僧的形象以及对柯甫陵的影响,也就是说,为什么黑衣僧导致柯甫陵最后疯掉。

小说中,黑衣僧主要出现了这样几次:第一次,是柯甫陵清早刚刚想起关于黑衣僧的传说,晚上便在黑麦田里遇见了黑衣僧。但仅仅照了一面,对他点点头,向他亲切而狡猾地笑笑,就脚不沾地如烟一般飞似的闪去。这一次黑衣僧的出现,带有神秘感,也带有喜悦感,就是这一次黑衣僧飘然而去之后,柯甫陵向达尼雅示爱。

第二次,还是夜间,黑衣僧出现在园林旁的一棵松树后面。这一次,黑衣僧和柯甫陵有交谈,谈的是关于人的永生和真理的永恒的话题。对柯甫陵影响至深的,是黑衣僧对他说的这样的话:"你的全部的生活,都带着神的、天堂的烙印,你把它们献给合理而美好的事业。"以及疯了是先知与诗人,健康是庸庸碌碌的凡夫俗子的议论。这是黑衣僧最重要的一次出现,因为这一次黑衣僧的高谈阔论,直接影响柯甫陵命运的发展,即日后的疯,以及最后的死。

第三次,婚后的一天半夜,黑衣僧坐在为思想而蒙难的柯甫陵的房间的圈椅上,继续和柯甫陵交谈。这一次,中心谈论的是幸福。醒来的达尼雅,看见柯甫陵在和一把空圈椅说话,发现他病了,疯了,开始带他看病。疯是幸福,健康却是庸庸碌碌,是上一次柯甫陵与黑衣僧见面谈话的延续和深入。

二是肖氏特别强调的契诃夫小说中关于葡萄牙作曲家勃拉加(1843—1924)的那首有名的《少女的祈祷》。肖氏自己说,他每次听到这首乐曲的时候,都会热泪盈眶。他设想:"《少女的祈祷》一定也感动了契诃夫。否则他不会那样描写它,那样深邃地描写它。"

在小说中,关于这首《少女的祈祷》乐曲,契诃夫描写过两次。一次在开头,黑衣僧第一次出现在小说里之前,傍晚,一些客人来达尼雅家做客,和达尼雅唱起了这首小夜曲,其中,达尼雅唱女高音。就是这首曲子唱完,柯甫陵挽着达尼雅走到阳台上,对她讲起了黑衣僧的传说。这天夜里,他便在黑麦田里遇见了黑衣僧。

另一次,在小说的结尾。柯甫陵看完达尼雅那封诅咒的信后,撕碎信扔到窗外,信的碎片又被风吹回,落在窗台上。他走出房间,来到阳台上,忽然听见阳台下面一层有人在唱这首他非常熟悉的《少女的祈祷》。他觉得这首歌很神秘,是天神的和声,凡人听不懂,自己却忽然感到了早已忘却的欢乐。

这样的梳理,或许可以让我们多少接近一点儿肖氏对契诃夫这部小说钟情的原因和创作走向的思路。在我看来,第一方面,即黑衣僧的形象,透视了肖氏的思想。在专权统治的现实面前,对于肖氏音乐的误读,曾经是肖氏特别大的痛苦,他曾经说借助于文字来演绎自己的音乐,也许是不得已的法子。借助于契诃夫和契诃夫的黑衣僧这个完全虚幻的影子,来勾勒面对现实与真实却不能又不敢言说的思想和情境,便是肖氏选择黑衣僧的最好的最曲折的表达。在黑衣僧的对比下,让柯甫陵疯,让柯甫陵死,便具有极其残酷的悲剧性,是延续着肖氏自第四之后的交响曲特别是晚年创作一样的脉络,呼应着一样悲天悯人的回声。同时,小说最后让达尼雅和她父亲的曾经那么美丽的园林毁掉,便和契诃夫的《樱桃园》里的樱桃园一样,具有了象征的意象。为思想而蒙难,疯;庸庸碌碌地活,健康。健康,凡夫俗子;疯了,乃至最后死了,幸福。如此充满悖论的反差与反讽,是只有经历过那种残酷的高压的政治年代,才会体味得到的。这便是经过自省之后晚年的肖氏要表达最痛苦的内心和最深沉的音乐。

肖氏自己透露过一点儿这样的信息。他说:"我有一部作品以契诃夫的题材为基础,就是《第十五交响曲》。这不是《黑衣僧》的草稿,而是一个主题的变奏曲。第十五有许多地方与《黑衣僧》有关系。"在这部《第十五交响曲》中,即使我们找不到一点儿黑衣僧的影子,但我们总能够听得到一点儿自省和痛苦。那是属于契诃夫的,属于黑衣僧的,也是属于肖氏的。

我所说的第二方面,即《少女的祈祷》,关系着肖氏创作这部歌剧的音乐形象和旋律的基础乃至整部歌剧的走向。在谈这首乐曲的时候,契诃夫说它"有点神秘,充满优美的浪漫主义色彩。"肖氏说:"我一定要在这部歌剧中用它。"他说自己边听这首歌边在脑海里清晰地映出了这部歌剧的样子。我猜想,一定是以这样的优美浪漫,映衬那几乎逼人致疯的痛苦;用这样的神秘深邃,映衬那黑衣僧的飘忽和肖氏内心的向往。

可惜,我们再无法看到这部歌剧。我们只能从肖氏的《第十五交响曲》隐约触摸一点儿影子,就像隐约看见消逝在黑麦田中的幻影黑衣僧一样。

大提琴　小提琴

不知为什么,对弦乐有一种天生的敏感和喜爱。总觉得似乎那琴弦如水,渗透性更强,最能渗透进人的心田,湿润到人心的深处。

同其他乐器相比,弦乐的作用是特殊的。一般而言,钢琴被称为乐器之王,总觉得怎么也是男性化了一些,清亮而脆生生的音色,像愣愣的雨点敲打在石板上,是那种清凉激越的声响,没有弦乐那种抽丝剥茧的细腻,更适合李斯特、瓦格纳和拉赫玛尼诺夫式的激情洋溢,极其适合作为男人的手臂和胸膛。当然,肖邦力图将钢琴变得抒情和缠绵,让夜曲、船歌和华尔兹变成月色中女人曲线流溢的温柔怀抱。但是,总是觉得比不上弦乐那种如丝似缕的感觉,总觉得钢琴更像是从山涧里流淌下来的清澈溪水或激荡的瀑布,而弦乐才有一种草坪上毛茸茸、绿茵茵的感觉,才有夜色中月光融融在白莲花般的云彩中轻轻荡漾的感觉。

同别的乐器就更没法相比了。能和萨克斯相比?萨克斯更低沉阴郁,如果也有女性的色彩的话,是属于那种失意的女人,沙哑的喉咙被一支接一支的香烟燎坏了。和长笛相比?长笛更像是一个年轻力壮的小伙子,底气十足,嗓门嘹亮,却也单薄粗心,难有弦乐色彩的丰富和曲线的起伏蕴藉。和圆号相比?那是一个胖子,哪有那种美丽而苗条的线条飘逸?和单簧管、双簧管相比?那是一个个的瘦子,哪有那种丰满的韵味荡漾?

弦乐确实是属于女性的,女性更接近艺术的真谛,缪斯之神是女性。

　　有一次在人民大会堂听马泽尔指挥美国芝加哥交响乐团演奏贝多芬的《命运》。定音鼓敲响刚开始时,满场还是嘈杂无比,但弦乐一响起,立刻花朵纷纷轻柔地绽开,舒展着吐出花蕊,嘈杂立刻随着也消失了,这一片宏大又温柔的弦乐,像是一张巨大无比的吸水纸,将嘈杂通通吸收殆尽。也许,只是我的错觉,是弦乐太美了,一下子占据了我的心,让我暂时遗忘了嘈杂。

　　还有一次也是在人民大会堂,听捷杰耶夫指挥基洛夫交响乐团演奏里姆斯基-科萨科夫的《天方夜谭》,小提琴的独奏一出来,全场立刻鸦雀无声。那种异国情调,如果没有小提琴的抒情的演绎,该是多么的贫乏,还能有那大海和辛巴德的船的旋律吗? 还能有东方的神话和美丽向往的色彩吗? 弦乐有时能起到别的乐器无法起到的作用,它们单兵作战也好,集体出击也好,总是能出人意料,将许多复杂立刻化为简易,将许多粗糙立刻滋润湿润,将许多断裂立刻连缀平滑。弦乐如水,柔韧无骨,流动性最强,能够无所不至,渗透到乐队的任何地方,将乐曲弥合一起,细针密线缝缀成你想要的任何灿烂的装束。除此之外,哪一样乐器能有这样奇特神妙的功能?

　　在弦乐之中,我最喜欢小提琴和大提琴。在小提琴和大提琴之中,我最喜欢大提琴。

　　有时想先不用说她们得天独厚的音色和共鸣,光看她们的造型,就与其他的弦乐乐器大不相同。不用说和竖琴比,更不用和我们单薄的胡琴比了(只有我们的琵琶和她们有一争,但琵琶的线条还是单一了些,缺少起伏),小提琴和大提琴那种曲线流溢的线条,可以说其他乐器都没有,那完全是属于巴洛克时期的古典美的象征,是女性艺术之神的化身。

如果她们确实都属于女性的话，那么，小提琴是少女，那种细微的声音，或许能让我们想到少女瘦削的肩膀和小巧玲珑的身姿；那种细腻的柔情，能让我们想到少女依在父母或情人的怀中撒娇的情景；那种如泣如诉的回旋，能让我们想到少女面向日记的倾诉。而大提琴则是成熟的女人，那种低沉或许可以说她青春已经不再，但也可以说她的深沉已不再如蒲公英喷泉似的随处可以将水花四溢，妄想溅湿任何人的衣裳。如果有泪的话，她也只是一个人躲在角落里悄悄地将泪花拭去。如果小提琴和大提琴同样具有特有的抒情功能的话，大提琴更适合心底埋藏已久或伤痛过深的感情，那是经历了沧桑的感情，那是此情可待成追忆、只是当时已惘然的感情。

如果不同意将小提琴比作少女，觉得她和大提琴一样，都是一样属于成熟的女人，只不过小提琴更欢快些，大提琴更深沉些；或者说，只不过一个瘦些，个子小些；一个胖些，个子壮些。可以，即使这样的话，我以为小提琴是属于白天的女人，大提琴是属于夜晚的女人。白天的女人，在阳光下奔跑或奔波，充满活力；夜晚的女人，辗转反侧，睡不着觉，一怀愁绪，满腔幽思，点点冥想都付于惨淡的月光和幽幽的夜色中。或者说，小提琴是属于那种婚后幸福的女人，总有人围着转，自己便也总是小鸟一样啁啾地鸣啭不已，即使有着片刻的忧郁，也是春天的雨，难得雷霆大作，一般薄薄的只飘浮在云层之中。而大提琴则是那种离了婚的女人，即使没离婚也是那种家中生活不幸福的女人；即使不下雨，却始终云层厚厚的布满头顶，所以才有那样多拂拭不去的压抑和忧郁，让大提琴声低沉地打着漩涡回旋，诉说不尽，欲言又止。

在小提琴演奏家中，我最喜欢海菲兹和帕尔曼。

在大提琴演奏家中，我最喜欢杜普蕾和罗斯特罗波维奇。

我尽可能买到杜普蕾几乎所有的唱片，杜普蕾演奏埃尔加和德沃夏克的大提琴协奏曲，真是无人可以比拟。听过多少次，感动多少次。那种刻骨铭心的伤痛，那种回旋不已的情思，那种对生与死，对情与爱的向往与失望，不是有过亲身的感受，不是经历了人生况味和世事沧桑变化的女人，是拉不出这样的水平和韵味来的。后来听杜普蕾演奏的海顿的两首大提琴协奏曲，奇怪了，再没有了这种味道。又听她演奏的贝多芬大提琴奏鸣曲的全集，是和她的丈夫巴伦伯伊姆 1976 年的合作录音，我猜想并不真的是 1976 年的合作，而只是重新的录音而已，因为 1972 年杜普蕾就因为病痛的折磨离开了乐坛，她是 1987 年去世。这大概是杜普蕾和巴伦伯伊姆早期的录音，正是他们两人花好月圆的时候，却也没有了这种味道。看来只有埃尔加和德沃夏克的大提琴最适合她，好像是专门量体裁衣独独为她创作的一样，让杜普蕾通过它们来演绎这种感情，天造地设一般，真是最默契不过的。想想她只活了四十二岁便被癌症夺去了生命，惨烈的病痛之中还有更为惨烈的丈夫的背叛，心神俱焚，万念俱灰，都倾诉给了她的大提琴。尤其是看过以她生平改编的电影《狂恋大提琴》之后，再来听她的演奏，眼前总是拂拭不去一个四十二岁女人的凄怆的身影，她所有无法诉说的心声，大提琴都替她委婉不尽地道出。

罗斯特罗波维奇的演奏和杜普蕾略有不同。听罗斯特罗波维奇演奏舒曼的协奏曲，或柴可夫斯基的《洛可可变奏曲》，或舒伯特、德彪西、拉赫玛尼洛夫的奏鸣曲，或巴赫无伴奏大提琴组曲，听出的不是杜普蕾的那种心底的惨痛、忧郁难解的情结，或对生死情爱的呼号，听出的更多的是那种看惯了春秋演义之后的豁达和沉思。那是一种风雨过后的感觉,虽有落叶萧萧,落花缤纷,却也有一阵清凉和寥廓霜天的静寂。纵使一切都已经过去,眼前面目皆非,却别有另一番风景。

听他演奏巴赫的无伴奏大提琴组曲,潇洒自如,如一个人静静地走在空旷的山间道上,林荫遮蔽,鸟语满山,显得那样轻快和舒展,仿佛走了很远的道没出一点儿汗。听舒曼的协奏曲的第二乐章慢板,那种舒缓的一唱三叹,将弓弦柔和却有力地拉满,让饱满而又轻柔的回音荡漾在无尽的空间;尤其听他演奏德彪西的奏鸣曲时弹拨琴弦的声音,苍凉而有节制,声声滴落在心里,像是从树的高高枝头滴落下来落入湖中,荡起清澈的涟漪,一圈圈缓缓而轻轻地扩散开去,绵绵不尽,让人充满感慨和喟叹。为什么感慨而喟叹?像杜普蕾那样为生死为情爱为怅惘的回忆?我看不像,久经沧海难为水,除却巫山不是云,罗斯特罗波维奇给予你的是那种石麟埋没藏春草、铜雀荒凉对暮云的感觉,让你的心里沉甸甸的,有几分苍茫和苍凉,醇厚的后劲儿,久久散不去。

如果说,杜普蕾的大提琴和她的全身心融为一体,是她手臂、她内心、她情感的外化和延长;那么,罗斯特罗波维奇的大提琴则是他手中心爱的书或孩子,他将自己的感悟有章节地写进书中,将自己的感情以一个过来人的姿态诉说给孩子听。

如果让我来将他们两个人做一番比较,罗斯特罗波维奇是将心理感受和体味的人生告诉给大提琴,大提琴则是替杜普蕾倾诉了、宣泄了心中的这一切。

听杜普蕾的大提琴,像是看一个女人毫不遮掩地将眼泪抛洒、将情感诉说、将内心展示给你看;听罗斯特罗波维奇的大提琴,则是像看一位老人,对你讲述着人生与艺术的哲学。

真的，如果听惯了杜普蕾和罗斯特罗波维奇，其他人的大提琴可以不去听了。我曾经在第二届北京国际音乐节中听到了梅斯基和王健的大提琴，他们演奏的是杜普蕾的拿手好戏：埃尔加和德沃夏克的协奏曲。应该说，他们卖了力气，赢得了热烈的掌声。也许，是我的欣赏水平有问题，但是，我还是觉得他们离杜普蕾差了一个节气。

据说，现代音乐之中少有大提琴独奏曲。现在我们能听到的都是古典或浪漫时期的大提琴独奏曲。大提琴独奏曲最早出现在十七世纪，巴赫那时创作的阿勒曼、库朗班、萨拉班德等6首大提琴无伴奏曲，现在依然被人们演奏（梅斯基就在人们的掌声中加演了巴赫的两首萨拉班德）。到了十九世纪和二十世纪初的德沃夏克和埃尔加，大提琴独奏曲可以说到了尾声，从那以后便没有什么可以叫得出名字的大提琴独奏曲了。

不是现代科技进步物质丰富，一切就都进步了，起码大提琴独奏曲就停滞在现代的门槛前了。不是什么人都能玩得了大提琴的，大提琴独奏，起码给现代的人们竖立起了一道难以逾越的横杆，考验着人们，也让人们珍惜。

单簧管 双簧管

听单簧管，一定要听莫扎特;听双簧管，一定要听巴赫。真的,百听不厌。他们将单簧管和双簧管的能量发挥到极致,或者说单簧管和双簧管就是专门为他们而设,莫扎特和巴赫与单簧管、双簧管天造地设,剑鞘相合。

《莫扎特A大调单簧管协奏曲》(作品622),是为当时维也纳宫廷乐队的单簧管演奏大师斯塔德勒而作,因此又叫作《斯塔德勒协奏曲》。这支协奏曲第一乐章的轻快,一定让你觉得像是赤脚蹚在清凉的溪水里,淙淙的水声里跳跃着扑朔迷离的树影和明灭闪耀的阳光,所有的声音和光影都是夏季绿色的。

第二乐章最甜美不过,美得直让人想落泪,似乎有拂拭不去的忧郁,让你想起许多往事,尤其是那些令你心动或伤感的往事——是在黄昏时分,晚霞柔和,湿雾迷蒙,远处飘来袅袅的炊烟,归巢的鸟儿在你的头顶轻轻地缭绕,那些往事如雾一样弥漫在你的心头,和着单簧管的呜咽之声,一起恰如其分地弥散在你的心头。

在这一乐章中,莫扎特不仅将单簧管本来所具有的高音区域的特点信手拈来,演奏得优美动人(乐章开始时单簧管的反复咏叹,乐队弦乐的配合,可以说天衣无缝,单簧管的高音运用得如同天上高蹈的云朵,透明而浩渺);而且将单簧管的低音发挥得淋漓尽致,那些由单簧管发出的低音,并非仅仅是呜咽,而是像是水滴渗透进地底下，湿润在别人看不见的大树的树根，揪着你的心随它的旋律做海底潜行，观看一般肉眼难得看到的珊瑚礁和沉船的断桅残桅。然后恢复的高音，单簧管的几声独奏，音调凄厉，如鹤高飞云端，再不是刚才的样子，像是一个小姑娘转瞬之间长大成了大人——不是少女，也不是老太太，是一个略显得沧桑的中年妇女，站在你的面前，用一双曾经熟悉而动人的眼睛望着你，多少让你觉得有些面目皆非的伤感和惘然。

第三乐章单簧管的装饰音和琶音，轻风吹皱了一池碧波，吹散了漫天柔软的蒲公英一般，会撩拨得你心绪不宁。莫扎特随心所欲地让单簧管从高音区跌落到低音区，水银泻地，一泻千里。也许，这里有莫扎特的心情跌宕，也有我们每个人的心潮起伏。但是，明快的主题，莫扎特还是不愿意放弃的。单簧管到底还是莫扎特让它长出的一棵春天的树，开满鲜艳的花朵，只不过是在春雨飘来的时候，落英缤纷，洒满一地。

我听巴赫的双簧管，是听他的 F 大调（作品 1053）、d 小调（作品 1059）和 A 大调（作品 1055）三首协奏曲。

巴赫的双簧管不是他种出的开满花朵的树，而是他放牧的白羊，而且是一群小白羊羔，轻柔地徜徉在河边的青草滩上，阳光和煦，天高云淡。

如果说莫扎特的单簧管充满更多的灵性，巴赫的双簧管充满的则是更多的温情和人性。我可以想象得出莫扎特按动在单簧管的手是白皙的、青春的、跳跃的，而巴赫按动在双簧管上的手背上则是有青筋如蚯蚓般隐隐在动，而手指却是沉稳地随着双簧管的按键在起伏，即使在音域升高或节奏加速时，也没有明显的变化。我甚至可以想象得出，莫扎特在演奏完他的单簧管之后，会伸出他的臂膀，情不自禁地高兴得冲你叫，单簧管在他的手中晃动得如同一条活泼的鱼。而巴赫则在演奏完他的双簧管之后，会依然久久地坐在椅子上，一动不动地望着你，并不说什么，只是微微地笑着，柔和的眼光静如秋水，双簧管在他的身边如同一片安详的叶子。

尤其是巴赫的 A 大调，用的是柔音双簧管。这种柔音双簧管在当今的乐队里很少用，但很是细腻动听。巴赫在这首协奏曲中将这种柔音双簧管运用得出神入化，仿佛将这种双簧管吹出的每一个音调放出一条条小鱼游进水里一般，在乐队中自由自在地游动，振鳍掉尾，在略微翻起的水波中，轻快地画出一道道漂亮的弧线。那双簧管的尾音袅袅不散，那弧线便闪着光亮，也久久不散，让你想起细雨鱼儿出、微风燕子斜的水墨画。

莫扎特的单簧管让我感到的是美好和美好后产生的怅惘和忧郁。

巴赫的双簧管则让我感到的是沉稳和平和。

我常想同为木管乐器，为什么单簧管和双簧管同我国的笛子、箫或者芦笙有着那样大的区别？仅仅是因为吹口中多一片或两片簧片？我们的笛子、箫和芦笙都还带有木管本来所具有的本真的声音，而单簧管和双簧管已经改造得有铜管乐器的效果了，便将木管本来的特性变化了，发展了。我无法断定它们孰优孰劣，但总觉得单簧管和双簧管要比我们的笛子、箫、芦笙的声音丰厚一些，也容易多一些变化。也许，这样说有些崇洋媚外，这样说吧，就像我们把木头烧着了，燃烧起温暖的火苗，或冒出了美丽的缕缕青烟；而他们却将木头燃烧后所产生的热量，发动起了机器，让火苗变成了另一种形体。或者说，我们用这种火煮沸了一杯清茶，而他们则用这火烧开了一壶浓浓的咖啡。

在北大荒插队的那几年,我们曾经成立过一个水平相当不错的毛泽东思想文艺宣传队,在三江平原煞有介事地到处演出。在宣传队里,有一个北京的小伙子吹单簧管,当时,我们管它叫黑管。那是我第一次接触单簧管,这支在宣传队里唯一的单簧管,显得很新鲜,也很金贵。他人不错,性格内向,挺老实,黑管吹得不错,但当时黑管派不上大的用处,只有在演出样板戏《红灯记》或《红色娘子军》时,需要大型的管弦乐队的时候,才会让他的黑管发挥能量。那时,有笛子独奏,是没有黑管独奏的。

竖琴长吟

世界上的乐器多的真是如同田野里盛开的鲜花，绽开各自不同的花蕊，喷发出各自不同的芬芳。如果不是那一天我买了一套双 CD 的竖琴协奏曲精选，真的不知道竖琴竟然是那样的美妙。

起初，买这一套唱片时，并不认识唱片封套上那"harp"的单词，但从画面上认出了就是竖琴。那竖琴画得格外漂亮，橙色的琴颈是那样丰满，奶黄色的琴弦是那样缠绵，两相的搭配，显得格外曲线流溢而富有张力，像是一个韵味十足的贵妇人，是那种个头高大胸部丰满的妇人。那一刻，让我想起读小学时每天上学在路上都要碰上的一位高高胖胖又很漂亮的中年妇人，是我们邻校的一位老师，就是这样的一位贵妇人。每天见到我，她都要冲我嫣然一笑，表情温和气质高雅，就像画面上竖琴的样子。

在历史上，竖琴大概是最古老的乐器之一了。据可考察的历史文献中，就可以知道早在撒马利亚人和巴比伦人的时代，就有竖琴出现了。在现代挖掘出来的公元前 1200 年前的拉美西斯三世墓中的出土文物里，就有竖琴。

如果以我国的琵琶和竖琴相比，琵琶的历史也很悠久了，却比起竖琴要晚得多。公元五世纪从西域传进来的曲颈琵琶，如果是琵琶的老祖，比竖琴也要晚了起码十七个世纪。琵琶真正的兴起是在公元六世纪之后的隋唐时期，这样算来，比竖琴就更晚了。

当然，乐器并不是如同姜才越老越辣。历史只是赋予乐器一种浓重的色彩而已，古老只是笼罩在乐器上的一层影子，或者说是披在乐器上的一件披风，只起到抖动雄风的作用，像是狮子头上威武的鬃毛。真正的好坏还要看乐器本身。问题是一件古老的乐器历经千年能够保存下来，总有它不可取代的魅力。

同样作为弹拨乐器，以竖琴和琵琶为例子做比较，琵琶的外部造型和内部器官，历史变迁之中的变化都不是很大，一千五百多年前从西域进入我国的曲颈琵琶，到唐代白居易《琵琶行》中咏叹的琵琶，和现存的琵琶没什么两样，是以不变应万变的姿态对应着时代，将音乐盛放在自己一直不变的琵琶美酒夜光杯中。但竖琴的变化却已经很大。外部的造型虽然还是以弓形为主，但琴颈、踏板和共鸣箱，都有很大的变化，1820 年现代竖琴的问世，更是将其改造成七级踏板和两级变音，变得功能和音色更为齐备和好听了。

从声音来比较的话，显然我们的琵琶要单薄，竖琴要响亮。听琵琶，我总觉得像是地底下流动的河水，那河水可以清澈，可以呜咽，可以澎湃，却总是在一个规定的区域里流淌。听竖琴，我觉得像是天空的阳光，格外灿烂，到处流淌，可以无所不在，明亮得辉映在树林山脉房屋草地，当然包括在河水之上。特别是竖琴的回声，弹拨过后在空气中那轻微的回声，虽一瞬即逝，却清纯、明澈，格外韵味十足，连空气都像初吻一样在微微地抖动，弥漫着久久不散的芬芳。即使同为弦乐的提琴，可以比它更有着缠绵和深沉，却难有这种的回声。

从曲目上来比较的话，有名的琵琶曲《十面埋伏》《将军令》《昭君怨》等，都是有故事作为依托，是写意融在写实之中的。而竖琴曲，却没有这些醒目的名字，历史上几乎所有有名的竖琴曲只根据调式叫作协奏曲，既不写实，也不写意，只是充分运用自身的特点谱写适合竖琴的乐曲而已。在柴可夫斯基的《天鹅湖》中,我们或许还能从间或撩拨的竖琴声中,听到几许湖水水花轻轻流动的声音,在竖琴任何一首协奏曲中,我们能听出哪里是水声吗?这或许是东西方文化的差别,我们特别愿意一切都能看得见摸得着,愿意小猫吃鱼有头有尾,还有实实在在的刺。竖琴曲不愿意这样,它愿意在自己的天国里自由自在地遨游。

我买的这两张CD,几乎囊括了历史中所有有名的竖琴协奏曲。既有历史上最早的亨德尔和莫扎特的竖琴协奏曲,又有十九世纪初布瓦尔迪厄(Boieldieu 1775—1834)和现代的卡斯泰尔诺沃-泰代斯科(Castelnuovo-Tedesco 1895—1968)、维拉-洛勃斯(Villa-Lobos 1887—1959)和华金-罗德里戈(Rodrigo 1901—1999)的竖琴协奏曲,将几个世纪以来不同时代和不同风格的竖琴的风韵尽显眼底。

专门为竖琴谱写曲子的,最早要数亨德尔的这首协奏曲了。还是亨德尔雍容华贵的风格,那竖琴仿佛是身着曳地长裙的女人,在和假发短剑的男人手拉手跳着宫廷舞,头顶是燃烧着银蜡烛的枝形吊灯在辉映,缓步而面带矜持微笑地舞动了一圈又一圈,然后像是文质彬彬地踮起脚尖向你施以深度的鞠躬礼。

莫扎特的这首协奏曲是为长笛和竖琴所作,基本上还是以长笛为主,竖琴只起了辅助作用,但那点点的撩拨,却是花香动人不须多,非常像是天上的阳光闪动,落在水面上荡漾起的粼光闪闪,一闪之间,却是落花流水,蔚为文章;又宛若情人间彼此丢下的眼色,虽是瞬间,别人并没有在意,但彼此的心领神会,弥漫在整个情思之中了。

卡斯泰尔诺沃-泰代斯科的竖琴特别抒情。他仿佛是一位抒情诗人，竖琴是从他心中如雪浪花不住喷涌出来的诗句。其中一段竖琴的独奏弹拨，真的像是泉水在阳光下喷射而出，水花上飞溅着阳光的辉煌灿烂。

由于维拉–洛勃斯是巴西人，罗德里戈是西班牙人，他们的竖琴带有南美的味道，跳跃之中那种甜美，无与伦比。罗德里戈将竖琴弹拨得像是吉他，有时弹拨得格外轻快，像是在热汗淋漓的乡村酒吧里跳起了桑巴；有时弹拨得十分轻柔，仿佛气定神闲地坐在热带的花丛树下，让浓荫和芳香一起向着火辣辣的阳光喷射着。维拉–洛勃斯的竖琴格外沉得住气，和弦乐的配合起伏摇曳，极有韵味，竖琴就像是轻盈的小鸟，在弦乐织就的一片雾蒙蒙的林子间上下飞行，间或落在某一枝头，溅落下露珠如雨，清新地飘洒。尤其是从浑厚的大提琴声中穿梭出来，优雅而有节制地弹拨，仿佛惹恼了哪一个长髯飘飘的老树爷爷，自己却在抖动着亮晶晶的羽毛，故意清脆地鸣叫几声。

将竖琴发挥得最为淋漓尽致的，大概要数布瓦尔迪厄。这位法国的音乐家对竖琴理解得最深邃，或者说最得竖琴之奥妙。其他的音乐家，似乎都将竖琴的作用发挥到适可而止的地步，总觉得大量的乐队声响有些淹没了竖琴。布瓦尔迪厄却尽可能地将竖琴突出，竖琴便极尽其能事，风姿绰约，仪态万千，像是一位长袖善舞者，一招一式都是风情万种。用大弦嘈嘈如急雨、小弦切切如私语形容它很切合。布瓦尔迪厄的这首协奏曲本身就作得一气呵成、天衣无缝，竖琴在乐队之间像是一条自由自在的鱼，每一段漂亮的旋律都荡漾成温情的水花四溢，让竖琴游成卡通片中的那有灵性的鱼，游成神话中的美人鱼，水包围着它，它戏弄着水，真是好不自在，非常甜美。竖琴在布瓦尔迪厄的手中，缓慢时是那样清幽，给人以夜晚的花香在习习的晚风中暗暗袭来的感觉，只听见它在轻轻地拨动，乐队只是随风摇曳而已；即使急切时也是那样纯净，让人觉得好像一只小船在并不大的波浪中起伏，时而强烈的乐队好像和它在故意开着玩笑，让它的船帆上溅湿几星水花。那种竖琴特有的柔美高贵的气质，被布瓦尔迪厄发挥得恰到好处，拿捏得一派天籁，水银泻地般，银光迸射，灿烂无比；多米诺骨牌纷纷倒下一样，蜿蜒着浑然天成又色彩斑斓的曲线，撞响着空气，散发出风铃般清爽而迷人的呼吸……

据说，当今演奏竖琴的权威者是西班牙的扎巴列塔，不知他是否还活着。如果还活着，他该有近百岁的高龄了。可惜，我没有听过他演奏竖琴的唱片。

忧郁的色彩

忧郁不是悲伤,不是忧愁,不是心里漾起莫名的难受,当然更不是时下缠绵而不值钱的眼泪。

忧郁是一种高贵的情感,一种艺术化的心情。

如果忧郁也有色彩的话,忧郁不是猩红,不是靛青,不是苹果绿,不是柠檬黄……

忧郁在英文里是 blue,是蓝色。但在我的眼里,忧郁是一种紫色,明亮的紫色,染上一点儿藕荷色,就像斯皮尔伯格导演的电影《紫色》开头中在山野风里、在光点的闪烁里那摇曳一片的紫色野花。

大约四十年前的一个暮春,那时我还在大学里读书,到医院里看望一位住院的朋友。那时,我们都还算年轻,还在处于恋爱时期,虽然已是晚期,毕竟心里充满爱的回忆和涌出的一种无法诉说的惘然,因此即使是生病住了院,心情并不是悲伤的,只是掠过一丝莫名其妙的阴翳。那家医院在遥远的郊区,很偏僻,但很安静,此外还有一个更大的优点,绿化非常的好,简直像一个花园。我陪着这位朋友到病房外的花园里散步,忽然发现一架紫藤,满架缀满紫色的花,满眼打入的全是这明亮的紫色。那被风吹得翩翩舞动的紫色的花,像是无数的话语从嘴里纷纷说出来,即使说得不完整,说不出整个的故事情节,却极其准确地说出了那时的心情。本来还要说好些安慰的话,一看到这紫色的花,什么话也说不出来了,掠过心头的感情一下子很难形容,我明白那其实就是忧郁,是属于我那处于青春尾声的忧郁。那天风很大,吹得紫藤满架的花像翩翩起舞的蝴蝶,那种明亮的紫色也飞了起来,遮满眼前整个的天空,然后沉甸甸地落在心头,挥之不去,融化不开。

四十多年过去了,但藤萝架上的那一片紫色却很清晰地浮现在眼前。岁月中有如此无法抹去的颜色,总有些冥冥中命定的意思。

我国古典文学中忧伤或闲愁很多,高树多悲风,白发悲千丈,千里暮烟愁,一带伤心碧,鸿雁哪堪愁里听,万点飞花愁似雨……俯拾皆是,一川烟草,满城飞絮,梅子黄时雨,到处点染着这些离愁别绪,但这些都不是忧郁。如果说我们根本就没有忧郁,也许太绝对,但说我们缺少忧郁,是肯定的。因为我们缺少产生忧郁的土壤,"悲欢聚散一杯酒,南北东西万里程"。我们有的是这种感情,并有盛放这些种感情的酒杯,却没有一种为忧郁而比兴的对应物。

现代人多的是被欲望燃烧起的烦躁和郁闷,由此而来的打情骂俏只是逢场作戏,那些歌中的恨天爱海和生活里的悲欢离合可以是大起大落,也只更多的是发泄或无奈,很少带有忧郁的色彩。如果看到在烛光摇曳下的晚餐,或轻音乐弥漫的咖啡馆里的男女,或许有泪光盈盈,或许有酒香蒙蒙,或许有欲言又止的哀婉,或许有喟然长叹的悲凉……这一切并不是忧郁。环境、情境乃至语言和表情,都不是构置忧郁的基本元素,相反这些只是现代人作秀的便当的方式,与其说是为自己,不如说是为了做给别人看的。忧郁,不是表演,不为显示,不是涂在脸上的粉底霜和手上的指甲油以其色彩迷惑别人,不是抹在脖颈和腋窝的香水以香味撩动别人。忧郁远离这一切,独处于遥远的一隅。

忧郁是一种高贵的感情,是滋生的青苔,茸茸的,绿绿的,沾衣欲湿,扑面又寒。不是生在雨后树林中或王府阶前的那种,是厚厚的匍匐在那种哥特式或巴洛克式古老城堡的墙上的那种青苔,常年苍绿,四季湿润,就像是围裹在城堡前的一条古老而苍绿的丝巾。漫长的封建社会,培养了一批破落的土地主或暴发户或纨绔子弟的败家子,却不可能培养出真正的绅士贵族一样,忧郁的感情便离我们总显得有些遥远和奢侈。就是那天我在医院里见到的紫色,也只是想象中的忧郁而已,或是渴望中的忧郁用以宽慰自己、美化自己而已。

我们可以感受忧郁,却难以拥有忧郁。即使能感受到忧郁,也只是偶尔的几次。忧郁是青鸟,不是广场上飞起飞落成群的鸽子,或节日里成片飞舞的彩色旗子。

另外一次感受到忧郁,便是听英国的作曲家戴留斯(F.Delius 1862—1934)的弦乐。是这样几首曲子:《孟春初闻杜鹃啼》《夏夜河上》《日落前的歌》《走向天国的花园》,歌剧《唐加》中的《卡琳达舞曲》、歌剧《哈桑》中的《间奏曲和夜曲》。这位英国多产的作曲家,这位晚年同巴赫和亨德尔一样双目失明的老人,在生命临终前还在枫丹白露前的卢万河畔口授他的音乐创作,让我对他的经历和音乐充满想象。他初次给予我的这些曲子,让我听出这种忧郁的紫色,真是怪了。仿佛不期而遇,让我和一位坐在轮椅上失明的老人邂逅,他敲打在石板地上的手杖声和着从心里喷吐出的音乐,在夜风中又摇曳起纷飞一片的紫色藤萝花。

尤其是《孟春初闻杜鹃啼》《夏夜河上》和《走向天国的花园》,忧郁中渗透着一种葡萄酒酿造的甜美。也许,我们听的大喜大悲的音乐太多了(如贝多芬和柴可夫斯基),听的人工添加剂的甜果汁的音乐太多了(如约翰·施特劳斯和理查德·克莱德曼),真正品尝到这种陈年佳酿的机会太少。长期以来,我们的嗅觉和味蕾已经太不灵敏,甚至出现了问题。我们也许听不到春天杜鹃的啼鸣，看不到夏夜河上的雾霭，也无法闻到天国花园的花香。但《孟春初闻杜鹃啼》那种由弦乐反复吟咏的乐段所织就出的几分神秘，长笛几声清脆的撩拨而后荡漾进整个乐队之中那种牵心揪肺的情思；《夏夜河上》那种微风轻拂水面荡漾起一圈圈涟漪的湿润和河水远远流淌进天边夜色中的不可捉摸，让你忍不住同大自然融为一体的感觉；忧郁实在如一股无法排除的山岚雾霭一样弥散开来，紧紧地包裹着我，满眼只能是那种让我无法拂拭去的紫色。

特别是《走向天国的花园》中的弦乐实在是太美了，戴留斯所有的音乐，这首曲是第一个闯入我的耳畔，正是因为这首曲子太美了，才让我注意到他并查出这首曲子的作者就是戴留斯。真的，那一天这首曲子突然从夜空中传来，如同从渺渺的云中飘逸而来，随融的月光一起洒落在我的身上和心里，美得让我无言伫立在清凉的夜色中，一直到听完为止。尾声部分在竖琴伴随下单簧管插入后那种缥缈沁人的感觉，天茫茫，水茫茫，把你的心带到不可知的地方你却愿意随它一起飘飞到远方，那种忧郁的色彩弥漫在眼前和心头袅袅不散。

这样说那种忧郁的感觉，总觉得说得不够准确。也许，悲伤和忧愁都可以说得出来，形容得出来，是可以和别人倾诉的，而忧郁是说不出来的，形容不出来的，尤其是不能和别人诉说的。悲伤和忧愁，都可以有表情；忧郁没有可以捕捉到的表情，忧郁只是隐藏在眼睛里的颜色，是荡漾在心里的皱纹。

忽然想起普列什文在《叶芹草》中描绘的景象——

白桦倒在了地上，在灰蒙蒙的还没有上装的树木和灌木丛中，显得那样伤感和悲凉，但一棵绿色的稠李却站着，仿佛披上用林涛做成的透明的盛装……

春天暖夜河边捕鱼，忽然看见身后站着十几个人，生怕又是偷渔网的，急奔过去，原来是十来株小白桦，夜来穿上春装，人似的站在美丽的夜色中……

或许，这些充满诗意的图画，画出了忧郁的一部分，比文字的任何形容都要准确一些，让我们能多少捕捉到一些忧郁的影子。如果说忧郁的色彩是紫色的，那么，忧郁的核心是诗意的。

如果要为戴留斯的这些乐曲配图的话，用普列什文这样两幅林中的图画，大概多少能触摸到一些戴留斯的脉搏。

在夜色笼罩的林中那稠李或白桦的后面，站着的一定是戴留斯。

青春致幻剂

《加州旅店》是美国老牌"老鹰"乐队的一首有名的老歌,仅此《加州旅店》一张专辑,就卖出了1100万张。歌中唱的是一个驾车行驶在高速公路上的人,被引到加州旅店,他不知道那其实是一家黑店,他在里面尽情地跳舞饮酒,最后发现自己已无法脱身。歌中最后唱道:"你任何时候都可以付账,但你永远无法离去。"——加州旅店,是象征?是写实?如果不是那一代,或者熟悉美国二十世纪七十年代历史的人,很难理解这些空洞乏味而显得颓废的歌词。就像我们现在在汽车拥堵、房价飞涨,下一代可能很难理解一样,只可惜我们没有类似《加州旅店》这样的歌流行。

听《加州旅店》这样的老歌,就像看那个年代遗留的老照片,在我们看来颜色已褪,面目凋零,但对于和那段历史荣辱与共的一代人来说,却是踩上尾巴头就会动的啊。这首似乎有些老掉牙的歌,给美国那一代人端起了怀旧的最好的酒杯。

这种情景,很像如今我们的歌迷听邓丽君、罗大佑、蔡琴、崔健时,那种特有的怀旧感情和感觉。时过境迁之后,歌词都只是次要的,即使忘记也没有什么关系,只要那熟悉的旋律蓦然间响起,就能够听得出来那过去的生活,再遥远也立刻近在咫尺;或者说一想起那过去的生活,耳边便总能不由自主地响起与之对应的熟悉的旋律,一下子把许多想说的话都在音乐中淋漓尽致地体现出来了。音乐成了那段历史的一个别致的饰物，即使许久未见，但只要看见它，立刻他乡遇故知一样，引起无限青春岁月的回忆。音乐的引子只要一响起，便如泄洪堤坝拉开闸门一样，无法遏止，开了头，就没了个头。有时音乐的作用就是这样的奇特。

1973 年，"老鹰"乐队出版这张《加州旅店》唱片的时候，我在北大荒插队，在那一年的秋天割豆子，一人一条垄，一条垄八里长，从清早一直割到天黑，结了霜带着冰碴的豆荚，把戴着手套的手割破，一片齐刷刷的豆子前仆后继还在前面站着。这样的日子，就像长长的田垄一样没有尽头，希望消失在夜雾笼罩的冰冷的田地里。

那时属于我们的音乐是什么？在北大荒漫无边际秋霜封冻的豆地里，什么样的音乐如同"老鹰"的歌一样伴随着我呢？

我仔细想了想，有这样三部分的音乐在那时伴随着我和我们这样一代人：一是在知青中流传的自己编的歌，一是苏联那些老歌，再有便是样板戏里的歌。真是这样，在收工的甩手无边的田野里，在冬夜漫长的炕头上，在松花江黑龙江畔开江时潮湿的晨风里，在白桦林柞树林的树林里，在达紫香和野百合开花的田野里……有多少时候就是那样情不自禁地唱起了这些歌，有时唱得那样豪放，有时唱得那样悲伤，有时唱得那样凄凉。记得有一次到完达山的老林子里伐木，收工之后，夜晚住在帐篷里，躺在松木板搭的床铺上，睡不着觉，齐声唱起了苏联的老歌，一首接一首，唱着唱着，全帐篷里的人竟然没来由地都哭了起来，哭声越来越大，以至响彻了整个黑夜。

在有人类的历史中，没有文字甚至没有语言时就先有了音乐，音乐是历史的一块活化石，是即使我们说不出也道不明的历史最为生动的表情或潜台词。内容已不是主要的了，样板戏的歌、我们知青自己编的歌，以及那些苏联的老歌所起的作用，在这时的作用是一样的，只是作为一种象征，作为载我们溯流回到以往岁月的一条船。它们能够让时光重现，让逝去的一切尤其是青春的岁月复活，童话般重新绽开缤纷的花朵。不知道别人听到它时想到什么，听到它时我就会忍不住想起那时的待业和割豆子，在特殊的音乐的荡漾中荡漾起一代人那无情逝去的青春泡沫。

　　每一个时代会有每一个时代的音乐，这个时代的音乐就成为这一代人的精神饮品，在当时和以后回忆口渴时饮用。但这也成为这一代人心头烙印上的钙化点或疤痕，成为这一代人记忆里抹不去的一种带有声音图案的标本，注释着那一段属于他们的历史。就像一枚海星、海葵或夜光荧螺，虽然已经离开大海甚至沙滩，却依然回响着海的潮起潮涌的呼啸。当然，有时候，音乐就是这样，成了我们的青春致幻剂。

归途的歌

　　一代代就这样拉开了明显的距离，给人以逝者如斯的感觉。保罗·西蒙属于上一代的歌手，和我一样地老了，无可奈何。但我确实喜欢保罗·西蒙的歌。在二十世纪七十年末，我考入大学，第一次听保罗·西蒙，就喜欢上了他。

　　他的歌中流露出那种怀恋青春的情绪，是不受岁月和语言的阻隔，而能够让人心相通的。那时，我虽然是在大学里读书，却因种种原因读大学的年龄却是整整晚了十年的时间。青春已经过去了，不过，心理上依然还顽固地固守在青春的痴想与梦幻中。也许，正是这样年龄和心理上的落差，让我选择了保罗·西蒙，而没有选择当时正热门的邓丽君。

　　他的歌，《忧愁河上金桥》《寂静之声》《斯镇之歌》《星期三凌晨三点》……一首首都是那样的好听。我最喜欢的不是他的那首如今被各路歌手反复吟唱的《斯镇之歌》，而是叫作《归途》的歌。那是保罗·西蒙自己的真实写照，也是我们所有人的真实写照。人生中，我们都是匆匆的过客，谁不是行色匆匆地奔走在离家又渴望归家的路途之中的呢？归途是我们一生心情和行为的象征。

　　保罗·西蒙深情地唱道：

　　　　我手握车票坐在火车站上，

即将奔赴又一个目的地，

旅行箱将陪伴我这一整夜，

还有手中紧握的吉他。

每一个小站，

都在孤独的诗人和乐手美妙的计划中。

归途，我的希望，

归途，故乡是我的思念……

听这首歌，常常让我想起在北大荒插队的那几年，从遥远的北大荒回北京的家探亲一次，先要乘坐敞篷的解放牌卡车，经过将近一个白天的颠簸，到达一个叫作福利屯的小火车站，才能乘坐上火车；然后，还要到佳木斯和哈尔滨换乘，才能最终乘上开往北京的火车。前后最少需要三天的时间，才会到家。如果赶上冬天，北方的风雪弥漫之中的火车站，让归途更觉得漫长而迷茫。在福利屯，在佳木斯，在哈尔滨，在这三个名字或充满乡野或充满洋气味道的火车站候车，手里握着一张火车票，眼巴巴地望着火车进站的情景，尽管已经过去了将近五十年，依然恍若眼前。身边没有旅行箱，手中更没有吉他，只有一个破旧的手提包，里面装满北大荒的大豆，再有的，就是保罗·西蒙唱的《归途》中的希望和思念。

那一声声归途，真的是唱得人心紧蹙。保罗·西蒙就是这样把我们平常人青春时节的爱与恨、感动与激情、希望与梦想，还有我青春时节的在火车上奔波的记忆，用一种平易的方式、一种挚切的感情和吟唱的民谣之风，娓娓道来，蒙蒙细雨一般，渗透进我的心田。这种方式，也许真的是属于上一代了。即使作为先锋的摇滚，也似乎落伍，显得不那么前卫。这种吟唱，也许更真的是属于上一代的音乐形式了,让今天的年轻人觉得有些磨磨叽叽。

也许,保罗·西蒙的歌,只能让我们怀旧,保罗·西蒙只是一枚上一个时代的标本,陈列在岁月的风尘中,和我们对逝去青春的怀想和怅惘中。不过,也许不能这样认为,音乐无所谓新旧,只有动人和感人。

昔日重现

《昔日重现》是一首老歌。我第一次听,是在二十多年前,卡朋特唱的,朴素真诚,没有花里胡哨,唱得很幽婉动听,倾诉感和怀旧感很强。那歌词即使不能完全听懂并记牢,但那一句"yesterday once more",如丝似缕,却总也忘不了。

这一次,朋友发来视频,配放这首歌的画面,是黑白片的老电影,里面出现了《罗马假日》的赫本和《魂断蓝桥》的费雯丽。选得真的是好,如果选彩色电影,还会有这样的效果吗?赫本和费雯丽是这首歌深沉的两个声部,她们的出现,让歌词"yesterday once more"从旋律中飞出,变成了动人的画面。

在这两部老电影中,赫本的清纯、费雯丽的忧郁,让人感动。想起第一次看《魂断蓝桥》,电影是在体育馆里放映的,费雯丽迎着车灯光迷离走去,很多人都在暗暗落泪,我也一样,觉得费雯丽是那样的让人难忘。前年,去美国的飞机上,电视里可以选择的电影很多,我选择了老电影《罗马假日》,赫本让我想起自己年轻的时候,青春期再如何迷茫与蹉跎,也是美好的,赫本就是青春的一种象征。

出演《罗马假日》时,赫本才二十三岁,那实在是一个令人怀念的年龄。费雯丽演《魂断蓝桥》时二十七岁,却已经经历生离死别。二十三岁时,我在北大荒;二十七岁时,我刚回北京,在郊区的一所中学里教书。那时候,父亲突然脑溢血去世,家中只剩下老母亲一人,我只好和青春恋人在北大荒春雪飘飞的荒原上离别。我没有赫本如此美妙的罗马假日，却有着和费雯丽一样的生离死别。

那时候的电影，真的是那样叫人难忘；那时候的演员，真的是那样叫人迷恋。日后好莱坞的明星也出了不少，却总觉得没有那个时期的明星让人信任。特别是女演员，如赫本和费雯丽，她们所表演出来的清纯和真情，让人觉得就是生活中的真实，在她们青春洋溢的脸上，看不到一点儿的风尘、脂粉与沧桑。而我们如今的影视屏幕上那些女演员，能找到哪位是赫本和费雯丽一样的清纯与真情呢？她们的脸上，让我看到更多的是风尘、脂粉和久经沧海难为水的沧桑，以及徐娘半老偏要扮嫩的从心灵到肉体的一体化的虚假。

同样，如今我们也缺少如《昔日重现》这样真情自然倾诉的歌声。尽管我们的晚会上载歌载舞的大歌很多，尽管我们的电视中真人选秀的歌手很多，吼叫着比试嗓门，像书法里比试怪写法一样，比试着怪唱法的很多，却很难听这样和赫本与费雯丽一样清澈纯情的歌声。我们那些陕北信天游里的酸曲，内蒙古的长调短调，还有青海的花儿，都不知道跑到哪儿去了。我们缺少这样自我吟唱式的歌唱，是因为我们已经缺少了这样朴素的表达方式。从现实的原因来看，流行文化和消费文化致命到骨髓的影响，我们更愿意九百九十九朵玫瑰式的和爱你一千年一万年不变的感情奢靡和空泛的抒发。朴素的表达方式便这样理所当然地就被抛弃，真诚便这样轻而易举地就被阉割。难以找到《昔日重现》，难以找到赫本与费雯丽，便是理所当然毫不奇怪的了。

红颜薄命，赫本只活到六十四岁；费雯丽更短，只活到五十七岁。她们创作的《魂断蓝桥》和《罗马假日》，让她们始终定格在青春时清纯的模样。

卡朋特死得更早,只活到了三十二岁。她的生命,留存在她的歌声里。

《昔日重现》,真的是一首百听不厌的好歌。赫本、费雯丽和卡朋特,连同我们自己的记忆,都会在这样的歌声里不止一次地重现。

"Yesterday once more！"

我们便身在天堂

　　不知为什么，每一次奥运会开幕式和闭幕式的歌声，在空旷赛场上听到的歌声，和在音乐厅里听到的，感觉完全不同。其实，从音响效果上讲，奥运会赛场上远远赶不上音乐厅。但是，无论身在其中，还是坐在电视机前，听得我总是非常的感动，甚至激动。记得1992年巴塞罗那奥运会的闭幕式上，我坐在体育场内，听到卡雷拉斯和莎拉·布莱曼合唱一曲，特别是看到他们在自己的歌声随圣火渐渐熄灭而终止后激动地拥抱在一起的时候，我忍不住流下了眼泪。后来，我买了一张闭幕式现场录音的 CD，但是，拿回家放进音响里再听，满不是一回事，再无法听出当时的感觉。

　　伦敦奥运会已经过去了好长时间，但它的音乐，留给我的印象至深，至今难忘。特别是它的闭幕式上，歌声成了绝对的主角，简直成为了一个简版英国摇滚史一样的专场音乐会，是历届奥运会都没有出现过的奇迹。其中，有一个六十八岁的老歌手叫雷·戴维斯，是英国老牌"奇想乐队"的主唱。他唱了一首《日落滑铁卢》的老歌，我听了之后，非常感动，至今依然清晰在耳。他唱得非常幽婉抒情，其中有一句"只要注视着滑铁卢的落日，我们便身在天堂"，那种真切却又格外珍惜的感情，真的很动人。很久，很久，我的耳畔都在回荡着这句唱词和它连带的旋律。

　　滑铁卢是伦敦一座有名的桥，电影《魂断蓝桥》说的那座蓝桥，就是戴维斯歌里唱的滑铁卢桥。或许有这个难忘的电影作为了戴维斯这首歌曲的底色,有了别样的感情和历史,乃至演绎出来的动人的故事,才让它的落日不同寻常又韵味悠然,以至于让戴维斯如此深情缅怀地吟唱,并那样坚定地认为,那一刻我们和他一样,便身在天堂?

这些天,一边重听这首歌,我一边在想,其实,那不过是伦敦的一座古桥而已,就像我们北京天安门的金水桥,或者天津海河上的解放桥一样的吧。可是,我又在想,我们何曾注视着金水桥或解放桥的落日,然后能够感动得或感觉到自己便身在天堂呢?起码我自己,无论年轻的时候,还是后来的悠悠岁月里,无数次经过金水桥和解放桥,无数次看过荡漾在金水河和海河水里的落日,但是,我没有一次感受到雷·戴维斯唱到的"我们便身在天堂"的感觉。

是的,天堂是一种感觉,而不是一个如教堂、饭堂、酒店、别墅,或者像马尔克斯所幻想的如图书馆一样的实体。天堂不是为了满足我们物欲要求的地方,也不是安放我们死后的身体并能够将我们灵魂升天的地方。天堂只是抚慰我们精神、栖息我们感觉的地方。你感觉到它了,它便存在;你感觉不到它,它便不存在。

如今,在强大的物欲横流的冲击下,身为物役的我们,感觉已经迟钝,感觉远远赶不上对于金钱和权力的嗅觉、对于美食和美女的味觉、对于古瓷或古画的触觉,来得灵敏一些。

我们也可能会想起看看落日,但一般更乐于到长江黄河边看那长河落日圆,或到大西洋边看那半洋瑟瑟半洋红。我们更注重那背景,那情调,那新买的新款尼康单反相机拍下的照片的效果和回味的说辞。我们常常忽略掉身边的常见易见的事物,便也就容易常常从金水桥或解放桥或任何一座比滑铁卢桥还要古老的桥旁边走而视而不见。那曾经无数次灿烂而动人的落日,可以让我们感动得觉得那一刻"我们便身在天堂"的情景,便也就无数次地和我们失之交臂。说到底,我们对于天堂的要求过于实际,或者过于奢侈,不像雷·戴维斯唱得那样简单,简单得如同一个孩子得到了一根棒棒糖或一个氢气球,就可以欢蹦乱跳,将发自心底的笑声飞迸而出,变为美丽的歌声。

真的,如果不是雷·戴维斯在伦敦奥运会上重新唱起了这首《日落滑铁卢》,我根本不知道这个世界上还曾经有过这样一首这么动听的好歌。是戴维斯将一首老歌点石成金,仿佛一棵梅开二度的老树,重新焕发出魅力和活力。

不过,有一点,我总是在想,如果没有奥运会的背景,没有圣火随美好的渐渐熄灭,雷·戴维斯的歌声还会这样动听而让我们难忘吗?会不会被我们忽视,甚至擦肩而过而素不相识呢?真没准就是这样呢。想到这里的时候,雷·戴维斯的滑铁卢落日,和奥运会的圣火,一起升起,又一起消逝,更一起燃烧并灼伤我的心头。

真的,如今我们的各种音乐大赛很多,出的各种唱片更是多如牛毛,但是,我们似乎缺少这样的歌。腾格尔的《天堂》,唱的是他的草原故乡,当然,故乡也可以是我们的天堂,腾格尔唱得也很美,但毕竟还是实体。天堂是不存在的实体,它只存在于我们的想象中,我们的感觉里。我们的歌,往往愿意唱的内容很大,天堂便显得离我们很远。我们往往愿意唱得很空泛,天堂便显得越发的虚无缥缈,让我们只是唱唱而已,自己并不相信。

不要在地铁里睡觉

这是一首老歌，是英国老牌的摇滚歌手彼得·莫菲(Peter Murphy)在 1995 年唱的，名字叫作《地铁》。我非常喜欢听这首歌，他唱得格外温情脉脉，一开始就那样缓缓低飞如同飞机要平稳安全着陆到家的感觉，充满着他歌中少有的温馨。

在这首歌里，他反复地唱道："不要在地铁里睡觉，不要在倾盆大雨里睡着。"真的让我感动，像是很少听到的一种叮咛，尤其是在人情冷漠如冰的今天，在人流如鲫匆忙而拥挤的地铁里，在到处都是旁若无人的低头，忙着看微信发微信的熟人之间，在擦肩而过而面无表情却一腔心事重重随时都有可能如爆竹点燃炸响的陌生人的面孔前，特别是在夜晚最后一班地铁那昏昏欲睡的惺忪眼神里，这种叮咛是那样感人而清新，一下子让人觉得亲近，而心生温暖。更何况，这种叮咛来自一个陌生人，甚至异邦。

在现代化都市里，地铁真的是一个奇特的场所。作为城市的公共空间，地铁并不是唯一，剧场、公园、广场、博物馆、音乐厅、体育场、大会堂，乃至飞机场或火车站，我们不见得每日都需要去那里，但地铁对于人们尤其对于上班族，却是不可一日能够离开。所以，地铁的新线路开通，总会让人们的眼睛随线路一起延长；而地铁的票价上涨，特别让人们的心敏感乃至脆弱。特别是道路越来越拥挤，住处越来越郊区，地铁便越来越和人们密不可分。地铁的公共空间，便成了流动的空间,连接着人们从起床到工作再到睡觉的若干个公共空间和私人空间,是任何一个公共空间都无法比拟的。

　　只有在地铁里,你才可以看到,那么多人来来往往,素昧平生,谁也不知道谁来自何方,又将去何方;那么多人拥挤在一起,能够挤成相片,能够闻得见对方身上的湿漉漉的汗味,能够听得见彼此怦怦的心跳,却是彼此隔膜着,心的距离,比身子紧贴着的距离不知远多少倍。所谓近在咫尺,却远隔天涯。像以前徐静蕾演过的电影《开在春天里的地铁》那样的奇迹,只能在电影里发生,永远不会出现在地铁里。

　　所以,彼得·莫菲反复地唱道:"不要在地铁里睡觉,不要在倾盆大雨里睡着。"你就会感到,这种叮咛里面,不仅仅是怕你在大雨倾盆中睡着着凉,还包含着对四周带有几分警惕的劝告,比如地铁里常见伸向女人的咸猪手,那些佯装睡着或看报的男人,将前身若无其事地贴在站在车厢里打瞌睡的年轻姑娘的身后,或用手掌触摸车座上已经睡着的年轻姑娘的大腿,甚至肆无忌惮地摸向她们的屁股和乳房。如今,用手机拍下的这样的照片,常常会挂在网上。在我看来,其实,这些就是彼得·莫菲歌声同声放映的画面;或者说,彼得·莫菲的歌声,是这些照片的画外音。

　　"不要在地铁里睡觉,不要在倾盆大雨里睡着。"唱得真好,温暖的叮咛,又带有仔细的提醒,既是出于人生况味的关怀,又是出于世事沧桑的警告,多层含义,像絮进一层层羽绒的棉背心,温暖的手臂一样将你紧紧拥抱。然后,他才会接着这样唱道:"恨是一种罪恶,这条道很窄,像冰一样的薄,我们却可以在这里的某一个地方遇到。"从隔膜到不信任到警惕,再到恨,有时离得很近,只有一步之遥,就在我们再熟悉不过的地铁里。

我确实得佩服彼得·莫菲，他能够准确地捕捉得到生活中微妙的瞬间，让我们在地铁和他不期而遇，听他唱出那难得的温情和叮咛、宽容和期待，乃至细致入微的劝告和警告。他不是那样大而化之，没有我们的歌中常常听得到的只是名词和形容词垒加起来的防空洞，而是浓缩到最能够打动人心的一点上，让他的歌声飞溅出魅力四射的水珠，湿润着我们的麻木而干涸的心。

　　听这首《地铁》，总让我想起无论是纽约东京巴黎，还是我们北京的地铁里，夜晚在司空见惯摇摇晃晃的车厢里，那些在北京城和外乡昏昏欲睡的人；也总让我想起吕·贝松导演的那部叫作《地铁》的电影，那些镜头里的奔忙如蚂蚁的人流，冷漠如木偶的面孔，和那震耳欲聋穿梭不停的地铁轰隆隆的响声。那些对生活的回避，对现实的逃离，孤独的流浪，漂泊无根的无奈，还有电影里面的那一支乐队……便总会情不自禁地叠印着跳跃进彼得·莫菲的这首歌中来。那种日子对人生的重压，日复一日的繁忙对人心的蚕食，地铁车轮撞击铁轨的隆隆单调声响，伴随着彼得·莫菲的歌声，正是对人疲惫麻木和昏昏欲睡的最好伴奏，安慰着人心，温馨地渗进人们的梦中。仿佛他就在地铁西直门或东直门站喧嚣拥挤的哪一个角落里，抱着他的吉他，悄悄在唱着这首歌，告诉你："不要在地铁里睡觉，不要在倾盆大雨里睡着……"

　　真的，无论什么时候，只要一听到"不要在地铁里睡觉"，不要说是歌声，哪怕只是一句轻轻地诉说，也足以让人感动的了。现实的生活里，除了自己的父母，谁还会在意说这样一句"不要在地铁里睡觉"的嘱咐和叮咛？就是自己的亲兄弟姊妹也都在各自的奔波之中无暇顾及，人们变得越来越自私，越来越现实，就像罗大佑在歌里唱的那样："人们变得越来越有礼貌，可见面的机会却越来越少。苹果的价钱卖得比以前高,味道不见得比以前的好。"客气的礼貌,并不是真正的关心和爱;生日的豪华蛋糕和九百九十九朵玫瑰,代替了日常琐碎一点一滴的关照。温馨和温情,已经被挤压得如同人们品尝咖啡时壶底的碎末或嘴里含过的干话梅核,可以被随手扔掉。谁还在乎这样一句再普通不过的话?

不要在地铁里睡觉,不要在倾盆大雨里睡着……

崔健的意义

　　崔健的意义,不仅不囿于中国的流行歌坛,而且波及文学乃至整个艺术界。可以说,还没有一个流行歌手能和他是站在同一个等量级的位置上较量。虽然,对他的沉默、议论、批评乃至否定,一直没有停息。

　　三十多年了,当他第一次从胸腔中迸发出那悠悠一曲《一无所有》的时候,确实如一道醒目的闪电,哪怕后来他再也不唱什么歌,也奠定了他无可争议的地位。在我看来,他当时的地位起码是和星星画展、朦胧派诗,以及以刘心武《班主任》为代表的伤痕派小说等量其观。他唱出了一个时代的声音,是一个旧的时代的结束一个新的时代的来临那种交替和交织的声音。是那个几乎将我们民族葬送在濒临崩溃的边缘时代,让我们从物质到精神都一无所有;是那个百废待兴的新时代,让我们和着崔健的节拍一起在心里吟唱"我总是问个不休,你何时跟我走?""我要抓住你的双手,你这就跟我走;这时你的手在颤抖,这时你的泪在流。"我相信,绝不是我一个人,拥有着在三十年前的春风秋月中突然听到这首歌时荡漾在心中清澈的共鸣。

　　音乐史在评价约翰·列侬和甲壳虫乐队这样的摇滚音乐时,说它们使人们的脑子重新组装。崔健的音乐,一开始就有着这样强悍的力量。仅一首《一无所有》便概括那个时代一代人的精神特征,以叛逆的精神和先锋的姿态唱出了我们心中渴望的共有。

崔健的意义,可贵在于他一直以来保持着这种精神和姿态。在一个始乱终弃为时髦和价值取向的流行中,在大多歌星永远只会唱着别人的歌的歌坛上,崔健的音乐坚持固守,是一种品德良知更是艺术的操守。崔健的意义,我以为首先在于他对时代出乎一种本能的敏感和高度的艺术概括力,至今无人可以比拟和匹敌。在他的早期音乐中除了《一无所有》的概括:"我的病就是没感觉""我要人人都看到我,却不知道我是谁""不是我不明白,是这世界变化快"……一直到近些年他所唱的"情况太复杂了,现实太残酷了""钱要是挣够了事情自然就会办了,不知不觉挣钱挣晕了把什么都忘了""快乐的标准降低,杂念开始出现,忘记了灵魂的存在,生活如此鲜艳"……无一不打上崔健音乐品格的印记,体现崔健对从政治社会到经济社会过渡时期细至末梢又深入骨髓的触动。

他不是那种故作哲学状的思考,或摆弄洋枪洋炮的舶来货唬人,而是用嘶哑的嗓子,带有几分玩世不恭的发泄,却一下子就捅到时代和我们生活的腰眼儿上。几乎每一首这样的歌都拥有一个宏大的主题,都可以演绎出一篇小说或一出戏剧。实际上,我们在不同时期都能找到这样的小说和戏剧,和他的音乐相对应,异曲同工,不谋而合,实在是文学史上和音乐史上难得的巧合。这恰恰是崔健音乐的不同凡响之处,便和他一直痛恨地败坏人胃口的"酸歌蜜曲"拉开无法逾越的距离。他是棵枝叶茂盛的大树,当然可以傲视低矮倒伏甚至萎靡的小草。

崔健的意义,不在于他仅仅只是一种发泄,他的叛逆姿态中融有批判的同时,更有难得的追求。他在唱"一无所有"的时候,他同时在唱"你何时跟我走";他在唱"我的病就是没感觉"的时候,同时在唱"让我在雪地上撒点儿野";他在唱"我要人人都看到我,却不知道我是谁"的时候,同时在唱"我要从南走到北,我要从白走到黑";在他唱着"你带我走进你的花房,我无法逃脱花的芳香"的时候,同时在唱"你要我留在老地方,你要我和他们一样,我看着你默默地说:不能这样"……这不是说他一定有多么深刻的思想,而是他有真诚,面对内心与艺术的真诚,反复诉述着人生的悖论、困惑和忧愁,挣扎与奋争,那是最让人感动的地方。

崔健再版他的歌带《新长征上的摇滚》之后(其实早在前两年他的《无能的力量》出版后),就有人开始批评崔健,说他旋律差了,说他节奏乱了,说他廉颇老矣、激情不再,说他最好的歌还是《一无所有》那些早期的作品。这些都是对崔健的误解。对于我国年轻的摇滚乐,我们确实充满太多的误解。

其实,崔健早以他的敏感,用他的音乐去努力把握这个"其实心中早就明白,你我同在九十年代"这个和他共生共存已不是激情的年代,改用崔健的《一无所有》中的一句歌词,是:"这时你的手已不再颤抖,这时你的泪已不再流。"而我们还顽固地渴望激情和抒情乃至爱情和温情,并要求崔健将这些通通再唱给我们听,要求崔健的手和泪依然如以前如一样颤抖和流淌。

其实,是我们自己在寻找着虚脱的依靠,是我们自己在迅速地变老,得需要一支依赖的龙头拐杖。渴望回到从前,希冀保持一种恒定的状态,便和一直前行者拉开了双倍的距离,因为参照物已经大不相同。我们早已经不再是一无所有而在物质上丰富了许多,拥在怀中得到了许多,只是我们依然一无所有一事无成,却偏偏还要渴望重返一无所有的背景下从头再来的童话,实在是我们自己的一种带有浓重怀旧色彩的软弱。我们潜意识里还是无可救药地希望恢复传统规范的秩序,所以才会面对崔健那种无节奏而产生无法容忍乃至恐惧之情。崔健早看到这问题,他不是在偷偷地笑,而是在《时代的晚上》以他一贯的敏锐和自我批判唱道:"我的心在疼痛,像童年的委屈,却不是那么简单也不是那么容易。请摸住我的手吧,是不是我越软弱越像你的情人儿?"他依然保持着他先锋批判的锐气,向前走了好远的路,我们却还只是留在了老地方。崔健只好用他的歌再一次轻轻地对我们说:"不能这样。"

对崔健的音乐的发展,我是这样来划分阶段的,《新长征路上的摇滚》为前期,《红旗下的蛋》和《解决》为过渡,《无能的力量》为后期。无论哪一时期,崔健都是和时代和现实胶粘一起,可以说,崔健和他的音乐都是时代之子。虽然,他从来没有在我们电视晚会或MTV中频频亮相,混个脸儿熟和钱包鼓胀,但他却是我国流行歌坛尤其是摇滚歌坛中当之无愧的一面旗帜,从来没有淡出在潮流之外,从来和我们这个时代和我们的生活紧密相关。

在我看来,崔健的问题不是出现在激情的减退,而是他对现实的把握逐渐不如以往那样准确,表达得有些过于直白。前者,表现着他的痛苦,是面对现实和内心的带有些许神经质的茫然和矛盾的痛苦。他在不止一首歌中唱出他的这种痛苦:"语言已经不够准确,生活中有各种感觉"(《九十年代》),"天空太黑,灯光太鲜艳,我已经摸不着北"(《无能的力量》)。他的新歌《新鲜摇滚》最能代表他这种矛盾和痛苦:"你还是不敢彻底地跟她说,因为你这个人还是太软弱。你曾经迅速地得到了她,你说这就是什么摇滚 Rockn Roll。可是现在你的激情已经过去,你已经不是那么单纯。"后者,也许崔健自身并不满足以前《一无所有》《一块红布》《花房姑娘》《让我在雪地上撒点儿野》等那种过于比兴和暗喻的方式,觉得这样的直白是一种变化,而且正适合如今赤裸裸比直白更实际实惠实用的时代，这便是他内心也是他音乐的一种选择方式。但我总觉得艺术还是有自身的规律，像《混子》唱的"反正不愁吃，我也反正不愁穿，反正实在没地住我就和父母一起住，白天出门忙活，晚上出门转悠，碰见熟人打招呼'怎么样？''咳，凑合！'"虽然还保持着崔健对时代和生活的敏感，多的却是表象的捕捉，已经缺少了崔健以前的概括力和张力。这一点，恰恰是崔健常常皱眉头的地方。

大约几年前，忽然在中央电视台的旅游卫视频道看到崔健音乐会长达一个多小时的转播，有些意外。这大概是崔健第一次以如此规模在电视上亮相。也许，会有许多人并不怎么留意，但它的意义，在宏大叙事的晚会歌曲和各种模仿秀大赛充斥电视台的今天，不同寻常。可惜，这不过是惊鸿一瞥，好多年过去了，我再没有在电视上看到崔健的影子出现。

如今，这么多年过去了，在中国摇滚歌坛上，崔健这样的地位与意义，依然没有动摇，也没有人可以超越。

对于中国摇滚现状，崔健曾经做出他自己的一次次努力。但是，无论是丽江雪山还是宁夏贺兰山，或是在沈阳等地举办的摇滚节，可以说都是失败而归。那天，我碰见一位当年的摇滚歌手，他对我说，崔健虽然还要维持每场演出的 20 万元的演出费，但是，都是热爱他的人在组织他的演出，其实大多都是赔钱的。

我想这种状况，崔健一定是知道的，因为那天我参加的北京一次建筑论坛，他也参加了，并发言道：如今中国有三个最弱，一是中国足球，一是中国建筑，一是中国摇滚。可见，他是极其清醒的。这么多年过去了，并没有出现新的歌手超越他，他依然宝刀不老，顽强地挺立在摇滚歌坛上，足见他的寂寞、不甘和无奈。如今，真正的摇滚还是在民间，流行在场面上的，比如年轻的花儿乐队，商业色彩越来越重。

不过，以为中国摇滚不行了，大概是崔健绝对不能接受的。事实上，新的摇滚歌手如左小诅咒等，还在顽强却也艰难地生存着，并拥有着执着的歌迷。因此，当不止一次有人批评或误解他自己和中国摇滚的时候，他总是以犀利的语言给予回击的。他曾经说过一段很有意思的话："因为你本身是蹲着的，但摇滚乐已经站起来了，尽管摇摇晃晃，它已经站起来，试图站起来，你只能蹲在角落里看着跟你平行的缺点。"这是对那些对自己对中国摇滚误解乃至批评者毫不留情的回击。他说得很准确形象，一如他的歌。

尽管好几年过去了，总还会想起在电视中看到他出现的情景，那么多的观众站着，和着他音乐的节拍，和他一起吟唱，那火爆热烈的情景，让我想起大约三十年前，在北京一个叫作"火山"的酒吧里，也是那么多人站着，听他一口气演唱了十几首歌。在唱那首熟悉的《花房姑娘》，唱到"我就要回到老地方，我就要走老路上，只是我再也离不开你，哦——"的时候，本来应该唱："哦——姑娘！"他指着周围这些可爱的大学生临时改为："哦——学生！"当他反复再唱到"只是我再也离不开你，哦——"时，学生们一起高唱："崔健！"那情景真是和今天一样，让人感动而难忘。

如今，世事变迁非常大，那座"火山"酒吧早已经没有了，那群大学生已经老了。但是，崔健的歌声还在，只不过多了些风霜和时光沉淀的沧桑感。

青春罗大佑

　　在华语歌坛中,罗大佑是一棵常青树,或者说是一个异数。三十多年前,自从我买了他的一张《青春舞曲》之后,我听过他的每一张唱片。前些年出版的《美丽岛》,是他沉默十年来出版的最新专辑。和有些如鱼甩子似的频繁出唱片的歌手不一样,罗大佑珍惜自己的音乐,他的《恋曲2000》和《恋曲1990》,也是相隔了六年。当然,同有些如嚼别人吃过的馍一样只会唱别人的歌的歌手更不一样,罗大佑音乐的原创力,永远让他们汗颜。特别是在当今流行老歌翻唱的年月里(比如刀郎和零点乐队的新唱片《风雷动》),罗大佑更是让口味趋同的他们望尘莫及。

　　罗大佑最早出道的歌曲《乡愁四韵》,是1974年的创作。一开始,他便没有让自己的脚跟落入脂粉和温柔乡中,而是将乡愁这一带有永恒主题尤其是中国台湾人心头极为敏感深刻的情结,首先带进他的音乐之中。出手不凡,一下子他便高人一筹。可能刚刚起步,他觉得自己的实力还不大够,他借助了中国台湾著名诗人余光中先生的诗,自己为其谱曲。那诗本来就是一唱三叹,余音袅袅,充满韵味,再让他谱上略带忧郁的曲调,确实让人冥想感怀。

　　他在开始的时候,似乎就懂得艺术其实是应该极其朴素的,朴素得就像我们自己的身体。而许多流行歌曲已经二八月乱穿衣,以为穿得越花哨才越好,偏偏将自己最为真实的身体遮掩干净了。或许,他们本来的身体就不那么漂亮,只好去借助外在的力量。罗大佑却用最为简单的旋律,而且四段所唱的四韵都是一样,反复重叠吟唱,只是在结尾处的唱法上略做小小的处理。好的音乐,就是这样的简单,那旋律一下子能让人记住,像水渗入泥土之中,而不是做貌似耀眼的珍珠在精致的盘中只做矫揉作态的滚动状。

三十年多前,我第一次听《乡愁四韵》,一下子就记住了它的旋律,马上就会唱了。而且那么多年过去了,现在依然能记住那旋律,即使余光中的歌词忘记了,但那旋律没有忘记。这真是奇怪的事情,但说明好的音乐确实比好的诗还要让人铭记心扉。这就是音乐自己独特的魅力。如果说好诗是一杯好酒,那么好的音乐则是围绕在我们身旁好的、没有被污染的空气。空气看不见摸不着,却是时时在我们的身旁,天籁般默默地滋润着我们;而即使再好的好酒,也只是制造出来的,而且不会时时出现,只能在宴会上供我们品尝,越是好酒越需要这样的场合和机会,便怎么也有些人为的痕迹。

罗大佑早期的歌曲,据说现在有些人觉得他有些幼稚,开始不大喜欢了。我不知道罗大佑自己对它们取什么样的态度,是否有些悔其少作?我却很喜欢他这时期的音乐,借助一点儿现代的摇滚,但不那么肆意,那么刻意,而且很随意,很自然。他后期的音乐有的有些造作,让人感到他是在有意改变自己,以显示自己是在不断前进不断创新。其实,不断变化是一种追求,固守自己坚持一种保守主义的方式,同样也是一种艺术的追求,就怕在这两者之间徘徊,像一条发情又饥饿的狗在两根骨头间奔跑。

这个时期的歌曲,《童年》《鹿港小镇》《光阴的故事》,确实不错。《童年》的明快带有的少年心绪,《光阴的故事》的跳跃带有的青春情怀,说明着他对待生活的态度,这态度让人感到温暖而温馨。"流水它带走光阴的故事改变了我们，就在那多愁善感而初次回忆的青春。"他的歌词和他的旋律极其吻合。

《鹿港小镇》唱得略有哀婉却很动情。它是一首怀乡之作，又是一首流浪之作，它有情有景，有人有物，而绝非常见的那种大而无当的音乐，那歌词可以像换衣裳一样随意更换，那旋律像卖笑女一样可以人尽可夫。"假如你先生来自鹿港小镇，请问你是否看见我的爹娘，我家就住在妈祖庙的后面，卖着香火的那家小杂货店。假如你先生来自鹿港小镇，请问你是否看见我的爱人，想当年我离家时她十八，有一颗善良的心和一卷长发……"在这几句低吟唱完之后，接着是节奏明显变快的发问般地旋律："台北不是我的家，我的家乡没有霓虹灯……"水银泻地，一气呵成。他那种被人们称为"词曲咬合"带有说唱结合的独特的音乐风格（倾诉感极强，但多少有些絮叨），让他显得有些少年老成，似乎饱经沧桑，游历了天涯海角，看遍了春秋演义。这一点点内核，这一点点韵味，恰恰是许多年轻歌手没有也学不来的，甚至也是罗大佑后来的演唱再也找不回来的。

上面说的这三首歌不仅曲子是罗大佑自己谱的，词也都是罗大佑自己写出来的。他再不需要拐棍，即使是再伟大的诗人也不需要。在我听到他以后的歌曲，几乎全部都是他自己写作歌词。这在中国大陆包括港台的歌手之内，是绝无仅有的。这一点上，罗大佑和那些只会唱别人为其写的歌词，而且许多是陈词滥调、虚假空洞得要命的歌词的歌的歌手，再一次拉开了距离。

罗大佑的歌词写得并不是篇篇精彩，从诗的角度看，他大多的歌词写得比较直白。但他的歌词的最大特点恰恰是用这类似大白话的词语，来诉说着他对现实尤其是现代化都市介入批判的态度，表达着一位艺术家可贵的思想和良心。这和那些浅薄的歌手实在不一样,没有良心的歌手也许只是少数,但没有思想的歌手却是可以大把大把地抓,哪怕他们唱得再动听,也只是衣裳架子缺少血肉。比如罗大佑在有一首歌中这样唱道:"眼看着高楼越盖越高,可是人们见面的机会却越来越少;苹果的价钱卖得比以前高,味道却不见得比以前的好;彩色电视机越来越花哨,能辨别黑白的人却越来越少……"确实写得不错,写出商业社会中人们的得到与失去、物质与精神的反差、心灵的干涸与渴求,写得平易却让人感喟,让人能面对一些东西,思索一些东西,而不只是被流行淹没或在流行之中找不着自己。

因此,罗大佑是值得期待的。一个歌手,就是这样坚忍而坚持地走过了三十年。

听他的这张新专辑《美丽岛》,第一首歌《伴侣》,以前曾经熟悉的旋律是那样亲切,以为恍惚又回到十多年前。心里暗暗地替罗大佑担心,如果都是这样的歌,罗大佑真的是有些廉颇老矣,轻车熟路地走回到老路上了。幸亏从第二首开始,发生了变化。好的歌手总是要用音乐来说话的,罗大佑的这张《美丽岛》,首先不是政治的色彩而是音乐的丰富,和许多流行歌手拉开了距离。其中《美丽岛》的摇滚色彩,《舞女》的圆舞曲调式中的爵士味道,《初恋的少年家》的民谣风格,《真的假的》的 Rap 的词曲咬合,《时光在慢慢消失》则更多地借助于电声效果,以及《啊,停不住的爱人》的抒情、《网络》的调侃、《往事2000》的忧郁、《倾城之雨》的一唱三叹……都能够随手触摸到罗大佑仔细而小心的努力和变化。从心中流淌出来的音乐,和嘴里讲出来的话,是不一样的,特别是和电视秀场里矫揉造作或装腔作势的讲话更不一样。音乐最难骗人。

《美丽岛》,传承了罗大佑以往一贯的对现实世界的介入态度。

他宁肯做出形而下的低姿态，而不愿意贵族化，或贴胸毛剪胸毛那样假模假式。《伴侣》对逝去不久那年春天"SARS"的反思，《倾城之雨》对白小燕案件的关切，《绿色恐怖分子》和《阿辉饲了一只狗》对中国台湾政治的抨击，表现出他一贯旺盛的政治情结；以及对网络时代所带来隐患的担忧（《网络》），对台湾岛一往情深的忧虑与乡愁以及对政治的关注（《美丽岛》），都可以看到一个音乐家入世的姿态，而不是躲在象牙塔里，或避在桃花源里，或爬在中产阶级的软椅里、文化亚官员的主席台上，拍另一张名人照去顾影自怜。

《美丽岛》的歌词，同以往一样张扬着罗大佑的风格。这是罗大佑的强项。这里有罗大佑的文学功底，更有他对人生的态度。他不是靠男欢女爱的那一口酸曲小调，也不是靠贺卡或短信上格式化的名言警句，来吸引涉世未深的年轻人，诱骗误入歧途的歌迷。罗大佑的长处就是以直白得近似大白话的方式，直率地将世相人情戳开并非花边点缀的大窟窿，让我们心有所动而恍然共鸣。

在旋转不停地人生舞台上，"舞女的难处是没人会期待你张口把话说出来""舞女的缘分是上台时的拥抱总不是你人生伴侣"（《舞女》），一丝苍凉的人生况味，写得真的是不错。"青春年少承诺的勇气，比不上回心转意担当住的珍惜，胜利让给英雄们去轮替，真情要靠我们凡人自己努力"（《啊，停不住的爱人》），虽不深奥，却也会让我们点头称诺。"子时丑时到寅时，悲欢离合都化为流转的舞池，辰时亥时总有时，醉生梦死快变成无常的历史。"文字游戏之中，却含有无奈的感慨，让我们会想起以前他的那首《之乎者也》。至于"风吹的 evening，久违的 2000"（《往事 2000》），那种新世纪到来之际罗大佑式的聪明；"这个世界都生病了，因为太多太多人都想当医生"（《真的假的》），那种自己当过医生的罗大佑式的讽刺；"不论能不能,心软的总是骨头硬"(《往事 2000》),那种罗大佑式的大味必淡,都可以让我们听到他内心的吟唱,而这种吟唱可贵之处是保持了以往的真诚。

一张唱片,能够给我们这么多的好处,它的短处也就让我们可以忽略不计了。只不过,在这张《美丽岛》里,除了能够听到罗大佑对现实过于急切而直白的表达,我们能够听到罗大佑上了年纪之后反倒有的矛盾和彷徨,减少了《恋曲 1990》中的那种开朗与自信,以及对爱情的惘然和茫然,以致有几分宿命地唱道:"爱是一个难赦的罪行",再没有了以前"生命中终究难舍的蓝蓝天"。在《时光在慢慢消失》中所吟唱出的对未可知的过去与未来的茫然,《宁静温泉》中所流露出的对无常的佛旨禅意的向往,以及在《真的假的》中所表现出的对网络虚拟世界"君不君来臣不臣,鸟不语来花不香"的悲观,都道出了他的迷茫。

难得的是他没有教父一般故作超尘拔俗的深沉状,用一种防晒霜或油彩遮掩或覆盖这种迷茫,而是真诚袒露出这种迷茫。于是,他才一遍遍地自己问自己:"体力不支的盛世,该皈依巫师还是找一个牧师;流浪人海的游泳池,该忘记往事还是念一段宋词?"

这种迷茫,何尝不是我们心中的呢? 我们也曾经是这样一次次地自己问自己。只不过,他再一次替我们唱了出来。

到纽约找鲍伯·迪伦

  2006 年的春天,我从芝加哥来到纽约。其中一个很重要的目的,就是寻找鲍伯·迪伦当年的足迹。那时,我刚刚读完鲍伯·迪伦自己写的传记 *Chronicles*(我国翻译为《像一块滚石》,江苏人民出版社 2006 年 1 月出版)。年轻的鲍伯·迪伦,当年也是从芝加哥来到纽约。这是他第一次来到纽约,自从 1959 年的春天,他离开家乡北明尼苏达的梅萨比矿山,来到了明尼阿波利斯之后,他还是第一次离开家乡到这么远的地方来,要穿过伊利诺伊州、印第安纳州、俄亥俄州、宾夕法尼亚州,一直向东再向东。只不过,和我来纽约的时间不一样,那是一个冰雪覆盖的冬天。他坐在一辆 1957 年"黑羚羊"破车的后座上,昏沉沉地坐了整整一天一夜二十四小时,一刻没停地来到了纽约。当这辆"黑羚羊"驶过乔治·华盛顿桥,他被"砰"的一声甩下车,像货物一样重重地落在了纽约冰冷的雪地上。

  在那本传记里,他说:"我终于来到了这里,纽约市,这座好像一张复杂得难以理解的大网的城市,我并不想尝试去理解它。"

  三月春天的纽约,虽然树木还没有一丝绿意,春寒料峭之中,匆匆行走在曼哈顿大街上的人们,依然还需要穿着厚厚的棉衣,但是,已经不再是鲍伯·迪伦感受的冬天中那种"城市的所有的主干道都被雪盖着"昏暗冰冷的情景了。

  站在纽约街头,我在想,鲍伯·迪伦为什么选择在那一年的冬天来纽约呢？哪怕是如我现在一样初春时来，也要好得多呀，起码可以不必为没有烤火取暖而被冻死街头去担心，起码可以不必那么着急去那个叫作"问号瓦"的酒吧去打工，没有工钱，每晚只有可怜巴巴的几个零花钱，乞丐一般地勉强糊口度日。也许，他就是专门选择这样一个季节，励志青年一样，为的就是考验一下自己的意志和决心？

来到纽约的第一天晚上，我来到了时代广场。当它突然出现在我的面前的时候，它比我想象的要小。人流如鲫，疯狂的霓虹灯闪烁着，让这里比纽约的任何一个地方都要流光溢彩，喧嚣而沸腾，给我的感觉像是一杯满满腾腾溢出杯口的色彩炫目的鸡尾酒。我不知道此刻的时代广场，和当年是不是一模一样，只知道当年在"问号瓦"酒吧里，听说时代广场上有一个叫作"赫伯特的跳蚤博物馆"的演出地方，鲍伯·迪伦特别渴望跳出狗窝一样的"问号瓦"，能够到那里去唱歌。我不知道他后来找没有找到那个地方，但那确实是他来到纽约之后第一个向往的地方，他渴望尝一尝那杯鸡尾酒溢出的泡沫的味道。

第二天的晚上，我来到了格林尼治，"问号瓦"酒吧就在这里，那只是地下室里一间肮脏而潮湿的屋子，却是鲍伯·迪伦在纽约表演生涯开始的地方，他用口琴为人家伴奏。夜色笼罩下的格林尼治，安静异常，除了迷离的街灯梦游一般闪烁，几乎见不到行人。虽然在没有了当年冬天的寒风呼啸，却也再没有了当年的"问号瓦"酒吧。在那间简陋破败的酒吧里，我难以想象，年轻的鲍伯·迪伦朝不保夕，竟然充满着那样的自信，起码在他现在写的自传里，显得是那样的自信："我不是来寻找金钱和爱情。我有很强的意识要踢走那些挡在我路上不切实际的幻想。我的意志坚强得就像一个夹子，不需要任何证明。在这座寒冷黑暗的大都市里我不认识一个人，但这些都会改变——而且会很快。"

他凭什么认为会很快改变自己的命运？我一直奇怪鲍伯·迪伦的自信是从何而来。是因为时过境迁之后将一切包括心情和事实不自觉地都重新改写？还是仅仅是出自心中对音乐的那一份痴迷，便战胜了一切的艰难困苦？也许，是因为年轻的缘故吧，只有年轻，才会将一切痛苦和磨难都化为幸福，让哪怕是丛生的荆棘，也能够编织成鲜花的花环。他就像现在那些居住在我们北京郊区农民房子里或蜷缩在城里楼房地下室里的"北漂一族"一样，让心目中音乐的理想之花开放在一片近乎无望的阴暗潮湿之中。

在鲍伯·迪伦的自传中，有一段他和"煤气灯"酒吧的著名歌手范·容克（Dave Van Ronk）的传奇邂逅，写得很精彩。他极其崇拜范·容克，在来纽约之前，他就听过范·容克的唱片，而且对着唱片一小节一小节地模仿过他的演唱。鲍伯·迪伦曾经这样形容范·容克："他时而咆哮，时而低吟，把布鲁斯变成民谣，又把民谣变成布鲁斯。我喜欢他的风格。他就是这座城市的体现。在格林尼治村，范·容克是马路之王，这里的最高统治者。"

那个纽约寒冷的冬天，鲍伯·迪伦如一枚被抽打的陀螺，不停地旋转着在格林尼治村的几个酒吧里混日子。有一天，他正在一个叫作"民谣中心"的酒吧里，人高马大的范·容克披着一身雪花突然走了进来，让鲍伯·迪伦对和他的不期而遇感到异常的惊异，一时不知该如何是好。他看见范·容克抖落身上的雪花，摘下手套，指着挂在墙上的一把吉布森吉他要看。就在他看完并拨弄几下琴弦之后要走的时候，鲍伯·迪伦一步上前，"把手按在吉他上，同时问他如果要去'煤气灯'工作，该找谁？……范·容克好奇地看着我，傲慢，没好气地问我做不做门房？我告诉他，不，我不做而且他可以死了这条心，但我可不可以为他演奏点什么？"

他们就这样认识了。那天，鲍伯·迪伦为范·容克演奏了一曲《当你穷困潦倒的时候没人认识你》。他便从"问号瓦"走到了"煤气灯"，开始了和范·容克一起演唱的生涯。他每周可以有60美金的周薪，这是他来纽约之后第一次有了相对稳定的收入。这个坐落在麦克道格街上首屈一指的酒吧，将带着他改变命运。当他第一天晚上去那里演唱，在走向"煤气灯"的半路上，他在布鲁克街一个叫米尔斯的酒馆前停了下来，走进去先喝了点儿酒，镇定一下自己的情绪。"出了米尔斯酒馆，外面的温度大概是零下十摄氏度。我呼出的气都要在空气中冻住了。但我一点儿也不觉得冷。我向那迷人的灯光走去……我走了很长的路到这里，从最底层的地方开始。但现在是命运显现出来的时候了。我觉得它正看着我，而不是别人。"

我猜想，大概从那个零下十摄氏度的冬夜开始，纽约对于鲍伯·迪伦不再那样的寒冷，而成为他自己的纽约了吧？在这以后，纽约即使不是敞开温暖的怀抱拥抱他，起码如同一轴长长的画卷，开始向他舒展着他渴望看到的温馨而能够充满想象的一面，而不再仅仅是冰冷阴暗垃圾簇拥的一面。那时候，他常常一清早就爬起来，跑到城北边的博物馆里，看了他从来没有看到过的那么多画家的名画，从委拉斯凯兹、戈雅、鲁本斯、格列柯，到毕加索、康定斯基、博纳尔和当时的现代派画家雷德·格鲁姆斯。在格林尼治那阴暗潮湿的地下室里，他读了大量的文学作品，还有卢梭的《社会契约论》、奥维德的《变形记》、马基雅维利的《君主论》、伯里克利的《理想的民主城邦》、弗洛伊德的《超越快乐原则》、克劳塞维茨的《战争论》，乃至塔西伦讲演稿和书信，可谓是儒道杂陈，五花八门。当然，他读得最多的还是诗歌，拜伦、雪莱、彭斯、费朗罗和爱伦·坡，都成了他的启蒙，他第一次将爱伦·坡的《钟》谱写成了歌曲,弹奏着他的吉他演唱,开始了他歌曲新的创作,那种民谣风格融入丰厚的文学的光彩,如雪花一样晶莹闪烁。风雪交加的纽约,给了鲍伯·迪伦最初的磨炼和考验的同时,也给了他最初的艺术营养和积累,让他一点点羽毛丰满,终于有一天箭在弦上,时刻处于引而待发的状态,饱满的张力,如同一颗阳光下快要炸裂的种子。

在这个时候,他还乘一个半小时的长途汽车,到新泽西莫里斯镇,爬上山坡上到那个叫作灰石的医院,去看望他所崇拜的正在病危中上一代的民谣大师伍迪·格思里(Woody Guthrie)。他给他带去了他最爱抽的罗利牌香烟,他为他演唱歌曲,每一首都是格思里自己创作的,他用这样的方式向心目中的大师致敬,也慰藉着病重中的大师。鲍伯·迪伦还曾经遵照格思里的嘱咐,踩着那时候风雪泥泞的沼泽,特地到布鲁克林的科尼岛上格思里的家中,寻找格里斯未来得及谱上曲的那一箱子歌词和诗稿。我知道,格思里代表着二十世纪五十年代,而鲍伯·迪伦则代表着新生的六十年代,这是新一代和老一代的交接和告别仪式,意味着五十年代的结束和六十年代的开始。

可以说,所有以后发生的这一切,纽约的作用不可低估,纽约是鲍伯·迪伦这一起跳最有力量的一块跳板。很难想象,如果鲍伯·迪伦一直还在明尼苏达或者伊利诺伊州,会是什么情景,还会有今天的鲍伯·迪伦吗?纽约并不像鲍伯·迪伦所说的只是"一张复杂得难以理解的大网",而更像一株盘根错节枝叶参天的大树,让每一只飞翔的鸟都有自己落栖之处,给你磨难,也给你营养,给你眼泪,也给你欢笑,然后送你飞上更广阔的天空。

其实,我在纽约前后只住了短短的三天,但是,根据他写的自传，我还是尽可能找到他在那里面提到过的一些地方。在格林尼治，他最常出没的地方，几乎都能够看到他年轻的身影，即使当年他所演唱的那些酒吧早已经物是而人非，新的地图上勾勒出的是新的地表景观。我也曾到第三和第七大街，那里分别是爱伦·坡和惠特曼的故居。当年，鲍伯·迪伦每一次路过那里的时候，总要对着那窗子投去哀悼的目光，想象着他们在那里写出的并唱出的灵魂深处的真实的声音。那时候，望着他们人去楼空的窗子，他渴望自己那个像他们一样成功而成名，渴望着自己也能够唱出他们那样至诚至爱的声音。而如今，正如鲍伯·迪伦说的："这座城市像一块未经雕琢的木块，每一名字、形状，也没有好恶。一切总是新的，总在变化。街上的旧人群已经一去不返了。"我只不过是在重复着鲍伯·迪伦的步伐和心情而已。

我没有能够找到赫德逊街和斯普林街，它们应该就在格林尼治附近，但那晚我去的时候，风很大，街上难得见到行人，好不容易看见了人，都是旁边纽约大学的学生，他们不是一脸茫然，就是说的英文我听不懂，人生地不熟，我只好无功而返。

在那两条街间，那时候在一个垃圾桶旁边，曾经有一个小咖啡馆。那个鲍伯·迪伦初来纽约寒冷的冬天，有一天，他走进了这家小咖啡馆。"午餐柜台的女招待穿着一件紧身的山羊皮衬衫。这件衣服勾勒出她优美的身体曲线。她的蓝黑色头发上戴着一块方头巾，有一双有神的蓝眼睛。我希望她能爱上我。她给我倒上冒着热气的咖啡，我转身对着临街的窗。整座城市都在我面前摇晃。我很清楚所有的一切都在哪里。未来没什么可担心的。它已经很近了。"在鲍伯·迪伦的自传里，读到这里，我很感动。也就是那时候，合上了书，我下决心，到纽约的话，一定要找找鲍伯·迪伦当年在那里的轨迹。

三月的纽约，寒冷却生机勃勃，百老汇大街上，人头攒动，到了夜晚，灯红酒绿，更是人的海洋，难怪提起纽约，鲍伯·迪伦总会说它是"世界的首都"。其实，在那个寒冷的冬天里，纽约终于也成为鲍伯·迪伦的首都。从鲍伯·迪伦那个第一次从芝加哥来到纽约的时候算起，将近五十年半个世纪的时光过去了，鲍伯·迪伦已经老了。年轻的鲍伯·迪伦，只和这座城市的记忆以及他自己的歌声同在。

　　我想起前两年，鲍伯·迪伦出现在格莱美、金球奖和奥斯卡奖颁奖晚会上的样子，和他年轻时候的照片对比，你不得不感慨时光的无情，将一个年轻人迅速地雕刻成了一个瘦骨嶙峋的小老头。在电视屏幕上，看到当听到他的名字，所有到场的观众欢腾的情景，让我感到有些奇怪，因为并不是所有的摇滚歌手能够赢得如此值得骄傲的荣誉，他得到了。难道他不应该得到吗？约翰·列侬去世了，世界上只剩下他一人从二十世纪六十年代唱到上二十世纪之末又接着唱到新世纪的到来（2001年，他出版了新的专辑《爱与偷》）。他和他的歌声一起跨越了一个世纪。在万众欢腾瞩目中，2001年，那一年整整六十岁的鲍伯·迪伦站起身来走向台的时候，镜头上他的脸如核桃皮一样坚硬而皱纹纵横，但我相信里面的仁儿肯定是软的，是香的。

　　鲍伯·迪伦曾经这样说过："民谣在我的脑海里响着，它们总是这么响起。民谣是个地下故事。"这是他对民谣的理解，也是他把民谣当成了一生的艺术生命，才有可能如风相随一般总那样在脑海里响起。想起鲍伯·迪伦，总会想起他唱过的《答案在风中飘》《战争的主人》《上帝在我们这一边》《像滚石一样》《大雨将至》……那一首首脍炙人口的民谣。这些民谣伴随了一代人的成长，走过了近半个世纪，刻进了时代的年轮。歌声真的是有生命的，和人一样渐渐长大，慢慢地变老，而且，比人的生命还要长久，哪怕人的生命结束了，歌声还会在这个世界上荡漾。

　　离开纽约的那天夜晚，我再次来到时代广场，在旁边便道上，见到卖画的一对来自上海的夫妇，他们在卖约翰·列侬头像的铅笔素描，我花了十美金买了一幅，可惜没有卖鲍伯·迪伦的画像，这让我很奇怪，也有些扫兴。在三角广场上，一组歌手正拉开阵势，弹奏着电吉他，演唱着民谣，虽然不是鲍伯·迪伦的风格，也不是鲍伯·迪伦常用的木吉他，却是和鲍伯·迪伦初闯纽约时一样的年龄。纽约的夜空，正如当年接纳鲍伯·迪伦的歌声一样，有些嘈杂，却很激越地回荡着年轻的歌声。

最后的海菲兹

说来有些惭愧,一直活到四十来岁,才知道世界上有个海菲兹(J.Heifetz)。

去年夏天一开始就那样闷热,一直延续了整整一个夏季。就在那个夏季快要熬过去的一天夜晚,没有一丝风,只剩下汗津津如虫子爬满一身一样的感觉。我随便打开音响,中央人民广播电台的立体声音乐节目正介绍海菲兹,播放着他演奏的贝多芬《D大调小提琴协奏曲》。那乐声一下子吸引了我。我不能说曲子美,那是不够的、浅薄的,只有历尽世事沧桑,饱尝人生况味的人,才会拉出这样的琴声。那有力的揉弦,坚韧的跳弓,强烈的节奏,飞快的速度,如此气势磅礴,飞流直下三千尺般冲撞着我的内心,进入第二乐章,一段飘然而至的抒情柔板,真给人一种荡气回肠之感,像是河水从万丈悬崖上急遽跌落,流进一片无比宽阔深邃的湖面,那湖面映着无云的蓝得叫人心醉的天空。悠扬的琴声立刻侵入我的骨髓,我禁不住全身心为之颤动,浑身血液都融化进那无与伦比的琴声之中。虽然是抒情,但他拉得依然沉稳,绝不泛滥自己的情感,让人格外感到深沉,犹如地火深藏在岿然不动、冷峻无比的岩石之中。

这就是海菲兹!这就是贝多芬!是海菲兹把贝多芬那宽厚而博大的气势表现出来。虽然我知道这是贝多芬所作的唯一一首小提琴协奏曲,为了纪念一位名叫丹叶莎·勃伦斯威克的伯爵小姐的爱恋之情，但绝非只是恋人浪漫曲。我从海菲兹的琴声中顽固地听出是对一种刻骨铭心的理想，历尽磨折而终不可得又毕生不悔，孜孜以求的复杂心音，这样的琴声不能不让我的心滤就如水晶般澄清透明，锤打得更坚强一些而能够理解人生、洞悉人生。最后一缕乐声消失了，我还愣愣地站在音响旁，望着闷热无雨的夜空发呆，只是一下子觉得天气爽起来，星星一颗颗可触可摸，晶亮而冰洁。

我第一次认识了海菲兹，便永远忘不了他！我忽然涌出一种相见恨晚、他乡遇故知的感情，浓浓的，竟一时搅不开。

我找到有关海菲兹的传记材料，才知道早在我第一次听他演奏这首贝多芬小提琴曲的两年前，他便死在美国洛杉矶的一家医院里——8 月 10 日，也是这样一个闷热的夏夜，他走完了人生八十四年的旅程，而我却以为他一定还活在人世，还会为我们演奏他和我一样喜欢的贝多芬！

这位出生于俄国，有着犹太血统的美国小提琴演奏家，是当今最伟大的小提琴家。萧伯纳曾这样写信给他说："爱嫉妒的上帝每晚上床都要拉点什么！"音乐界则众口一词："海菲兹成了小提琴登峰造极的同义词。"所有这一切评价，他都受之无愧！听完他演奏的贝多芬这首小提琴协奏曲，我曾特意找到其他几位小提琴家演奏的同样曲目，结果我固执而绝对排他地觉得没有一位能够赶上他，没有谁能够将乐曲那内在的深情、磅礴的气势，以及作曲家那特有的宽厚脑门中深邃的思索，一并演奏得如此淋漓尽致！无论是思特恩、祖克曼、帕尔曼，还是大卫·奥依斯特拉赫！这位十一岁便开始以独奏家身份巡回演出的天才，一生足迹遍布全球，总共行程二十万英里，演奏十万小时，光看这两个数字，就是多么的了不起呀！他所向无敌，征服了全世界小提琴爱好者的心！这不仅因为海菲兹有着旁人难以企及的演奏技巧，更重要的是他有着一颗与贝多芬一样坚强而博大的心灵。他在世的八十余年中，经历了两次世界大战，可谓阅尽春秋演义，无论日本地震后，还是爪哇暴动后，天津被日本入侵后，他都赶赴现场演出，以他宽厚的人道主义的琴声与那里的人民交融在一起。第二次世界大战中，他上前线为战士演出 300 余场。他对战士们讲："我不知道你们需要什么？我将演奏舒伯特的《圣母颂》！"他赢得战士们的掌声。《圣母颂》成为他为战士们演奏次数最多的曲子。1959 年，虽然他已经宣布退出舞台，而且刚刚摔伤不久行走不便，为了参加庆祝《人权宣言》八周年的活动，他仍一手拄着拐杖，一手抱着小提琴，走进联合国大厅演出。正因为海菲兹有着如此举世无双的技艺和人格，才赢得人民对他长达半个多世纪的经久不衰的爱戴。当他重返苏联演出时，那里的音乐爱好者不惜变卖家具等贵重物品，凑钱买票观赏他的演出，演出结束后，年轻人伫立街头久久不肯散去，等待他从剧场出来，向他高声欢呼致意！

我对海菲兹越发崇拜。我注意搜索广播节目报上海菲兹的名字。终于有一天，我见到了预报中有他演奏的贝多芬《D 大调小提琴协奏曲》，托斯卡尼尼指挥。我提前半小时便将调频台调出，把准备录音的空白镀铬的金属带装好，像坐在音乐厅中一样，静静地等待海菲兹的出场。非常遗憾，那一天天不助我，噪声比往常严重得多，无论我是怎样变换天线的角度和方位都无济于事。但我还是将这长达 40 分钟的曲子录下音来，反复播放，一遍遍沉浸在海菲兹那炉火纯青的琴声中，即使杂音也无法遮挡海菲兹的光芒。

不过，毕竟有杂音。我希望能够买到一盘真正海菲兹的磁带或一张唱片，原版的。我竟像现在年轻人迷恋他们心目中的歌星一样，开始跑音像商店，寻找海菲兹的踪影。不过，我知道，我寻找的是一位足可以跨世纪的音乐巨星,不敢说是恒星,但绝非年轻人心中常变易的流星。可惜,王府井、西单、灯市口、北新桥的"华夏"门市部、琉璃厂的"华彩"销售点……都没有海菲兹……海菲兹哪里去了?他的琴声曾传遍世界,仅在美国胜利唱片公司一家便出版过他的长达26小时的乐曲录音,还只是他全部演奏乐曲录音的三分之一。这该有多少不同品种的磁带或唱片!为什么偏偏我就寻找不到呢?莫非我们果真如此淡漠海菲兹?

我不甘心,仍在寻找。去年年底,北京农展馆举办的第三届国际音像制品展销会的目录上,我见到了海菲兹的名字。不仅有他演奏的贝多芬,还有莫扎特、勃拉姆斯、布鲁赫……我真高兴,跑到农展馆,却是扫兴:海菲兹尚在迢迢旅途中,他的唱片尚在海上运输轮船的船舱里没有到达。毕竟有了希望。那船即便半路遇到风雨,即便沿途意外抛锚,它总会到来。那是我的红帆船!

我实在没有想到它竟然这样慢。一直到了今年春天,我在灯市口音像制品商店琳琅满目、良莠不齐的激光唱片的橱窗里,才看见了"J.Heifetz"几个字母,黑色唱片封面上醒目的白色手写体,是海菲兹的亲笔签名。盛名旁便是海菲兹的黑白照片剪影。这是我第一次见到他的照片:苍白的头发,宽阔的前额,高耸的鼻梁,左手抱着或许便是那把1814年产的跟随他一生的小提琴,右手持长长的琴弓,面部表情冷峻,俨然花岗岩石一般。但我知道就在这近似冷酷无情之中蕴含着他的深邃与真情,他将自己炽热的性格不是燃起火,而是凝结成玉骨晶晶的冰。他拉琴时身体几乎纹丝不动,绝不像有些琴手那样动作幅度大,或故意甩动自己潇洒的长发,更不会如我们有些浅薄的歌手那样搔首弄姿。我懂得,这是只有阅尽历史兴衰、饱经沧桑之后才会出现的疏枝横斜、瘦骨嶙峋。他不会为一时的掌声而动容,也不会为些许的挫折而蹙眉。望着他那双冷漠得几乎没有光彩和眼神的眼睛,我心中涌动着对他的一份理解和崇敬。

非常可惜,这是一张西贝柳斯《d小调小提琴协奏曲》的激光唱片,而不是我与他都那样喜欢的贝多芬的《D大调小提琴协奏曲》。我还从未听过西贝柳斯这首协奏曲,不敢断定自己是否喜欢。我仔细将橱窗里每一张唱片又看了一遍,依然没有海菲兹的第二张唱片。我决定还是买下,毕竟这是海菲兹的西贝柳斯。爱屋及乌嘛,海菲兹一定不会让我失望的,更何况唱片上还有海菲兹的照片和手迹。

我对服务员小姐讲要买这张唱片。她风摆柳枝般摇到店铺找了好半天,居然空手而出。"对不起!唱片只剩下这一张,其余都卖光了。你如果要这一张,我就从橱窗里取出来!"她这样对我说,我只好点点头,看来还有比我幸运的捷足先登者。她从橱窗里取出这张唱片,上面落着尘土,灰蒙蒙地遮着海菲兹瘦削的面容和他那把心爱的小提琴。我拂去尘土,海菲兹无动于衷,依然凝神地望着不知什么地方。我买下这最后一张海菲兹唱片。无论怎么说,它是我自己拥有的海菲兹。

回到家,听听海菲兹琴声中的西贝柳斯。啊!一样令人感动。一开始小提琴中庸的快板头一句柔和的抒情中蕴含着力度,就立刻把我吸引。随后,低音的沉稳,高音的跳跃,与浑厚大提琴伴奏的谐和,让人感到芬兰海湾海浪苍苍、海风拂拂、一派天高海阔的画面。第二章的柔板演奏得绝非像有的琴手那样仅剩下缠绵如同软软的甜面酱,而是略带忧郁和神秘低音区与高音区的起伏变幻,像静静立在海边礁石上,对着浩瀚的包容一切的大海诉说着悠悠无尽的心事。让人遐思翩翩,能够忆起自己许多难以言说如梦如烟的往事。虽然,明显的北欧的韵味与贝多芬的小提琴协奏曲日耳曼风格不尽相同,但依然是海菲兹！他不过重宣泄个人缠绵的情感，而是更看重浑厚人生的理解和追求。他不屑于大红大紫的艺术效果，而把琴弦拨动在内心深处一隅，静静地与你交流、沟通。这在第三乐章快板中可以明显触摸到。我感谢海菲兹又给了我一个大圆脑袋秃顶的西贝柳斯！

一天，朋友来访，我请她听新买的这张海菲兹唱片。我向她推崇备至地诉说海菲兹，对她讲以前没听过西贝柳斯这首小提琴协奏曲，买了这张唱片第一次才听到，才知道其妙不可言……其实，这些话都是多余的，她是我童年的朋友，我们是街坊，那时，她的弟弟是个狂热的小提琴迷，靠着灵性和刻苦拉一手好琴，几乎是无师自通。他唯一的最好的老师便是唱片。只是那时我们都是一群渴望太多胃口太大却又实在太穷的孩子。她弟弟一直盼望能买到几张当时的密纹唱片，永远据为己有而不用向别人借用，却苦于手头无钱。是她这个当姐姐的省下住校的饭费，为弟弟买了一张旧唱片。那一年暑假，院子里便整日响着这张唱片放出的小提琴曲。她弟弟一遍又一遍不知疲倦地学着唱片拉他的小提琴。在弟弟的熏陶下，她也成了音乐迷，比我懂音乐，用不着我絮叨，她一定会和我一样喜欢海菲兹的。

没错！她立刻听入了迷。渐渐地，我竟发现她的眼睛里蓄满晶亮的泪水，映着眼镜片上一闪一闪的。西贝柳斯这首《d 小调小提琴协奏曲》结束时，她半天没有讲话，然后突然抬起头来问我："这首曲子你以前没听过吗？"我点点头。她又问："小时候？忘了？"我皱皱眉头，怎么也想不起来。她接着说："那年暑假我给我弟弟从委托商店买了张旧唱片，我弟弟学着天天拉琴，你怎么忘了呢？就是海菲兹演奏的西贝柳斯这首曲子呀！"

我好悔！对音乐爱好来得太迟！那时，我只迷文学，不怎么喜欢音乐。天天单调地听一首曲子，心里还有些腻烦。谁料到呢，那时海菲兹便神不知鬼不觉地来到我的身边，我却如此漫不经心地与他失之交臂！那时，我不懂人生！不懂世界！更不懂历史！我未尝过艰辛，未受过坎坷，未见过各式各样的嘴脸！自然，我便不会懂海菲兹！他没有责备我年轻时的幼稚与浅薄，今天，在我迈过不惑之年的门槛时，他重新向我走来。这是命中割舍不断的缘分？还是冥冥中幽幽主宰的命运？

　　是的，只有在今天我才稍稍听懂了海菲兹。

　　童年，是听不懂海菲兹的！

第三辑

戏边草

戏内戏外《锁麟囊》

　　《荒山泪》《春闺梦》《锁麟囊》，都是程砚秋的拿手戏，但在我看来，《锁麟囊》最好。恐怕在程砚秋的心里，这出戏也是最大。否则，他不会垂危在病床前，上级领导来看他，他还是执着地提出希望这出戏能够解禁。这出戏自 1949 年以后就被扣上了"阶级调和论"的帽子，一直没有出演，这成了他的一块至死未解的心病。

　　如今，看不到程砚秋当年演出《锁麟囊》的影像资料。二十世纪六十年代为保留名家演出剧目，拍过一些电影，程砚秋拍的是《荒山泪》。这成了千古的遗憾。唯一能够听到的是他的演唱录音，《锁麟囊》是 1946 年的录音，正是他最好的年华。现在，亡羊补牢已晚，只好用他的录音，配今日演员的表演，叫作音配像，勉强燃起人们对昔日的一些残破不全的想象。

　　戏罢不觉人换世，如今，《锁麟囊》成为久演不衰的一出戏，《荒山泪》和《春闺梦》很少再演。世人和时间双重的淘洗，让好戏如好人一样不会被埋没而经久流传。只可惜程砚秋已经不在。今天，看这出戏，张火丁的最为火爆，只是票价上千元，有些贵，我选择的是看迟小秋的。论扮相，迟不如张，迟的身材稍显矮些，不如张在舞台上那样袅袅婷婷。不过，迟的表演和唱功不错，她是师从王吟秋先生，且正当年，演绎薛湘灵的人生沧桑和内心的浮沉，骨肉相随，不致流于表面。我也看过李世济的一折，毕竟年老了，老态龙钟，再如何演唱，都不大像薛湘灵,而像薛湘灵的姥姥。

《锁麟囊》这样一出近人写的戏能够成为经典,不容易。之所以能够成功,除了程砚秋的唱腔和表演出色之外,更在于剧本写得好。这得归功于翁偶虹先生。首先,这个题材选得好,是一种艺术的选择,而非出于对时令的躬逢,或对权势的讨好。他将一个原来富家女薛湘灵和一个贫寒女赵守贞,在世事沧桑和命运跌宕的变化中,位置颠倒,贫富互换,然后显示各自的心灵与人性,触摸到人性柔软美好的那一面,让人体味并向往人生值得珍存的一种中和蕴藉的东西,这东西才价值连城,让人有活下去的依靠,让人生得以延续下去的根基。

记得美国作家奥茨在论述长篇小说创作时曾经说过,一定要把人物放在一个长一点儿时间段里,因为有时间的变化才有命运的变化,才最能揭示人心和人性,以及性格。这是经验之谈,没有时间的跨度,便没有人性的深度。《锁麟囊》所达到的人性深度,起码在近人所编的戏中,难以匹敌。近读中国戏曲学院傅瑾教授所言:"如果说梅兰芳走的是古典化的道路,程砚秋则走的是人性化的道路。这两条道路构成了京剧旦行最为独特的方面。"他总结得很对。可以这样认为,程砚秋在二十世纪四十年代京戏变革中所展现的姿态和所取得的成绩,多少要超过四大名旦其他几位一些。其中,无疑《锁麟囊》为程砚秋立下汗马之功。

《锁麟囊》剧本写得好,还在于它写得像戏,遵循的是京戏的规律,而不是如现在我们有的新派京剧想当然的编造,天马行空的挥洒,借助声光电现代科技的舞台背景的炫目。这样的戏,只见戏的大致框架,不见细微感人的细节。看《锁麟囊》,开头"春秋亭"一折,赠囊的戏写得一波三折,而不是草草地把囊送出去完事,匆匆赶路一般将戏的情节只处于频频交代之中。先是送钱,后是送物,都被拒绝,最后将囊中的珍宝拿出,只送囊,权且留个纪念。层层剥笋,层次递进,最后剥离了物的存在的囊,便成了比物更珍贵的情意与人性的明喻。写得真的是细致入微,将两位人物的心理性格活脱脱地写出来。富者实在是出于真心的同情,贫者却守住贫而不贱的底线,一个囊的道具运用得淋漓尽致,并将这个道具成为命运的一种象征物和戏的一种悬念,留存在下面的戏中呼应和发展。

薛湘灵和赵守贞的劫后重逢,与春秋亭中第一次雨中相遇,大不相同。如此重逢,该如何去写?想起当年我考中央戏剧学院时写作题目便是《重逢》。重逢,从来都是写戏的裉节儿之处,衡量一个人会不会写戏。《锁麟囊》中将第一次相遇和后来的重逢,分别放在大雨和洪水劫后的背景中,让大雨和洪水不仅成为剧情发展必备的情节因素,更成为人性中天然命定的一种隐喻。如果不是大雨,她们不会相遇;如果不是洪水,她们不会重逢;但如果一切都不存在,也就没有了丰富复杂的人生。人生所有的困惑和哲理,有时都存在于偶然之中,命运的大手偶然挥舞的一拐弯儿,大让历史、小让个人的命运,都会发生天翻地覆的变迁。

再看"三让椅"一折,用的方法和赠囊一样,也是一波三折,表现的手法却有了变化,不再是赠囊那样从情出发的深沉,而是改用以趣为主,让人忍俊不禁,让人替薛赵二位会心会意,其创作手法的多样性,令人击节。

当然,唱词的妙处,也是其中要义之一。最初听到"春秋亭"那一段:"耳听得风声断,雨声喧,雷声乱,乐声阑珊,人声呐喊,都道是大雨倾天。"觉得真的是好,紧促的短句,一连五个"声",如五叠瀑一样,一路跌落而下,溅得水花四射,让水流迤逦而来,好不流畅。再听薛赵重逢时薛的另一唱段:"这也是老天爷一番教训,他教我收余恨,免娇嗔,且自新,改性情,休恋逝水,苦海余生,早悟兰因。可怜我平地里遭此贫困,我的儿呀,把麟儿误作了自己的宁馨。"依然是一连串紧促的短句,大珠小珠落玉盘,清越深沉,很是打人。前后句式的呼应,造成了衔接和对比,让戏的情节在唱腔中回环曲折,婉转流淌,实在是这出戏的妙处所在。据说,这两段叫作"垛句"的唱段,出于程砚秋的要求,他对艺术自觉的追求和灵性的感悟,为这出戏锦上添花。

这出戏这两处唱段,在我看来最为精彩。再加上最后戏中薛湘灵飘逸灵动的水袖,构成了戏的表演的华彩乐章,让戏中的人物和情节,不仅只是叙事策略的一种书写,而成为艺术内在的因素和血肉,让内容和形式,让人物和演唱,互为表里,融为一体。这才是真正的京戏,为演员提供了充分表演的空间。在这方面,迟小秋的演出很精彩,起码一点儿不比张火丁差。

看完《锁麟囊》之后的第二天,还是到长安戏院看戏,依然是坐在楼上,依然看见北京市前副市长坐在楼上第一排的中间,他是个戏迷,在长安大戏院看戏,常能看到他,并不奇怪。演出开始没多久,看到一个瘦削的女人摸黑走了过来,坐在他的身旁,陪他看戏,不时还交头接耳几句。细看,是卸了妆穿着便装的演员。忽然发现,和在舞台上光彩照人的人物完全不一样。心想也是,戏台上的人物,和戏台下的演员,本来就不是一个人。看戏,看戏,看的是戏台上的人物。他们和现实拉开了距离,却显得比现实更真实而感人。

《焚绵山》是埋伏好的一枚刺

中国文化，真的是博大精深，观照现今世界，几乎都可以从中找到相对应的文本。而且，越是古老的文本，越有醒世的寓言味道，对应得楔子一样越发的严丝合缝。仿佛上千年之前，老祖宗早就先知一般预设下了这样一道文本，如事先埋伏好的一枚刺，看看是否还能够刺疼如今我们麻木的神经。

《焚绵山》是一出老戏，讲的是春秋时期介子推的故事。那时，介子推追随晋公子重耳流亡十九年，艰苦岁月中，断炊之时，介子推"割股啖君"救过重耳的命，成为那个时代震撼人心的传说。重耳登上王位，成为晋文公之后，所有当年陪他一起流亡的人，一一都封官晋爵，唯独少了介子推。介子推看不惯重耳舅父狐偃邀功请赏的嘴脸，早和母亲一起归隐绵山。还念旧情的重耳力挽介子推出山做官，介子推执意不肯，以致重耳最后想出这样一个损招——烧山以逼出介子推出山，没有想到介子推就是被活活烧死在绵山柳树之下，也不肯屈尊纡贵，俯首听命。

当年马连良饰演戏中的介子推，这是一出要唱又吃功夫的戏，没两下子的，一般不敢接招儿。如今，看北京青年京剧团的演出，十分精彩，张建峰和沈文莉演的介子推和母亲，着实不俗。纷飞的大火完全是虚拟的，靠的是演员的手眼身步法之功力，驾驭舞台上之极简主义，在咫尺天地间调动起漫天火烧，遍山树鸣，如此的风生水起，那才是京戏的魅力。"烧山"一场，母子俩奔突于山火之中，最后从山上翻身滚落，真的扣人心弦。程式扑跌动作表演中，母亲翻落下来时头套掉了，满场观众惊讶一声，没有叫倒好，反倒是一片掌声，便是对他们演出最好的报答。

戏演完了，不少观众站在那儿不走，感慨万千。重情重义的晋文公下令介子推的死日为寒食节，全国禁火禁灯，食冷粥，栽柳树，以此纪念介子推。在中国，还有为了纪念一个人，而在和我们农事密切相关众多节气之中专门设置一个节令，依此让他的生命和我们的生存血脉密切关联，以致成为我们的民俗的吗（端午节和屈原另议）？所以，我说越是老戏越值得看，那戏已经不仅仅是戏，而是老戏成精，锤炼出一株老参一样，能够吸收天地之气，熬出万千味道，滋养后世的我们。

戏如人生，汇聚千古忠孝节义。虽说介子推和他的故事早不是如今为官者信奉的楷模和道德基调，虽说现代官场文化已经无法完全对应春秋时代的官场文化，但戏里所传达的文化力量，还是会渗透我们今天哪怕已经干枯的土壤，依然会成为哪怕再丑陋现实之中的釜底之薪。对于处于脱缰野马一般的官场文化，它依然具有醒世恒言一般警醒的力量。

传统的戏文，历史的文本，毕竟从民间和庙堂两方面，承载着并保证着我们文化的延续。在那么多古有狐偃今更有前仆后继的要官买官者的对比下，正身律己、知黑守白、直不辅曲、明不规暗的介子推的存在，还是一种力量的显示，他所信奉的"取一文则官不值一文"的理念，依然是一种力量的昭示。所以，介子推成为了我们民族节气里的一个节令，老戏成为《一千零一夜》里的一个寓言。

《虹霓关》和红泥关

《虹霓关》是一出老戏,过去的旦角名家,没有一位没演过的。电影《梅兰芳》的海报,黎明一身素衣孝装,就是《虹霓关》的东方氏的扮相。出于这样的好奇,我特意早早买了票,观看了浙江昆剧团进京演出的《虹霓关》。

演出是十分的精彩,特别是两位主角,饰演东方氏和王伯当的谷好好与林为林,无论扮相,还是唱念做打,都格外抢眼。只是,戏的结尾,和原剧完全不同,让我大出意外。

原本是东方氏生擒了杀死了丈夫的仇人王伯当,萌生爱意之后,在和王伯当结婚的洞房之中,王伯当怒斥东方氏见色忘义竟然那样快和丈夫的仇人结婚,然后将东方氏杀死。这样的戏剧结构,实在让人佩服,虽说是晚清之作,却颇具现代意味。虽说王伯当是瓦岗寨人,东方氏为官府人,但正义正气和江湖义气都融于爱恨情仇之中。过去说这出戏色情,其实是放大了其中的情欲部分。其实,不过是将情欲跌宕于同样纷乱不已的战场内外,由此巧妙而深刻地揭示人性深处的幽微末梢。这样的情节,让我们在日后外国电影《第四十一》里依稀可以找到影子。

如今浙江昆剧团的《虹霓关》却生生地让两位出身、经历、爱情价值观完全不同的人,冰释前嫌,杀夫之仇冰消雪化,而使得他们结为连理,共同杀退以杨林为代表的官府官兵,将霓虹关收入瓦岗阵营。原来一出惨烈的悲剧，轻松地化为了红绡帐里和乱阵军前双喜临门的戏剧。为使得这样改编具有合理性，特意强化了瓦岗农民起义军对东方氏的攻心术，赋予爱情以附加物，让杀夫之仇成为正义之师的一种注解，从而为这一对仇人变情人的爱情增值。如此的戏剧逻辑，遵照的是现代农民起义是历史的动力的英雄史观，和原剧实在背离得太远。不仅将原本王伯当在红绡帐里杀死东方氏的从心理跌宕起伏到外部动作惊心动魄的戏彻底消失，而且将原本梅兰芳演出此剧是上半场扮演东方氏，下半场扮演丫鬟（因为突出东方氏而大大削减丫鬟的戏份），原来一身二角的精彩别致的戏份，也已经看不见了。

当然，我不能说这样的改编不好，任何一出老戏，都是经过不断改编而逐渐完善，被后人所接受的。说对传统的继承，就得一定是纹丝不动，我不赞成这样的继承。但这样改编是否符合古典戏曲的规律，或者说是否符合传统戏曲的继承与变革的要求，值得探讨。特别是如浙江昆曲团《虹霓关》如此彻底的颠覆之路，更应该值得关注。对于这样过于大胆乃至肆意的颠覆，却谓之创新和变革，未见得任何批评，说明我们戏曲理论研究的滞后。虽然2009年曾经在北京召开过规模不小的"中国戏曲理论国际研讨会"，起到良好的效果和作用，但戏曲理论如何不回避现实、不脱离实际，而能够进一步介入并指导当下戏曲改革的实践，似乎还需要做很多努力。我们还缺少如齐如山那样既懂戏曲理论又有实践经验的人，去脚踏实地地帮助艺人和剧团走好戏曲变革革新之路。

浙江昆曲团今天的改动，有这样两个细节，或许能够透露出他们的一些心理依托。一是将剧名改为《红泥关》，一是将东方氏改为东方秀。前辈学者吴小如先生曾经指出《红泥关》的讹传，是"由于从前艺人文化水平关系讹写而成"。如今又为什么偏偏再次讹写？要给本来没有名的东方氏偏偏加上名字，是为其正名吗？小节上添枝加叶，大节处将一个情欲女子轻而易举的翻案为向正义投诚者，为之脸上廉价涂抹了一点儿明亮耀眼的腮红，不惜牺牲原剧中人性深刻的揭示，也就不在话下。一部悲剧变为大团圆的戏剧，也就这样水到渠成地完成了。在这里，我们看到的，并非戏比天大，而是观念，或曰主题，就是以前我们常说的"古为今用"，对待传统戏曲采取了这样实用主义近乎随心所欲的颠覆，让历史到现实迅速链接，输入今人的血脉。

我一直以为我国传统剧目，每一出能够流传至今的剧目，其内容与形式，从来都是形与神、虚与实、雅与俗相结合的结果，都是经过了几百年时间和观众的双重考验，我们要抱有这样的敬畏之心。千万不要以为我们什么都比古人高明，就敢于随便轻动斧斤。

我想起全国人大代表、山东省京剧院副院长、裘派传人宋昌林，在 2009 年两会期间发表过的讲话："京剧还是应该以继承为主，首先要把前辈们传下来的东西弄懂了，吃透了，才谈得上创新。继承是创新的基础，一定要先继承后创新。"

问题是我们吃透了什么？是仅仅吃透了今天的精神？还是吃透了前辈的精髓？

花飞蝶舞梁谷音

　　上海昆曲团成立 30 周年,要到北京演出,听说这消息,我早早一个多月前就买好了票,其中最想看的是梁谷音的《蝴蝶梦》。

　　我对昆曲一窍不通,也不想跟随如今新潮的昆曲热凑热闹。昆曲名角众多,却因见识浅陋,只知道一个梁谷音。之所以记住了她,缘于几年前读过她的一则文章,印象很深,说她 2001 年在美国华盛顿索米博物馆,不愿意在博物馆安排好的小剧场里演出,偏选在了小小的展厅里演了《琵琶记》里"描容"一折。只是一人一笛一鼓,没有舞台,甚至没有任何布景,也没有字幕翻译,却演得那帮美国人都看懂了,不仅看懂了,而且还随着赵五娘为婆婆描容来祭奠的悲悲戚戚的感情起落而潸潸泪下。这样的情景,很让我着迷,很是向往,充满想象。梁谷音究竟有什么样的魔力,可以将一曲昆腔如此出神入化,穿越时空,沟通起不同文化背景人们的心灵?

　　《蝴蝶梦》是一出清人的剧,京剧由昆曲改编时改名叫《大劈棺》。中华人民共和国成立后,说有迷信和色情内容而被禁演。其实,它不过借庄子说事,将一则庄周梦蝶的故事重新演绎,其中对于爱情与婚姻的质疑,颇具有后现代的意味。今天看来依然具有清新撩人的醒世味道。庄周最后唱"万古大梦总相如",真的是现代故事的古装版,今古交替,充满反讽,互为镜像。

　　梁谷音饰演的庄周的妻子田氏,第一场"扇坟",一出场破扇遮脸优美碎步的亮相,就赢得了满堂彩,确实精彩。爱情失去了信任,猜疑和试探成为家庭的主旋律,庄周荒诞装死,化作翩翩美少年楚王孙,冒充庄周的学生,打上门来,以图与师母玩一段师生恋,来考验妻子一番。果然立马奏效,田氏一见钟情,恨不相逢未嫁时,乃至为救心上人王孙的性命,不惜举斧人劈棺取先夫的脑仁用上一用,真可谓将情与爱、性与欲推向极致。梁谷音将这样一个性格复杂、内心丰富、情感大起大落的妇人,演得花飞蝶舞、鸟啼梦惊,如此风姿绰约,曲净天青。

舞台剧与影视不同,无法出现大特写,一般观众看不大清楚演员的面目表情,更不会如纸面的小说,可以铺陈大段的心理描写。这就要看我国古典舞台剧演员演出的魅力了。最让我惊叹的是梁谷音能够将看不见的心理和心情演绎得惟妙惟肖,如状目前,看得见,摸得着。这真是本事。她唱功曲折与微妙,我不懂,但看她身段与台步、水袖和眼神,真的是一枝一叶总关情,似乎都会说话,都长着眼睛,都绽开着笑靥。一招一式,拈襟揽袖,曳裙拖裾,带动得整个舞台跟随着她一起婆娑摇曳,柔柔软软,飘飘欲仙。

别看舞台朴素至极,几乎没有什么新奇和高级的装置,演员也没有浩浩荡荡的人马,一共只是四个人演出,却将舞台充满气场一样,满满盈盈荡漾着的都是戏的神韵和魂儿,咫尺天地,无限江山。

梁谷音善于运用手里的小道具,扇子、红纱、喜花,乃至最后出现的斧头,都被她得来全不费工夫一样,成为她的另一种表情和风情,彻底地化为了属于她自己的一种艺术创作。特别是那一方透明的红纱,袅袅婷婷,让她上下左右、胸前身后、眼前嘴中、地上地下,翻飞得如同一个火一般燃着的精灵,让我忍不住想起理查·施特劳斯根据王尔德的《莎乐美》改编的歌剧里的那段"七重纱"舞,有着异曲同工之妙。借助它们，将一个闺中寂寞难耐、春心荡漾、欲火中烧、于心不甘又急不可耐、万千风情又敢于叛逆而铤而走险的妇人，拿捏得恰到好处，勾勒得须眉毕现。那种含情欲说、媚眼相看、心事难付、情结如蛇一样盘结的错综复杂，那种从含羞、哀怨到娇憨到放纵得最后情感的喷薄而出，大写意的水墨画的墨汁淋漓的洇染一样，一点点层次分明地呈现出来，将简单的舞台舞动得风生水起。

想想在华盛顿她演出的"描容"，能够令那么多美国人动容，也就信服了。

真不敢想象梁谷音竟然已经是六十六岁的人。这就是戏剧的魅力。它混淆了现实与艺术的界限，它让一个演员永远年轻，而将年龄溶解于舞台虚拟与梦幻之中。散场后的北京，月白风轻，夜空如洗，难得的清爽，总还想起谢幕时梁谷音将观众献给她的鲜花又使劲抛向观众席的情景，心里盛满感动，和对她的敬意与祝福。

花借美人方能红

到国家大剧院看江苏昆曲团新编《1699桃花扇》。舞台上灯光布景，美轮美奂，简洁的道具、漂亮的服装，特别是巨幅的苏绣，分外惹人眼目。演员的跳进跳出，舞台上道具和场景的即时搬动，既是对传统演出的还原，又有现代间离的效果，看得出导演的精心与别致。只是剧场的效果似乎并不像想象的那样好，和前些日子上海昆曲团来北京在长安大戏院演出的《玉簪记》和《蝴蝶梦》相比，那时观众的反应，和剧情以及演员的互动，更要热烈一些。而《桃花扇》演出到后半场，我旁边和后面几排的观众已经走了大半。

什么原因？不能说演员不出色，不能说导演不尽力，不能说舞台的布置不光彩夺目。

演出时间达三个多小时，过长了些，是原因之一。但主要的问题，恐怕还是出在对原剧本的认识和处理上。如今剧本的删繁就简，足见导演地道的匠心，只是有些贪多图全，将以前需要的连台演出，毕其功于一役在一个晚上演出完，又几乎将剧本里所有的情节线都舍不得丢弃，悉数浓缩而呈现在舞台上，难免伤筋动骨。

同《玉簪记》和《蝴蝶梦》这样情节和人物相对单纯的剧作不尽相同的是，《桃花扇》因融入国家兴亡的动荡历史而复杂了许多，主要人物除李香君和侯朝宗之外，还有众多人物穿插其间，尽显那个飘摇时代驳杂的秦淮风月，不简单是才子佳人爱情的悲欢离合。因此，相对而言，这是一部甚至比《牡丹亭》都更要复杂而难处理的戏剧。

如今的《桃花扇》因前半截删去了柳敬亭和郑妥娘几个人物，使得剧情浓缩而干练，让李香君和侯朝宗的情节线一目了然。但也因为过于一目了然而减少了原剧的丰富性，缺少了同为青楼女的郑妥娘，少了李香君生活环境的衬映和质感；少了说书人柳敬亭，前后的穿插缺少了人物之间必然的联系，特别是最后一场离乱之时李香君和侯朝宗在荒山破庙中相遇，便没有了原作之中人物心理微妙的起伏和沧桑感的如描如画的勾勒，只剩下匆忙的交代，将舞台上观众最喜欢看的戏的演绎，简化为事件的叙述，只是简单告诉观众李侯二人最后出家了这一结局。显然，这恰恰违背了戏剧的规律，观众兴趣的减弱，便也就找到了答案。因为观众最想看的戏，没有了。

《桃花扇》里那把侯朝宗赠予李香君的定情之物的扇子上，李香君头撞桌角，血染桃花时，有一句唱词："叶分芳草绿，花借美人红。"用在这里也合适，观众最想看的是李香君的命运之戏的跌宕起伏，少了这一点，花和美人都难以红。

由此，我想到，对于传统的戏剧，特别是如昆曲这样古老的剧种，每一出能够流传至今的剧目，都是经过了几百年时间和观众的双重考验，我们还是不要轻易大动的为好。如果一个晚上演出时间有限，可以演出其中的几折戏（在我们的戏剧演出中有这样的传统，如京剧《红鬃烈马》《龙凤呈祥》等都是演出其中的几折），尽量让其中的戏味和戏魂之曲折微妙，充分保持原汁原味，让其淋漓尽致地表现出来。

这一方面，是比简单的灯光布景的炫目更为重要的。多年前，我在中国台湾看同样是江苏昆曲团演出的《钗钏记》，虽然没有今天

《桃花扇》舞台的美轮美奂,简单至极,只有几副桌椅和一道帷幕,却格外打动观众,以至演出结束后全场掌声雷动,出现久久不愿散去的盛况。在如今新派昆曲热之中,宜应保持一份清醒。艺术,从来没有进化,只有变化,但变化优劣的前提,是对传统的坚守,雪花的美丽,恰恰在于自身的颜色,而不在于外表涂抹得五颜六色。

收拾铅华归少作

看《金玉奴》，纯属偶然。说来奇怪，小时候看戏，其他的戏通通忘记，唯《金玉奴》还留下一点儿依稀的印象。落难公子风雪之中在讨饭花子的家门口晕倒，而后被讨饭花子的头头的闺女金玉奴一碗豆汁救命，这一情节，虽然过去了五十多年，依然记得，印象颇深。而且，还记得这出戏那时叫《豆汁记》。所以，那天，在报纸上看到长安大戏院要演这出戏，提前两个月就去买票，售票员告诉我，我是第一个来买的，座位敞开地挑。

看《金玉奴》，也是看自己远逝的童年，让一出戏和记忆做个对照，所谓人生易老戏不老。

我对京戏所知甚少，进了长安大戏院，看巨幅的招牌广告，才知道，为纪念北京京剧院建院30周年，演出的剧目很多，《金玉奴》只是其中一出；名角也是很多，《金玉奴》里的演员都是小字辈，所以，其他场戏票最低50元，而《金玉奴》便宜点儿，最低只要30元。

但是，看了《金玉奴》，真的觉得不错，不见得就比名角儿差。两位年轻的演员朱虹和常秋月，分别演出了上下半场。到底是年轻，扮相就是漂亮，逼人的青春气息遮不住，满台四溢，会让老一辈人想起以前的女旦名伶童芷苓、言慧珠，或更早一些的刘喜奎刚刚出道时那年轻样子。更可贵的是，她们二位将金玉奴这一角色，演绎得个性突出，且性格随剧情发展层层递进，富于难得的鲜活变化。朱虹的活泼娇羞,常秋月的痛苦沉郁,都处理得得心应手,各有各的侧重,各有各的绝活。上半场金玉奴让父亲替自己向公子求婚时二八少女情窦初开的情怀,碎步轻摇,腰身袅娜;下半场金玉奴落水之后犹如被江水漩涡卷走旋转下场的台步,以及最后洞房里一大段浓情似火的唱,汪洋恣肆,淋漓尽致。

这是一出荀派的老戏,我没有看过荀慧生先生的演出,也没有看过其他人的演出,无从对比朱虹和常秋月与前辈的长短优劣,但凭直感和当晚观众热烈的掌声反应来看,应该说,她们的演出是成功的。过去老戏迷看戏是要看角儿的,所以才有了四大名旦和四小名旦。名角儿和观众是相辅相成的,名角儿和演出也是相辅相成的,也就是说,没有观众追捧刺激的激励,没有演出场数积累的锤炼,演员是成不了名角儿的。

因此,我一边看戏一边就想,这样优秀的年轻演员,应该多登台演出才是,而且应该多登台演出属于自己的戏码才是。我问了问身边的戏迷,他告诉我《金玉奴》这出戏两年前演出过。心里便想,一出戏如果两年才轮到演出一次,这未免太少,再好的角儿也耽误了!前些天看电视里主持人采访豫剧老演员马金凤,马金凤说她一辈子演了两万多场戏。如今,谁赶得上?又想,过去老北京的戏班子多,彼此竞争激烈,必得演出的戏多不重样才行;再说了,老北京的戏园子多呀,演员演戏的机会自然就多,一出戏在几个戏园子演一个轮回,无形中就多演了好多场,唱功和演出的经验,以及人气就这样积累了起来。如今,这么大的北京,区区只剩下了长安大戏院和梅兰芳剧院,正经演出京剧了。

人生有代谢,往来成古今,不管怎么说,老一辈的演员毕竟老了。记得张恨水先生最爱看梅兰芳的戏,新中国成立以后,他的孩子好不容易给他弄来了梅兰芳演出的戏票，他却不去了，不想看到舞台上梅兰芳年老的样子。荀慧生老时，老作家黄裳先生说："脸若银盆，眉如漆扫，只能闭眼听戏了。"前些天看梅葆玖演出《御碑亭》，他只演了短短一折，那么大岁数了，唱和以前无法比，台步更显得老迈了。如此一想，培养新一代的名角儿确实迫在眉睫，让年轻演员能够多有登台演出的机会，对于国粹京剧的传承，该是至关重要。

黄裳先生是位老戏迷，在他的《老戏新谈》一书中引过这样一句老诗："收拾铅华归少作，屏除丝竹入中年。"我不知道朱虹和常秋月如今年纪多大了，但觉得未来应该归于她们，舞台应该多给予如她们一样优秀的年轻演员。日子并不扛过，转眼之间，她们就将进入中年，她们自己应该珍惜，我们更应该珍惜。虽说姜是老的辣，但好多地方需要带露折花，和春当神。

悲剧怎么就落在了西施的身上

到长安大戏院看诸暨市越剧团演出的《西施断缆》，观众极多，几近爆棚。我对越剧所知甚少，不清楚这是出老戏，还是新编，听唱词和伴奏，看背景与舞蹈，现代味很足，暗自猜想，会是越剧为迎合新时代的观众而做的努力吧？

历来对西施的传说和演绎不一，但有这样两点大致却是一致的：一是西施是中国有名的美女；二是西施在吴越之战中以身救国，换得弱小的越国的胜利。所谓的美人计之中，西施成了令人赞美的美女兼英雄。

中国的历史，一直处于男权统治下，在国与家、集体与个人、男人与女人的平衡系统和价值系统里，女人总是要成为最先的牺牲品。特别是在战乱之时，民族危亡时刻，极其愿意将女人推向第一线，而且还特别愿意用西施这样所谓的"身体政治"或"情色政治"，完成传统社会中对女人从红颜祸水到巾帼英雄的转换和塑造。过去中国有一道词牌，就叫作《西施》，宋代著名词人柳永曾经专门用这道词牌写过西施，他说西施从越国到吴国之后：后庭恃宠，军前调态，朝欢暮宴，媚悦君怀。所持的态度和语气，延续着传统的论调，也可以说，所有论及西施的，几乎都是这样大同小异的腔调。说起来，对西施真的不公平。

此次越剧《西施断缆》中的西施，很容易成为这样的一种约定俗成的演绎。这种演绎，几乎成为我们民族的一种民间心理的认同，从来红颜多祸水，和自古巾帼出英雄，是垂挂在我们心头和潜意识里工整对仗的上下联。其中《西施断缆》中的"断缆"，不仅成为全戏的高潮，而且也把西施架在火上炙烤。炙烤出来的结果，是西施的贞洁烈女之心和貌似壮烈的悲剧，同时也是我们作为男权社会里所有他者的尴尬。

我想起雨果的长篇小说《九三年》，那里也有一个女主角，叫作佛莱莎，带着三个孩子。她同样出现在革命战争的关键时刻。和我们这里惯常表现不同的是，雨果没有让女人作为革命的牺牲祭品，而是让这个女人带着她的三个孩子出现在大火里，革命与反革命敌对双方的代表，三个男人为救她和三个孩子而进行了一场同革命意义同等重要的人性的选择，而不是让西施断缆而去，用我们自己的手，将心爱的女人送入敌手之中，送入大火之中。如此相比，我们对于西施似乎少了许多怜香惜玉，而显得无情，至少是尴尬。

有意思的是，此次诸暨市越剧团演出的西施，毫不掩饰地演绎了这种尴尬，并且不甘心这样的尴尬而力求新的出路，让他们的西施有一点儿别样的不同。在传统戏剧和民间传说的甄别筛选之中，可以看出他们的仔细与用心，以及努力别出机杼的翻新。

在传统的吴越之战的演绎里，范蠡总是以正面主角出现的，他为国牺牲了自己所爱的女人，以及最后赢得胜利后带着心爱的女人一起功退归隐，泛舟湖去，形象高大动人，符合中国传统的美学原则和道德精神。这一次的范蠡却不尽相同，西施的表姐痛骂他负心而背叛爱情，虽显得多少有点现代，却表达出了他们对于西施所处男权社会所做牺牲的一种新的理解和诠释。是范蠡把西施一手从爱情的悬崖推入情色政治的漩涡，还要打着爱国的高尚旗号，范蠡便不仅有悖于爱情与人性，更透露着虚伪和卑劣。西施便不像以往，只是面对红颜救国的一种选择，而多了另一种对于爱情的选择。于是，才多了西施面对范蠡失望后投江自尽的戏，使得戏多了以往戏里少有的人性的复杂与起伏，使得西施的形象更加丰满可爱。

戏的高潮，西施被救之后还是踏上舍生取义之路。范蠡紧追赶船只，拉住缆绳不放，显得有些矫情和做作，只是此时此刻的西施断缆而举身赴吴，让戏又过于轻而易举地落入老套，是此次越剧演绎努力突围中的落网，显示出他们和我们共有的尴尬。

当然，我们也可以这样认为，此次西施断缆，不是一次突围中的落网，而是突围中的挣扎，可以看作既是对于以身许国的决绝，也是对爱情告别的决绝。西施的光彩，便不止于传统戏里爱国救国，而有了对男人苍白的爱情与男权顽固的社会的些许批判色彩，而使得戏的主题有了多义性。无疑，这是值得称道的。特别对于传统戏剧，面对继承与创新的双重考验，诸暨市越剧团为我们做出了可贵的尝试和努力的奉献。而作为观众，遥远的西施和现代的我们，便能够彼此拉进，互为镜像。只是，这种内容改造的不彻底性，还是显示出他们和我们共有的尴尬。

打渔为何杀家

　　看电影录像《打渔杀家》，马连良的萧恩，张君秋的萧桂英，不要说唱，光看扮相，真的是漂亮。老爷子沉郁中的潇洒，姑娘俊秀中的天真，演员和戏中的人物，无论年龄还是气质，都是那样的吻合。特别是张君秋的桂英，起初都没有觉出是男人的表演，身材那样高挑，亭亭玉立，举手投足，一颦一嗔，真的比一般的姑娘还要漂亮受看。

　　这是1949年拍摄的电影。那一年，马连良四十八岁，张君秋二十九岁，正是好年华。

　　《打渔杀家》，从最初的多折戏只剩下如今"打渔"和"杀家"两折，可以看出艺术删繁就简的魅力，这是艺人和观众双向的选择和相互的作用力的结果。其实，这出戏的情节并不复杂，甚至可以说很简单。前半截"打渔"演打鱼者受渔霸和官方勾结之下的双重欺凌，憋气；后半截"杀家"演打鱼者忍无可忍仗剑而行连夜过江杀了欺凌者，解气。为什么如此简单的一出复仇戏，上百年来演出经久不衰？观众看戏看的是哪一处而引起心底的共鸣而忍不住地击节叫好？

　　不用说，以我看到的1949年版的《打渔杀家》而言，马连良的唱，张君秋的演，是吸引人的关键。但那是从剧情之外的演唱出发，是属于艺术的欣赏方面。从剧情本身出发呢？

　　看黄裳先生二十世纪四十年代谈到这出戏时著文言道："我爱这一出戏。它飘浮着一股浓重的忧郁气氛。英雄老去，归隐江湖，只有幼女相伴。"而这个天真无邪的幼女,从小失去母亲,从未出过家门,别家随父去杀仇人,"临刑之前,她居然还要锁门,还想着家中的家具。呜呼,如此善良的女性,难怪萧恩喟然而叹,说:'傻孩子!家都不要了,还顾什么家具呀!'听到此处正是要伤心一哭。京剧之妙,即在此等处"。说的是戏中儿女情长,属于戏之内的人情与人性方面。便使得这出戏不是打打杀杀的复仇戏,只注重外部动作,而有了内在的动人心弦的情感戏。

黄裳先生说得没错。好戏从来都是以情感为根基,外部再炫目的情节,失去了情感的血肉,烟花而已,即便灿烂,也只是一瞬的效果。更何况,这动人心弦的情感戏,发生在贫苦人家——且是一对失去家中主妇相依为命的父女——又且是一个只想过平凡日子的退隐老英雄,和一个天真可爱的小女儿的身上。这三重人物关系的设计,呈递进的关系,拧紧了戏中的人物关系血肉相连的密度,加深了戏的情感色彩和深度。这三重关系,又呈辐射的角度,最后的焦点集中在弱势群体上,是受到鱼肉乡里的官府相互勾结的势力欺压之下,且冤屈无处申诉的情形之下,忍无可忍,铤而走险,最后只好诉诸暴力。按照《打渔杀家》戏文里唱的,便是"块垒难消唯纵饮,世道不平剑欲鸣"。虽明知势力之所以成为势力,已经形成牢固锈蚀的链条,萧恩父女的铤而走险不过是杯水车薪,但依然可以大快人心语一时,满足于弱势群体对于恶势力的不满和对于救世英雄的渴望之情。

多少年来的历史,一直呈现这样弱势与恶势对峙的状态,而且一直没有得到根本而有效的改观。《打渔杀家》才一直能够得到共鸣。几乎所有无权无钱又无势的弱势人家乃至一般人家,都希望"打渔"能够是一种日常生活的常态,谁也不会希望铤而走险去"杀家"。

走到"杀家"这一步，都是最终连"打渔"都不能维持了。

看这出老戏，让我忍不住想起贾樟柯今年的新片《天注定》。电影里的四个故事，无一不是这样"打渔"不得而最终不得不"杀家"去诉诸暴力的极端现实。现实，总是历史的一种延伸。纵使我们的现实有了长足的发展，早已经不是后《水浒》年代，但萧恩父女的命运却依然梦魇一样，笼罩在不少弱势群体的头顶。不从制度上根本革除这些贪官污吏的滋生与攀升的渠道和土壤，暴力事件不可避免。从这一点而言，《打渔杀家》这出经典老戏久演不衰的魅力，在于京剧各派唱腔的荟萃和各路英雄故事的动人，更在于从历史到现实、从骨子到血液一脉相承的顽固轨迹。可以说，《天注定》是现实版的《打渔杀家》，《打渔杀家》是《天注定》的祖师爷。

为什么现在要演《窦娥冤》

　　总是顽固地以为,演《窦娥冤》,河北梆子最适合。河北梆子高亢而悲凉的腔调,和冤屈在心而无处诉说的窦娥,是那样的吻合,是心情天衣无缝的外化,让我们看得见听得清,最深刻又无奈的冤屈,原来就是这样撕心裂肺的。很难想象,用吴侬软语的昆曲演唱《窦娥冤》,窦娥会成为什么样子,悲苦的冤屈又会成为什么样子,会不会成为哭哭啼啼的"小白菜"。

　　看北京河北梆子剧团演出的《窦娥冤》,真的很感动。王洪玲扮演的窦娥,非常出色,扮相和做派,都没得挑。这是一出格外要唱功的戏,她的唱功从头到尾都是那样饱满而充满张力,特别是最后唱到"三桩愿"的时候,声腔并茂,气遏行云,真的是字字血,声声泪,袅袅余音里也都是浓得无法化解和飘散的悲怨和愤恨,难怪引得观众掌声连连。

　　我心里想,中国古语说的杜鹃啼血,恐怕就是这样子吧?又想,即使是真的窦娥,也未必能将自己的冤屈诉说得这样淋漓尽致,这样遍地开花一般四处炸响而荡漾起辽远的回声。况且,还有死后六月飞雪、三年大旱和血溅白绫的"三桩愿"。这是艺术赋予窦娥身上的拓展,让冤屈在艺术的浸泡之下,露渍霜晕,月重风凛,化为天上的雪花、地上的大旱和飞溅在半空中的碧血这样浓烈的意象,沉甸甸地砸在观众的心头,炫目地悬挂在舞台之上。

这就是戏剧的魅力。在世界戏剧史上，我没有看过任何一部剧作在描写冤屈方面能够赶得上《窦娥冤》的。真的要佩服关汉卿，写冤案的戏，世上有许多，《杨乃武与小白菜》也是写冤屈，要我说，赶不上《窦娥冤》。《杨乃武与小白菜》太实在，《窦娥冤》则不满足于实，而有了浪漫主义表现，便把冤屈表现得更深一层。特别是六月雪，你得佩服和感谢关汉卿的想象力是如此的丰沛，他让冤屈得到压抑之后的迸发，让无处伸张的正义得到了理直气壮的张扬，让一个孤独无助的弱女子获得了天威神助一般的力量。还有什么比得上三伏天漫天飞雪这样感天动地的力量？舞台上，还曾出现过如此震撼人心的壮观景象吗？心里便一个劲儿地想，为什么几百年来《窦娥冤》一演再演？只要这个世界上还有冤屈，就会有《窦娥冤》上演。关汉卿让窦娥和六月雪成了中华民族的一种民间象征。

　　要感谢北京河北梆子剧团的精彩演出，他们不满足于对于经典剧目照本宣科式的演绎，而希望老戏新唱，翻出新意。传统的《窦娥冤》是从窦天章卖女给蔡婆开始，如今的演出则把原来戏的后面章节提前，从窦天章翻阅案子，窦娥化为鬼魂与父周旋开始。这是很好的改动，如此一开场浪漫主义的处理，和后面六月飞雪的浪漫主义的结尾，呼应得契合，气脉贯通，而且有了现代的感觉。特别是他们对于一块长方形台子的运用，一会儿作为窦天章官府中的案台，一会儿作为窦娥晾晒衣服的院子，一会儿作为窦娥被关押的牢狱，简洁而充满形式感和象征性，以少胜多，充分调动了戏剧的虚拟性，非常中国化，也和戏曲的形式非常贴切。

　　只是剧的一首一尾，用多媒体的形式将祈雨中龟裂的大地和纷纷而下的雨水，那样实实在在地加以表现，我以为多余，有些画蛇添足，戏到漫天飞雪结束就已经恰到好处。如今戏曲舞台花样翻新，流行向影视靠拢，其实和传统戏曲艺术是相背离的。我们的河北梆子犯不上赶这个时髦。

曲剧该是一种什么味儿

如今，在北京讲究的是登长城、吃烤鸭、逛燕莎。在老北京，却是如果不喝一碗豆汁，不逛一次大栅栏，不听一回曲剧，算不上一个地道的北京人。这么说，并不是有意抬高曲剧，京剧和评戏也是北京人必不可少之选，但相比较而言，曲剧更下里巴人一些，地道北京的腔调北京的味儿，更为一般普通老百姓所接受。否则，无法理解二十世纪六十年代，《杨乃武与小白菜》一连能够演出三百多场。

这要归功于魏喜奎和老舍先生的倡导和身体力行，要归功于北京曲剧团几十年来几代人的不懈努力和薪火相传。2009 年 9 月上演的曲剧演出季一共十出新老剧目，便是他们的心血结晶。

如今地方剧种处于弱势，生存普遍处于艰难之势，花样繁多却也如二八月乱穿衣的演出市场，容易让观众在选择之中乱了方寸，热闹和奢华、搞笑和乱炖、崇洋或媚外的样式，洋溢并走俏在商业化和娱乐性的舞台上。如此蓬随风转之中，能够守身俟时，将曲剧这样地方剧种坚持六十年，实在并不容易。因此，虽然并不懂曲剧，但我对曲剧一直怀有敬意，以前曾经看过《北京人》和《正红旗下》，这个演出季，特别去看了《烟壶》和《杨乃武与小白菜》。

应该说，演出都很精彩，具体比较，坦率地说，还是觉得老戏更有曲剧的味儿。在我仅仅看过的四出曲剧里，以为《杨乃武与小白菜》最突出。特别是宿晓默出演的小白菜，虽然扮相略显苦相，没有当年魏喜奎俊朗,但那苦相却也和苦命的小白菜相吻合,而且关键是能够听出几分魏喜奎奉调大鼓的味道来,触摸到曲剧隔代传承的轨迹。戏的结构更是好,一环紧套一环,严谨干练,毫无旁枝横倚,又紧扣人物的命运发展情节,扣人心弦,动人心魄,能够看出老一辈艺术家在艺术实践之中千锤百炼的成果,有以往三百多场演出做底子,是经过了时间和观众双重考验的,不含糊。

演出结束,回家后兴犹未尽,在网上特意找到了魏喜奎演的《杨乃武与小白菜》。应该说,魏喜奎唱得真是好,不得不佩服,特别有味儿。忍不住和刚刚看完的宿晓默饰演的小白菜做对比,我在想,这个味儿究竟是什么味儿?

作为从奉调大鼓和北京评书脱胎繁衍而成的曲剧,这两者构成的味儿,不简单只是一加一等于二的二合一的味儿。那样的话,便只简单地起到了戏曲里传统曲牌的作用。无论奉调大鼓,还是北京评书,流行于老北京,都是以说唱艺术的形式,和民间百姓的心理和趣味同构。因此,从某种程度而言,曲剧的味儿,就是老北京的味儿;曲剧的味儿,是老北京的这个特殊的味儿才行。

在这里,我特别强调的是老北京的味儿,是和新北京的味儿有着明显的区别的。拥有了这样老北京的味儿,曲剧才有了自己的特色,自己的魂儿,让人们看了才能够涌起怀旧之情,拥有了属于老北京的乡土之息和烟火之气,也就是说,才接上了地气。所以,即使现在我们来听魏喜奎和关学曾的老段子,哪怕只是短短的一小段插曲或引子呢,也会感到是味道十足,听他们二位的唱,老北京一幕幕就栩栩如生地在眼前荡漾,那味儿是和老北京的胡同、四合院,和天棚鱼缸石榴树、先生肥狗胖丫头联系在一堆儿的,那地道醇厚的北京味儿,就跟吃了芥末墩一样,一个劲儿地往上蹿。

这样一想，今天的演出虽说已经够好，如果精益求精，总觉得还少了那么一点儿味道，特别是唱词衔接处和结尾的拖腔，魏喜奎唱得不费力，水到渠成，妙自天成，余音袅袅，不绝如缕。看来不仅是嗓子的功力，我们今天的演员的嗓子一点儿不差，关键是对曲剧这门地道北京艺术的理解和传承的问题。

因此，如果说我此次看曲剧觉得稍稍不过瘾的，或者说要提点儿意见的话，那就是如何深入学习继承老一辈的技艺，把曲剧唱出曲剧的味儿来，还真的需要再琢磨琢磨，下下功夫。特别值得注意的是，我还想说下面两点，我把它们概括说来为"两不靠"，供诸位参考——

曲剧虽说也是一种戏剧，但脱胎于说唱艺术，其说唱的特点要格外强调。也就是说，既要吸取其他戏剧形式的优点，又不要失去说唱艺术的本色。说唱艺术的本土化和民间性，决定了曲剧一定属于下里巴人，而没有必要使劲地往阳春白雪那里靠。

另一点，不要向歌剧靠拢，歌剧姓歌，曲剧姓北，两股道上跑的车。曲剧自身说唱特点，不仅靠嗓子，更得靠味儿。现在的音乐有庞大的乐队支撑，丰富倒是丰富了，但也得注意别失去或淹没了曲剧原本弦子和大鼓的主体音乐伴奏的织体。京剧在样板戏时期，也曾经用管弦乐队伴奏，但现在基本改了过来，回归传统的老几样简单伴奏了。听魏喜奎的演唱，伴奏比起现在简单得多，味道却足，这里的原因是什么，我不懂，但值得行家研究。

老板的汗血马和骆玉笙的花盆鼓

如今,新编或新派京剧,总是令人怀疑。有些艺术,特别是古典艺术,"新"字常常是顶在奶油蛋糕上的那一粒樱桃,不过是噱头而已。新近,由美籍华人跨界导演,推出的一场新派京剧《霸王别姬》中,就是这样打着"新"字牌的一出蹩脚的京剧。剧中最令人叹为观止的是,最后竟然不伦不类地牵上一匹汗血马,充当乌骓马抖擞上台,在乌江边让霸王与之告别。看最新一期《三联生活周刊》的报道,这匹汗血马价值几百万元,是投资排演这出京剧的老板的心爱之物,他希望导演让这匹汗血马登台露个脸儿。于是,这匹汗血马和霸王一起联袂成为戏里的一个角儿。

这实在是件有意思的事情。资本介入艺术演出的市场之后,无论国内还是国外,历来什么事情都可以发生。以前听说,投资戏和影视的老板为捧红自己心爱的女人,要求导演让其出演主角或其他角色,凭着老板的财大气粗,导演和剧组无可奈何,只好签下城下之盟,让一些并不着调的女演员在戏中滥竽充数。没有想到,由于老板的喜好不同,如今的老板改换了章程,变女人为汗血马。

此番汗血马慷慨亮相,照导演谦虚的说法,是给观众一点儿小的惊奇。其实,牵真牲口为活道具,这算不上什么新鲜和惊奇,好多年前,在北京体育场上演威尔第的歌剧《阿依达》,早就请来真的骆驼登台上过场,不过是作为炒作的卖点而已。再早还可以举出京剧名角儿金少山的例子,在二十世纪三十年代,演出《扒蜡庙》时,就曾经架着一只活鹰登过台,可以说是今天《霸王别姬》中这匹汗血马的鼻祖。

要说舞台上真让人叹服的创新和惊奇,倒让我想起了已故的艺术家骆玉笙老前辈。

曾经看过这样的一段录像,是八十岁高龄的骆玉笙演唱京韵大鼓《击鼓骂曹》。过去京剧演员常常演出这一折戏,击鼓是戏中重要的表现手段,当时有名的杨宝忠和贯大元在戏中击鼓的鼓套子,都曾经令人格外称道。这一段京韵大鼓,来自对京剧的改编,是一个传统的老段子。骆玉笙师从少白派白凤鸣先生。但是,无论白先生,还是以往演唱这段《击鼓骂曹》的其他演员,都只是单手击打板鼓。骆玉笙为了演唱更加身临其境,更加富有韵味,改一般常用的板鼓,而将一个浑身通红的花盆大鼓请上台来。那大鼓状若硕大的花盆,骆玉笙站在鼓前,显得格外娇小玲珑,便越发显得鼓大而强劲有力。这是以前京韵大鼓没有出现过的道具。为此,骆玉笙专门向京剧名家杨乃鹏一板一眼地学习击鼓,练得炉火纯青。显然,这也是京韵大鼓从未有过的表演方式。

在唱完弥衡一通鼓"惊天动地",二通鼓"悲喜交加令人惊",三通鼓"似有金石之声",再唱一句"众公卿凝神倾听"之后,骆玉笙弃板鼓而击打大鼓,先鼓点,后加入胡琴声,时紧时缓,时高时低,密如骤雨,疏似断鸿。最后,声声紧逼,步步惊心,将那鼓点打得真是出神入化,让这一通纷繁错落的鼓点为现场营造出来不同凡响的气氛和气势。一长段节奏分明的鼓点之后,骆玉笙张口再唱,才有了后面弥衡的骂曹。如此前面的击鼓成为表演也成为内容不可分割的组成部分,使得后面的骂曹有了足够的铺垫和渲染,才显得水涨船高般让这一段大鼓达到高潮。于是,这个花盆大鼓和弥衡一起成为了主角,骆玉笙让它有了突出的形象,也有了缤纷的声音。

任何艺术形式都需要不断地创新,创新是没有错的,只是创新不是哗众取宠,不是非要将老板的心爱之物亮相于舞台。因为舞台自有舞台的规律与规范,不是老板的私家花园或多宝格,非要将其宝马拉出来遛遛,或将其他宝贝展示出来看看不可。特别是京剧,是讲究虚拟的写意艺术,几副桌椅和一道帷幕,都能够调动起五湖风雨、万里关山,并非戏中有马就一定得牵匹活马上来。骆玉笙年迈时演唱《击鼓骂曹》,请上花盆大鼓,无疑是借鉴了京剧的内容而丰富了京韵大鼓自身的表演形式。过去,京剧里讲究"冷锣"和"急鼓"。周信芳演戏时便常用"冷锣",他道白:"此话怎讲?"紧接着便是一声"冷锣",气氛一下子别开生面。而京剧开场前的急急风中"急鼓"的作用,常常是整场气氛的烘托。骆玉笙衰年变法,将京剧的鼓点融入京韵大鼓里,将鼓点不仅是起伴奏的作用,而且和内容和人物和情境融为一体,把一段传统的《击鼓骂曹》演唱得高潮迭起,别具一格,这才是真正的创新。

在舞台上,请上汗血马,和请上花盆鼓,都算上是别出心裁,但真创新和伪创新的区别,明眼人还是能够一眼望穿的,那便是一个是为了艺术,一个是为了自己;一个是为观众倾心,一个是为资本屈膝。

《牡丹亭》的手机声

在报纸上看到了北方昆曲团要在长安大戏院演出《牡丹亭》,早早就去买了票。心里有思想准备,昆曲在北京远不如歌星或笑星的演出那么热闹得爆棚,而且,演出之前,剧团也没怎么宣传。但到剧场一看,比我想象得要好,人很多,特别是年轻人不少,一打听,不少是戏曲学院的学生,不知是有票还是没票,演出开始了,他们(也许不仅他们)还在乱找座位,人影幢幢,第一折"训女"基本没有办法看。

说来惭愧,这是我有生以来看的第二场昆曲。第一场是两年多前在中国台北看的江苏昆曲团演出的《钗钏记》。竭力劝说我看那场戏的龙应台对我说过,《牡丹亭》当是昆曲中最美的,更能够体现昆曲的特色和魅力,便想一定要看。等了两年多,杜丽娘和柳梦梅终于在姹紫嫣红中翩翩向我走来。

与我仅仅看过的一场南派昆曲相比,北方昆曲团的演出似乎在布景的处理上多了浓郁的色彩,剧本的删繁就简更大刀阔斧一些。至于表演,我不大懂,却一样赏心悦目,特别是梅花奖得主魏春荣扮演的杜丽娘,游园惊梦中载歌载舞,裙裾飘逸,长袖舒卷,无论唱功,还是做派,都是那样的气脉贯通,诗意盎然,足令天雨花、石点头。"拾画叫画"中,杜丽娘和柳梦梅一段人鬼情未了,在小小的舞台上,没有任何的道具,只有音乐、唱段和舞姿,演绎得是那样情深意切,感天动地,出神入化,勾魂摄魄,真是令人叹为观止。

我一边看，一边不住佩服汤显祖，四百多年以前编的戏，一点儿不输于莎士比亚（罗密欧与朱丽叶能赶得上杜丽娘和柳梦梅吗？），现在谁又能够赶得上？说是古典的，现代的玩意儿，比如象征、写意、诗化，乃至心理刻画中的意识流，上天入地的无技巧剪接，一一在里面都能够触摸得清晰、鲜活而生动。就是你一句唱词也听不懂，你只要知道这是一出渴望爱情而使人变成鬼，在爱情的感召下重新赢得了生命的剧情，你就一定能够看得懂。杰出的戏剧，就是有这样的魔力，那是一种能够迅速连接起人们心灵无须翻译的世界语。上海昆曲著名演员梁谷音，到美国华盛顿演出《琵琶记》中的"描容"一折赵五娘祭祀公婆的戏，没有字幕，就凭着一纸简单的剧情说明书，不就把美国人都看得涕泪四流吗？

同时，我也在悄悄地想，如果把这出昆曲改编成话剧或歌剧行吗？改成话剧是肯定不行，不要说汤显祖那唱词中的韵味会大打了折扣，就是许多人鬼之间写意的东西，也容易在话剧中水土流失，出来的根本不是那味儿了。改为歌剧就成？也难说，歌剧中或许能够保留着昆曲中原有唱腔优美的东西，但杜丽娘那种舞姿翩翩就难以有淋漓尽致地体现，而杜丽娘那种芭蕉叶上雨、芍药梢头风一般的载歌载舞，如写意的水墨画一样，晕染在整个舞台之上，恰恰是昆曲中独一无二的呀。也许，只有音乐最合适表现它，已经有了一首闻名世界的小提琴协奏曲《梁祝》，如果再有一首杜丽娘和柳梦梅的《牡丹亭》，肯定是不错的选择。

不过，在艺术的选择问题上，从来都体现着艺术家、观众和社会共同所构成的艺术趣味和价值标准。在一个浅薄得如同一支火炬冰激凌入口即化的小品和流行歌曲走俏的现实面前，年轻人对昆曲的冷漠，是必然的，却也是无法挽回的损失。作为和古希腊戏剧、印度梵剧并称为世界三大最古老戏种中的一种，昆曲是唯一硕果仅存的，说它是我们民族的骄傲，一点儿不为过。如果一辈子没有看过一场昆曲，实在是一件无法弥补的憾事。已故的戏剧家陈白尘老先生曾经愤慨地说："中国大学生都应该以不看昆曲为耻。"恐怕再也难以出现为梅兰芳和俞振飞联袂演出昆曲不惜花一条黄金买一张门票的壮观了，那样的前尘往事，落花流水春去也。

昆曲就是现在我们自己的一面镜子，许多我们民族带有根性的东西，都从这样的镜像中飘落散佚，拥有五千年悠久文化历史的我们，常常在许多方面变得已经没什么文化。似乎是为了给我这种想法注解，在演到"拾画叫画"的时候，我身边的手机突然像是被踩着尾巴似的惊叫了起来，因为正在杜丽娘的一唱三叹的唱段中，那声音显得不那么和谐，却使得《牡丹亭》有了意外的一种间离效果，似乎是古代和现代、内心诗意的表达和数字化直白的宣泄，完成了无意却有趣的对比和拼贴。想想在《牡丹亭》中有这样的句子："有风有化，宜室宜家。"自然，那是陈最良老儒对当时年轻人的训诫，却像是为今天编好的一样，如今的小资们的有风有化是表现在去宜家买家具，去星巴克喝咖啡，去哈根达斯吃冰激凌，能够有空来看一眼昆曲的已经很不错了，就不能够再怪他们的手机了。

戏结束了，我身边的年轻人正在忙着或是打电话或是发短信，顾不上掌声中仅仅一次的谢幕。我还在鼓掌等着演员的再次谢幕，但那幕布再也没有打开，一会儿的工夫，观众已经走了大半。我还是忍不住和在中国台北仅仅看过的那一次昆曲做对比，响亮的掌声中，演员谢了一次又一次幕，观众迟迟不肯离去。据说，上海昆曲团在中国台北演出《牡丹亭》的时候，全场轰动，掌声更是热烈得让演员根本谢不了幕。

眼前的大幕却紧紧地闭合着。

繁华落尽后

——《风雪夜归人》琐谈

　　雪后到国家大剧院看话剧《风雪夜归人》，心里充满期待，也担忧。这是一部七十年前的老戏，妓女与戏子，中间横插着官僚与小人，老套的情节与人物的演绎，特别是妓女玉春这一形象，带有明显说教色彩的启蒙者的意味，会不会让今天的人特别是年轻人感到新意乏陈而有所抵触？

　　没有想到，无论导演还是服装、舞美、音乐，都被处理得朴素熨帖；其戏的主旨，美与丑、高贵和卑贱、别人手中的玩意儿和不甘当玩意儿的自由解脱，都被提炼得真实，并与现实连接得可触可摸，足可以触动有心人，让人感慨戏并没有完全过时，而仅仅沦为一首怀旧的老歌，一件可以把玩儿的带有包浆的古董。

　　除了王新贵的表演者有着明显的表演痕迹，魏莲生和苏弘基，乃至李蓉生和马二傻等配角，都表演得很有节制，很朴素，一点儿不张扬。正因为前面的表演不着痕迹，苏弘基最后那一嗓子："玉春儿"，才格外惊心，将那种百感交集的感情以语言的形式表现出来，将话剧艺术的魅力还原于"话"的本身，而不是借用外在形式过于用力地包装。

　　更为值得一提的是导演任鸣，没有将戏编织成一片云锦般绚烂，而是朴实却针脚细密剪接得如一套旧戏装，风尘仆仆，汗迹重重，又有水袖轻拂，裙袂叮咚，簪花袭人，暗香浮动。特别是结尾处，戏子莲生倒毙于大雪纷飞之中,天幕中莲生复活,持前后贯穿的那枚道具,一把折扇,一袭红衣,翩翩起舞,与白雪映衬,真的让人感动。只要想一想前两年北京人艺复排曹禺的一出老戏《家》,鸣凤沉水自杀,被处理得沿荷花塘反方向以慢动作的形式袅袅地舞蹈而去的相似处理,便可以看出,此次《风雪夜归人》处理得更为有节制,新颖的艺术手法的运用,点到为止,一点儿不造作,和人物与情景融为一体,留有余味,剧终而魂还在,曲终而人不散。

新时期话剧舞台三十余年来,可以看出话剧人不甘心于斯坦尼一统天下,开始有了布莱希特、奥尼尔、荒诞派、现代派,乃至请来阿瑟米勒现身说法亲自导演激进的左派。一时间,无场次、间离法、意识流、时空交错、跳进跳出,甚至借用电影大片的制作手法、灯光舞美现代高科技的招呼,和浩浩荡荡工人上场的原生态,以及全明星走马灯式堂会般的大展览……话剧有了前所未有的发展,却也如二八月乱穿衣一样,泥沙俱下,甚至唯新是举,有爱看热闹的,有爱演热闹的,有爱导热闹的。在话剧舞台上,见到是做加法的多,做减法的少,便水涨船高显得越来越花哨,越来越热闹,越来越臃肿。

在乱花渐欲迷人眼之后,重新看到今天《风雪夜归人》这样做减法而干净利落的话剧,不仅可以看出是导演和演员对前辈吴祖光先生的致敬,是对传统现实主义的致敬,同时,也可以看出繁华落尽见真淳,朴素真诚的艺术,自有其独在的魅力。

艺术,从本质而言,应该是朴素的。古老戏剧本身便是诞生在乡间朴素自然的祭祀活动之中。即使到了十六世纪文艺复兴时期莎士比亚时代鼎盛的话剧,大众舞台上依然是极其朴素的,而非浓墨重彩,峨冠博带。十九世纪,辉煌歌剧的创作者意大利的音乐家威尔第,曾经这样说:"没有自然性和纯朴素的艺术,不是艺术。从事物的本质来说,灵感产生纯朴。"他是针对当时那些华而不实的意大利歌剧,和当时颇为盛行却是颇为注重外在形式而庞大无比的瓦格纳歌剧。

不知从什么时候开始,我们的话剧变得越来越奢华,舞台上从人物到情节到形式变得越来越臃肿。在影视和多媒体的影响和逼迫之下,我们当然可以借鉴并拿来为我所用,但并不是非要向它们靠拢,而将自己削足适履,将话剧变成自己手中可以肆意摆弄的魔方,或眼花缭乱的万花筒。

《风雪夜归人》如今朴素的演绎,有种返璞归真的感觉。它让我想起前不久北京舞台上演出的布鲁克的《情人的西装》,一样也是删繁就简犹如冰冷骨架的朴素而尖锐。或许,这样两出话剧,能够给予中国话剧一点儿可贵的启示,如同《风雪夜归人》里苏家的那副前后两次有意出现的对联一样提醒并警醒我们的启示。朴素还是有力量的,这力量来自艺术本身,也来自我们对艺术与现实关系的认知、把握和定力。

座中多是戏中人

——《名优之死》观感

看任鸣导演的新戏《名优之死》，想起他前几年导演的《风雪夜归人》，都是将目光移至京戏，移至前朝。《风雪夜归人》，他导演得中规中矩，更多侧重舞台的凄美，侧重艺术爽朗的单纯，向前辈致敬。《名优之死》，则对田汉先生九十年前的剧本做了大量的改动，侧重对现实的关照，明确的旧瓶装新酒，以田汉之旧作浇心中之块垒，便不仅是致敬之作，而是创新之作。

尽管如今京戏并没有随着申遗的成功而景气，但是，京戏所面临现实的种种困惑，却一直得到有识之士的沉吟和思考。在话剧舞台上融入传统戏曲的元素，致力于中国话剧艺术的民族化，任鸣一直在做着艰苦的努力。《名优之死》，显然比《风雪夜归人》更显示其努力向前的辙迹。将更多戏曲丰富而生动的"玩意儿"，立体地展现在话剧舞台；将对如今现实指陈的靶向意义，更明确更尖锐地从原作中提炼出来，这样两种的努力，《名优之死》比《风雪夜归人》更具有导演的主体意识，更展现演员的艺术涵养，便也更值得重视。

任鸣将传统戏曲中的教化作用，在这部新戏里也得到尽情地挥发，这在戏的首尾呼应地宣读祖师爷的训示中，可以看出他的良苦用心。任鸣显然并不满足这样旧式直白的宣示，而努力于戏中主要人物刘振声和刘凤仙师徒之间的戏剧冲突中，比原作做出了更为精炼、突出而富于艺术化的一步步展示。

特别是在第一幕刘凤仙要跟着杨大爷走的时候，正在勒头准备上台的刘振声突然一步上前挡在了他们两人之间，刘凤仙只好绕道而行，刘振声和她走了一个圆场式的台步，慢动作，没有一句台词，却将彼此心境尽得渲染。此时只是师徒二刘矛盾的初始，处理得都留有分寸，算得上是此时无声胜有声，留有想象的空间。

　　第三幕，刘凤仙真的要决绝于舞台随杨大爷而去，两位小姑娘先给她拿来戏装，她没有穿，刘振声接过戏装为她穿上，两人又是一场圆场式的台步慢步环绕，却和第一幕已经完全不同。刘振声为其双手穿上戏装、一手扒下戏装，又一手摔下戏装，这样一连惯的三个戏剧化的动作，层次分明，递进迭加，达到最后人物心理与戏剧情节的高潮，双峰叠起，巧妙而完美地借鉴了传统戏曲的表演程式，让我想起了《锁麟囊》里的"三让椅"一折，最见导演的功夫。这种对传统戏曲不是皮毛而是真正富有内涵的借鉴，打通中国戏曲与西洋话剧两脉，使之相互融合，为百年中国话剧民族化的探索做出了卓有成效的努力。同时，也让人艺的话剧，不再只是老舍的《茶馆》模式经年不变的一花独芳。

　　正是在这样富有戏曲程式的话剧演绎中，《名优之死》将对现实的指陈有了艺术的说服力。任鸣和新人闫锐(他饰演的刘振声，在全剧最为出色，能见他积累的功底和做足的功课，其他话剧团如果也想要演这部戏，找这样一位主角难度恐怕很大)联合导演的这部新戏，弱化了原作对西洋外来文化对中国的影响，而强调了艺术面临万花筒一样巨变时代的躬身自省。也就是说，面对金钱，面对市场的种种诱惑，艺术应该怎么办。在剧中，一再强调的是听从"座儿"的，还是听从艺术本身也就是刘振声所说的"心里的座儿的"，便成为了矛盾的焦点。最后的名优之死(为了强化这个"死"，特别将最后刘振声演出的戏码改作了《上天门》），便不再只是个人对现实的反抗，而具有了某些悲壮的意思，亦即有几分"娱乐至死"之类新时代的象征意义。任鸣所强调的"规矩"，其实就是面临钱与权双重考验下艺术的底线。最后轰然倒下的名优之死，如一把利器尖锐地展现在我们的面前。

在剧中，刘振声有一句台词："出将入相生死门，座中多是戏中人。"我们谁也逃脱不了这个尖锐的现实，只不过有很多人掩耳盗铃装作视而不见，或者早已赚得盆满钵满，养尊处优，而任鸣带领着一帮年轻人，这一次在话剧舞台上含蓄温柔却富有良知地撕下一道口子。

既然是对原作的改写，其实，任鸣完全可以再大胆些，甚至可以做出颠覆性的改写。尤其是对左宝奎和萧郁兰，甚至是串场人物琴师，可以适当增加他们的戏，让他们哪怕是其中一人有更大更强烈的前后变化，以加强名优之死的现实因素，和现在所要阐释的主题。

其次，为了突出这一主题，将二刘之间既有师徒之情又有父女之情还有男女之情这样丰富的情感，如今删繁就简只剩下了师徒之情，让刘振声这一形象显得棱角有余而情感失之单薄。记得原作第二幕中的床上是帘帐的，其中一道透明薄纱的帘帐内外师徒二人情感的细波微澜，尽可表演得委婉有致。可惜如今将这一道帘帐去掉，光秃秃的床出现在舞台一隅，失去了戏剧演绎的空间感，也失去了舞台的美感。希望任鸣带领着他的这一群年轻人将这部新戏打磨得更好，让它成一部新经典。

《大讼师》中的主角

话剧《大讼师》脱胎于京剧《四进士》，主角还是宋世杰。

坐在首都剧场看人艺新戏《大讼师》，首先被震撼的，是先出场的河南坠子的老艺人。一束追光灯下，他坐在舞台偏僻的一隅，手里握着一把老琴，腿上绑着一个击打节奏的打板，几乎面无表情地在拉琴演唱。他的声音却一下子穿透舞台，回荡在整个剧场中，犹如一只凄厉的唳鹤，踏雪冲天而去，带我到另一个世界而去。这个世界，不在眼前，而在遥远的时空之外。戏的主角和诸多人物，还没有出场，他先用琴和嗓子浑然融为一体的唱腔，营造出这样一个特别世界的氛围和历史的空间。

这是中国戏曲开场的独有方式，类似开场前的锣鼓点，纷繁抑扬，错落有致，先将观众带入戏剧规定的情景之中。这便也就是钱穆先生曾经说过的中国戏曲独具魅力的"锣鼓点中的诗意"。

中国话剧从西方引进已有百年历史，有意着力于话剧的中国化，《大讼师》有属于自己的明确的指向，它主要借力于中国古老的戏曲和民间的曲艺。首先出场以后每幕幕前出场演唱的，都是地道的原汁原味的河南坠子。形式上，很像《茶馆》里每幕前出现的数来宝，却比数来宝更能营造全剧的氛围，更吻合从传统戏剧《四进士》改编而来的《大讼师》戏剧本身，更能传达这个曾经真实发生在河南故事的乡土气息，便也更能唱彻世道人心。

《大讼师》改编于《四进士》，走的不是颠覆之路，而基本是原封不动的移植，这可以看出剧作家和导演对传统戏曲的敬意和认知。这是一种有意之为，在不动声色中表达对如今话剧的理解与求变求新的心情，乃至对痴迷西方话剧模式一些花拳绣腿的别样见解。

　　我国传统戏曲的故事都不是独创的，但每一出耳熟能详的戏曲里，都基本会包含着忠奸、善恶、义利的道义传达。因此，戏曲与话剧一个很大的区别便在于，话剧更讲究演，而戏曲则更在乎说。如何将一个老故事说好，说出新意，说得让人耐听，让人觉出和今天相关不远的意味，便是传统戏曲经年不衰的魅力。这一次，《大讼师》有意将河南坠子这样传统的民间说唱的曲艺搬上舞台，正可以为说好这个故事，找到了相契合的形式，和戏曲一起左右开弓，丰富并拓宽一些话剧艺术的表现形式，将这个古老的故事说得有滋有味，而且说得具有浓郁的乡土味道。

　　我国地域辽阔，乡间说唱样式的曲艺极其发达，因其具有民族基因，而渗透进我们的血液里。这些不同地域不同民族的曲艺形式，是我们各类艺术形式的丰富营养。以前，也曾有有识之士认识到曲艺的博大精深，做出过有益的尝试，如二手玫瑰乐队曾经将东北二人转改编进他们的演唱中，苏阳和谭维维等流行歌手也曾经将如甘肃花儿、华阴老腔等民间曲艺形式纳入他们的歌声里；前两年，人艺的话剧《白鹿原》，曾经请来地道的农民演唱老腔；更早些年，电视连续剧《四世同堂》，请来骆玉笙演唱荡气回肠的京韵大鼓，让我们至今记忆犹新。

　　今天，如《大讼师》将曲艺如此大幅度地运用进自己的演绎之中，有意识地将曲艺不仅作为背景音乐，不仅作为插曲，不仅作为每幕之间的串联，也就是说不仅仅作为点缀和渲染，而是作为自己剧情的演进,作为自己表演的内容,作为自己叙事的策略,作为自己血与肉的一个组成部分,而在全剧中血脉贯通。这样的话剧创作与表演的尝试,我还未曾见过。

因此,看完《大讼师》,曲终幕落之后,人们会发现,这出新编老戏的主角,不仅是宋世杰,不仅是四进士,也是这位河南坠子的老艺人。他同人艺的那些演员一起,参与了这出戏的创作。

身段的绝响

过去真正的老戏迷，看京戏讲究的是，一听唱腔，据说当年陈德霖在《祭江》里一句唱："清风一扫未亡人"，就能唱十多分钟，录制唱片要占一面。听的就是这迂回曲折的味儿，如今谁还有这样的耐心？

再一便是看身段。可以说，这两条，各挑起京戏的半边天。程式化的艺术，欣赏的就是这样的程式，情节和故事，已经不是那么主要了。

作为我这样京戏外行，没有经过专业的训练，对于唱腔的美轮美奂，难得其中三昧；但是，欣赏其中的美妙的身段，多少还是可以的。于是，身段便成为了我京戏入门的最佳也最直观的路径。

读前辈学者吴小如的著作《看戏一得》，他谈到身段在京剧里的重要性，提到当年余叔岩教授孟小冬时说："脊梁背上得有戏，转过身下场也得有戏。"这样的戏，靠的就是身段。吴先生还曾举俞振飞的冠生戏《太白醉写》为例，"他从不以正面亮相向着观众，一切优美的造型、俏皮的身段、佯狂的表情，无不借助于台上的侧身侧影，这就使得观众感到'这一个'李白所体现的内涵真是太丰富了"。我理解，吴先生在这里说的"造型""身段"和"表情"这三要素中，身段是最为重要的，造型与表情，也是需要身靠身段来衬托和带进，方可以相辅相成。

在前辈京戏演员中，四大名旦的身段最讲究，也最漂亮。可惜，如今已经无法欣赏得到了，只能从前人的文字中遥相想象了。我一直在琢磨，京戏里的身段，和舞蹈中的身段，是不一样的。不一样在哪里？一在于舞蹈里的身段可以尽是抽象，京戏里的身段大多和生活是密切相关联的。二在于舞蹈尤其是舞剧常常有幕布背景，比如《天鹅湖》，在真切的背景衬托下，四只小天鹅翩翩起舞，我们看着一点儿不别扭，相反相得益彰；京戏里是无须背景的，如果有了真实的背景，京戏里那些曼妙无比的身段就没法看了，起码打了折扣。

比如《文章会》，是一出小姐怀春的戏，但小姐身边的丫鬟在一旁插科打诨更有意思，有意思就在于丫鬟的身段。其中丫鬟打樱桃的身段最为著名，所以这出戏又叫《打樱桃》，当年荀慧生的丫鬟演得最出彩。舞台上只有一个板凳，别的什么也没有，全靠丫鬟在这个板凳的方寸之间做功课，那身段，不仅将一个天真可爱的丫鬟攀枝够树，边打樱桃边自己吃的劲头儿和风情都显示出来；同时更是平添了舞台的气氛和情趣，让观众的想象和演员的身段一起参与了演出和创作之中。如果舞台上放上一棵真的樱桃树，即便还是这些身段，一定没有了味道，大煞了风景。

同样，《战宛城》里曹操马踏青苗，也是戏迷要看的一段精彩的身段。当年侯喜瑞和郝寿臣老先生的这样一段马上马下的身段（据前辈吴小如先生讲，郝比侯更胜一筹），在麦田中行走中的趔趄与曲折，至今让老戏迷们回味。《李逵下山》里的李逵，二十世纪六十年代袁世海演李逵，台上只有一道素的幕布，别的什么也没有，他下得山来，却可以演得让我们仿佛看见了万壑松风、千涧寒水，那样的丰富多彩，那样的风生水起。很难想象，在舞台上置放麦田的背景或者干脆是真的麦子地，和山林的真实幕布背景，那么，侯老先生、郝老先生和袁先生，还怎么演？那些精彩而蕴含汁水饱满的身段，还能够派上什么用场？

我常常为今天京戏舞台上增添那么多实景的画蛇添足而悲叹。京戏的表演，讲究的是无中生有，方才让从那些生活中提炼出来，而后经过艺术磨炼出来的身段，一下子有了异样的光彩。那劲头儿，很像我们的中国画，一张白色的宣纸上，一点儿墨色晕染上去，立刻恣肆蔓延开来，呈现出意想不到的画面。

当然，京戏里的身段，也不见得都是写实。《春闺梦》是程砚秋的一出新编戏，也是他的拿手戏，至今仍还有演出。新婚妻子经历了与丈夫的生离死别之后的春闺梦，那一段哀婉至极的身段梦魇般地摇曳，洁白如雪的水袖断魂似的曼舞，带有很大的写意性，却将无可言说的悲凉心情诉说得那样淋漓尽致，荡人心魄，充满无限的想象空间。如果加上真正的战场上的尸横遍野，鬼声啾啾，这一段程先生创造的著名身段，还会让我们那么的揪心揪肺吗？

年轻时的梅兰芳，曾经为身段专门请来钱金福为其授技，当时在三庆班的钱金福，在身段表演方面有绝活儿，是当时唯一得到前辈身段真传的演员。旦角梅兰芳向他学了两出武小生的戏，一出是《镇潭州》的杨再兴，一出是《三江口》的周瑜，因为两出戏里的身段格外多，格外漂亮。学的就是真功夫。所以，在京戏演员中梅兰芳的身段最美，令人倾倒，即使老年身体发福之后，《贵妃醉酒》里的身段，依然那样的婀娜多姿，雍容华贵；《穆桂英挂帅》里的身段，是那样飒爽英姿，英武凛人。

没有机会看过梅先生演的《宇宙锋》，但看过梅葆玖演的。赵高之女赵艳容装疯的身段，那样的丰富，那样的有层次，至今依然是梅兰芳的经典。赵艳容先是把头发弄乱，后拍赵高的头，唤他为儿子，然后，又翘起兰花指揪下赵高的胡子，高高吹响在空中，最后边走边笑，边笑边拍起巴掌，大幅度的扭捏作态，甩动漂亮的水袖，走到赵高的身边叫他丈夫。这一系列的身段，曼妙无比，一气呵成，流动的河水一样，水光潋滟，不仅勾勒出赵艳容的心情与性格，同时也成为推动情节发展的外部动作。这一段装疯的身段，让人物比真的装疯要美，要艺术化。难以想象，如果在影视中表演赵艳容披头散发真的装疯，该是什么样子的，起码没有梅兰芳这样的美了。

可惜，我看的梅葆玖，年纪毕竟大了，虽然没有像晚年的梅兰芳一样发胖，却有些老态龙钟，想象当年梅兰芳年轻时演的赵艳容，该会是何等的动人和迷人。

据说，年轻时的梅兰芳演了《宇宙锋》之后，别的流派的旦角，便不再唱这出戏了。《御碑亭》，也是这样的一出戏。我也曾经看过梅葆玖演的《御碑亭》，想是无法和梅兰芳比的，他已经老了。只演了第一折，便没再出场，留下想象给我，也给舞台。

美妙的身段，和美妙的唱腔，如今渐成绝响。

京剧的新与旧

京剧里的新与旧,是很有意思也很讲究的事情。京剧是一门讲究传承的艺术,过去有句话说,没有师傅登不上戏台,演员都是从师傅那里手把手学来的,一招一式,无处没有章程的来龙去脉,不允许有丝毫的洒汤漏水。梨园行过去的行话,叫作不许"跑海",即不能不守规矩自己随便瞎来。

但是,京剧又不是完全守旧,墨守成规,各派有各派区别他人的新颖之处,方才能够叫座儿,京剧百年史也才会有了发展,有了长久不衰的魅力。只是这个"新"是有尺寸的,不能像话剧在舞台上可以随意花样翻新,一会儿来个体验派,一会儿来个间离派,天马行空那样的自由自在。这个"新"都会在京剧艺术自己的天地里,如孙悟空在如来佛的手心里,而不会背离这个手心。历史上,也有背离这个手心的,自以为新潮,包括梅兰芳演的一些时装现代戏,却都没有留下来,留下来的还是那些传统的老戏和老角儿的老玩意儿。

这就是京剧艺术的辩证法。没有自己的一点儿新玩意儿,是死;新玩意儿背离京剧自身走得太远,也是死。拿捏好这个尺寸的人,才能够在戏台上立住脚。

过去,杨小楼和尚和玉都是武生,都是师从俞菊笙。论从老师那儿学来的本事之扎实,规矩之严谨,杨小楼不如尚和玉。但是,今天我们记住了杨小楼,知道尚和玉的人已经很少。原因就在于尚和玉从师傅那里学来的东西过于相像，一招一式从不走样，便成了又一个俞菊笙，而不会是他尚和玉自己。杨小楼的功夫虽然不如尚和玉，却在学习师傅的基础上有自己的玩意儿，创造出了属于自己的艺术，这叫作青出于蓝而胜于蓝。不说别的，只说亮相，杨小楼的不同于他的师傅，也不同于尚和玉和其他武生演员，只是昂首挺胸凛然一甩髯口而定格，却是不特意做仰头的动作，只肩膀稍稍一耸，抖动一下背后的靠旗，虽然只是细微之处，那种不同寻常的大将风度却显示出来。人们便也记住了他的与众不同。杨小楼的聪明之处，在于他明白艺术不只是死规矩旧章程，不是亦步亦趋只会照本宣科。他从人物的身份和性格出发，而不只是把自己的出发点和终点都落在规矩上。这叫作死水养出了活鱼。

另一位辈分更老的演员郝兰田，是清同光十三绝之一。最初唱老生，《天水关》里的诸葛亮唱得不俗，名声不小。但他很快就改为老旦，因为他有自知之明，他的身材矮，无法和当时的老生余三胜和程长庚相比，便自辟蹊径，改唱老旦。当时的京剧舞台是老生的天下，老旦并不入流。他发现老旦不入流在于自身的表演和唱腔过于老派死板。于是，便从这两点入手，加入自己的新玩意儿，改变了以往老旦的一些表演和唱腔的程式和方法。据说，他的《断后龙袍》的李后，佯装盲人的一双眼睛，眼白上翻，活灵活现，属于京剧戏台上的首创，立刻大受欢迎，为他赢得了名声。而他本来老生唱腔的优势，也被他带进老旦的唱腔之中，这韵味别致的唱法也属于首创，令观众闻所未闻，眼界大开。这无形中丰富了老旦的唱腔，发展了老旦的艺术。

同样有各自长短的另一位演员程砚秋，和郝兰田正相反，个头偏高，按理说不适合唱旦角。他的选择和郝兰田不同，偏偏知难而进,固守旦角的位置不变。他扬长避短而力求出新的手段之一,除了唱腔的与众不同,便是他的拿手好戏水袖。无论在《春闺梦》里,还是在《锁麟囊》中,他的飘飘欲仙充满灵性的水袖,有他的创新,有他自己的玩意儿。前些年到中国台北,在市中心的捷运站前,看到中国台湾著名雕塑家杨英风先生的一尊雕塑题名为《水袖》,不禁想起了程砚秋的水袖。当然,杨英风的《水袖》不是程砚秋的《水袖》,而是抽象的水袖,是定格于瞬间的水袖,是将绸子柔软的水袖变为石头凝固的水袖。但是,要承认杨英风的《水袖》创作的灵感来自京剧,而京戏里水袖最有特色最有代表性之一的,是程砚秋。他的水袖翩翩起舞,风情万种,风中或月下的抖动,如仙如禅,如醉如痴,变化万千,水一样恣肆,风一样蔓延,如无韵的诗,如流动的画。水袖和脸谱,几乎可以成为京剧简约的名片。其独特魅力和价值,不仅囿于京剧,而蔓延开来成为中华民族艺术和想象的一种象征。

如今,看新派京剧演员的演出,虽然也都说是师从名门,但他们的老师毕竟前辈的徒子徒孙辈了。经年之变,特别是在市场和权势的左右下,师承部分的水土流失是在所难免的。更重要的,是如今的演员肚子里从师傅那儿学来的旧玩意儿不多,会唱的戏码有限,要想创新属于自己的新玩意儿,难度加大。所以,我们即使还能够看到《长坂坡》,看到《断后龙袍》,看到《春闺梦》和《锁麟囊》,却再也看不到杨小楼,看不到郝兰田,看不到程砚秋的那些玩意儿了。

一道汤和风搅雪

读梅兰芳的琴师徐兰沅先生的《徐兰沅操琴生涯》一书时,读到他说老旦的拄杖表演:"龙头拐是官宦人家,鹿头拐是富贵门第,藤子拐是贫家破户,虽然走的都是'鹤行步',但不能'一道汤'。"这个"一道汤"的词,让我眼前一亮。

后来读黄裳先生的《旧戏新谈》一书,其中他引《梨园佳话》中一段:"名伶一出场即喝彩,都人谓之迎帘好。以好之多寡,即知角色之高下,不待唱也。"这个"迎帘好",也让我眼前一亮。

"一道汤"也好,"迎帘好"也罢,都是梨园界里的行话。也就是从这时方注意到一个行道里有一个行道的习惯用语,都是日子积累和磨炼出来的,约定俗成,口口相传,富有这个行当的特点。梨园行的行话,因平日所唱的戏文的润染,既有文词儿的雅致;演员都出自下层百姓,又有来自生活语言的鲜活而素朴。看,它不说雷同,而说"一道汤";不说碰头彩,而说"迎帘好",说得多么生动形象,谁听了都能够懂,都能够会心。梨园行的行话,与一般的行当里的行话不同,只见灵动活泼,很少见粗俗,格外打眼,非常值得揣摩、学习,便也开始注意搜集。

比如,"响堂",说的是唱得好,声音嘹亮,如谭鑫培的嗓子,所以叫谭叫天。文词一般说是满宫满调。但它不说满宫满调,而说"响堂"。"响堂"不是俗语"响喤",这里的"堂"指的是戏园子,声音灌满了整个戏园子,还不够响吗? 显然比满宫满调要生动要形象。这个"堂"字恰恰又是文词儿。

比如,"风搅雪",说的是念白里的一种方法和形式,即京白和韵白交错在一起。但它不这么直白地说,而是用了这样一个美妙的比喻。一个"搅"字,将风和雪两个具体而形象的事物联系在一起,比直说京白交叉韵白要漂亮得多。同时,我曾这样想,也可以用其他两种事物做比较,如说"风吹雨"。细想,不行,雪的白和念白的"白"有天然的联系,足见梨园行的智慧。比起昆曲和其他地方戏,京剧里的念白要丰富,而不止一种,可以把几种念白搅和一起,成为独特的一种方法。它考验演员的功夫。据说程砚秋的京白就弱,一般不敢用这种"风搅雪";梅兰芳的京白和韵白都厉害,"风搅雪"就不在话下。

比如,"活儿",叫"活儿"的,到处都有,各行各业都把自己的工作叫"活儿",梨园里管有戏唱叫"活儿",按理说并不新鲜。但它下面派生出来的词儿,就不一样了:它不说把戏偷走,带到别的班子里去唱,而说是"刨活儿";它不说戏台上演员和演员较上了劲儿,你来我往,互不示弱,比赛着看谁唱得好,而说是"啃活儿",也叫作"对啃"。看,这个"刨活儿""啃活儿"或"对啃",说得多么的生动。一个"刨"字,一个"啃"字,两个动词,一下子把一般的"活儿"给拎活了。试想一下,不用这两个词,换哪个动词,也不合适。难怪当年的京剧名宿程继仙在解释"啃活儿""对啃"时说:"演员在台上就像斗蛐蛐一样。"这是对"啃"的别样解释。

由"活儿"还派生出另一个词:"俏头儿"。其实,就是"俏活儿",即戏里面最精彩的部分,类似交响乐里的华彩乐章,演员谁都愿意有这样的"活儿"。但它不再围绕着"活儿"来说了,而是另辟蹊径,"俏头儿",显然和"行头"一样重要,比"俏活儿"更显珍贵。

比如，把场上的旗锣伞报叫"龙套"，把唱二牌的演员叫"挎刀"；把主角叫"头牌"，把给头牌配戏的老生叫"里子"。看，把演员的类别分得多么形象。特别是这个"里子"，因为头牌是面子，他们才是里子，和头牌相辅相成，皮之不存毛将焉附的意思，比红花配绿叶更进一层，一下子便和挎刀区别开来，二牌的作用只是在一旁为人挎刀，绝非如里子一样，和头牌有贴身之感。还有一种说法，指那些配戏好，行话叫作兜得住戏，而且还能进一步刺激头牌，水涨船高，让头牌唱得更好的里子，被称作"硬里子"。看，这个"硬"字用得多好。过去在谭鑫培时代，有位叫李顺亭的老生，便是"硬里子"。《定军山》里，如果是谭鑫培演黄忠，必得请李顺亭来演严颜；《长坂坡》里，如果是杨小楼演赵云，必得请李顺亭来演刘备。因为李是"硬里子"。

还比如，"攒锣"，指临时拼凑演员演的戏。"攒"字指的是临时拼凑，这是北京老话。为什么后面跟着的字不是"戏"，而是"锣"？"攒戏"也可以，都是一个意思，但是"攒戏"，也可以是临时拼凑的戏本身，而非是演员，容易产生歧义；更主要的是，在我看来，"锣"是京剧的一种别称，离开了锣鼓点，京剧就没法唱了，所以必得是"攒锣"，用字用词，多么的有意思。

还比如，"一棵菜"，现在不怎么说了，当年马连良先生最爱讲这个词。其实，说的就是团结。但它不这样说，而说"一棵菜"。北京当年百姓的看家菜——大白菜，一层层的白菜叶子紧紧包裹在一起，才能够长成一棵菜，演员也得这样抱团在一起才能把戏唱好。说得多么形象，把唱戏和身边的生活的事，巧妙地联系在一起，信手拈来，却妙自天成。

再比如，"通大路"，现在也不怎么说了。梨园界讲究代代传承，过去梨园界前辈和新演员合戏，都要先问："和谁学的这出戏呀？"一听是和自己同辈名角儿学的戏,就会说:"行嘞,就按照你师傅教的'通大路'演。"这里说的"通大路",和我们现在说的"大路货"里的"大路"可不一样。"通大路"的"大路",是大路通天的"大路",指的是传统,是经典,是前辈的艺术实践和经验千锤百炼而成的路数和规矩,是针对那些耍花活儿或偷工减料的旁门左道。

　　耍花活儿和偷工减料,梨园行里也有行话,叫作"跑海"和"炒鸡毛"。不守规矩随便瞎唱,叫"跑海";故意唱得琐碎耍花腔,叫"炒鸡毛"。还有两个词,分别叫作"洒狗血"和"下剪子",说得多么形象。"洒狗血"这个词,现在还在用,已经不止于梨园,或许是各行各业不乏这样的现象吧?

　　梨园行里这样精彩的行话,还有很多。如果有心人又同时是懂行的人,编一本梨园行话的小词典,可以既看到梨园界的智慧,也可以从中看出梨园各等人士的艺术、思想、行为及情感等诸方面的表达与流露的轨迹,同时还能够拔出萝卜带出泥,钩沉出梨园前辈一些趣闻逸话,成为梨园史不为人所注意的另一个侧面的注脚。我想,那应该是一件别致却功德无量的事情。

周信芳和梅兰芳

　　周信芳诞辰 120 周年那年,上海朱屺瞻艺术馆准备举办纪念周信芳的活动,其中一项便是搞一个画周先生演出过的京剧的戏画画展,邀请画家每人画三幅国画,居然邀请到我的头上。我不是画家,只是京剧的爱好者,是周先生的粉丝。他们大概看到我写过关于戏画和京剧艺术的评论文章,和随手画的几幅不成样子的戏画,便希望我加盟,添只蛤蟆添点儿力。

　　我很有些受宠若惊,自知画的水平很浅薄,但为表达对周先生的怀念和尊敬之情, 还是画了三幅:《海瑞罢官》《打渔杀家》《乌龙院》,都是周先生曾经演出过的经典剧目,其中《海瑞罢官》,让周先生吃尽苦头,命丧黄泉,艺人如此命运,自古罕见,令人嘘唏。想周先生一生演出过的京剧,多达 600 余部,在多少戏中,将流年暗换,把世事说破,无限的颠簸和沧桑,在戏中都曾经经历过,却不曾料到自己的命运,比戏中的海瑞以及所有悲惨的人物,都还要悲惨。

　　面对自己这三幅拙劣的画作,心里忽然戚然所动,画面上毕竟都是周先生曾经演出过的剧,便恍然觉得上面似乎有周先生的身影浮动,真是感到戏如箭穿心,不大好受。

　　我对周先生没有什么研究,但清晰地记得在读中学的时候,曾经看过他主演的电影《四进士》,当时电影名字好像叫作《宋世杰》。他那嘶哑沧桑的嗓子和老迈苍劲的扮相,尤其是面容,冰霜雕刻了一般,是他留给我的印象,一直定格到现在。对比当时和他一样正在走红的梅兰芳那富态的身姿和面庞,幽雅而韵律十足的步履与神情,印象便格外深刻,觉得一个是晕染浸透的水墨画,一个是线条爽朗的黑白木刻。当然,梅先生是旦角,自然要雍容娇贵些,但对比同样唱老生,而且也演出过《打渔杀家》等同样剧目的马连良先生,也没有周先生那样一脸的沧桑感。马先生当年更多的是俊朗、老到和潇洒,周先生是一个字:苦。这只是一个中学生的印象,不知道为什么当时我会生出这样的印象。

说起梅兰芳,便想起不知道是否有人曾经将周信芳和梅兰芳做过比较戏曲学方面的研究。他们不是一个行当,却是同科出身,又是同庚属马,且在当时都曾经风靡一时,影响颇大,磨亮师承和创新双面锋刃,将旦角和老生并蒂莲一般推向辉煌,形成自己独属的流派。在京剧的繁盛期和变革期,流派在京剧史上的位置与作用非常。其中,麒派和梅派,各领风骚,影响一直蔓延至今。细想起来,流派的纷呈与崛起,不仅是以独到的唱腔和做工为标志和分野,更是以各自演出的剧目为依托的。前者,如果说是流派的外在醒目的色彩,是内在生命流淌的血液;后者,则是流派存在并矗立的筋骨。

想到这一点,我忽然觉得这样的比较学,或许有点儿意思,甚至有意义。

梅兰芳的经典剧目,是《贵妃醉酒》《霸王别姬》《嫦娥奔月》《黛玉葬花》《凤还巢》《洛神》,还有泰戈尔访华时看过的《天女散花》等。周信芳的经典剧目,是《四进士》《徐策跑城》《萧何月下追韩信》《鸿门宴》《打严嵩》《文天祥》《史可法》,还有置他于死地的《海瑞罢官》和《海瑞上疏》等。从剧目名字中可以看出,梅兰芳演的戏大多是文戏,虽然杨贵妃、楚霸王,历史中也实有其人,但大多戏虚构的成分多些,天女和洛神这样的浪漫派多些,抒情成分多些。周信芳的戏,大多人物是历史真实的人物,且都是那些充满正气和大气的人物;事件是历史的重大事件,特别是在抗日时期,他演出的《文天祥》和《史可法》,他演出的海瑞戏,都有着拔出萝卜带出泥湿漉漉的浓郁现实感,多是发正义之声,鸣不平之声,有着明确的靶向性,有着厚重的历史感,关乎着民族的志向,现实主义的成分多些,言说的成分多些。

从表演的样态来看,梅兰芳和周信芳各自走的路数,也不大一样。梅兰芳身边簇拥着一批文人帮助他写戏,使得他的戏更注重戏剧本身的内化,亦即一口井深掘,戏内人物的情感挖掘多些,讲究精致和细腻。在如贵妃醉酒和霸王别姬的瞬间化简为繁,滴水石穿,以渲染敷衍为艺术;在天女散花和黛玉葬花这样几乎没有什么戏剧性的地方,点石成金,演绎出精彩的戏来。因此,梅兰芳的戏更具有文人化、情感化、抒情性和歌舞性的特点,将京剧推至艺术的巅峰。

周信芳的戏,更多的人物性格是在历史关键时刻出彩,人物命运是在历史跌宕中彰显。他的戏剧性,虽然也在徐策跑城的"跑"和追韩信的"追"上做文章,但一般不会浓缩在瞬间,然后慢镜头一样蔓延、渗透、展开和完成,而是如长镜头,在时间的流淌中,如竹节一节节地增高,长大,最后枝叶参天,无论徐策的"跑",还是韩信的"追",在"跑"和"追"的过程中,展现的人物的心情,都是为了最后达到参天的顶点而张扬凛然之气,而不会过多强调"跑"和"追"中的舞蹈性与抒情性。

这样的选择,使得他戏内与戏外的关系密切,也紧张,戏内的戏带动戏外的延展,人物和时代胶粘,戏剧行为和现实行为流向一致,观众的艺术享受和心理感应并存。因此,周信芳的戏更多不是来自文人手笔，而是借鉴传统剧目，以此改编，借古讽今，借助钟馗打鬼。他的戏更具有民间性和草根性、历史感与现实感，具有史诗性。

如果将梅麒两派和西洋音乐做一个不对称也不确切的对比，在我看来，梅兰芳有点儿像肖邦或舒曼，周信芳有点儿像贝多芬和马勒。这样的对比，不是说孰优孰劣，实际上，他们的戏码也有交叉，还曾同台演出，始终惺惺相惜，是梨园的双子星座。这样的比较，只是想说在京剧的繁盛期特别是在京剧的变革时期，梅麒二派所起到的作用，真的是各有所长，无与伦比。而且，在梅兰芳的身旁有四大名旦，虽风格各异，却相互依存，彼此烘托，引领一代风光；在周信芳的身旁，则有马连良和他走着大同小异的艺术之路，彼此呼应，相生共荣，谱就时代辉煌。事实上，这是京剧变革的两大流向，两大艺术谱系。因此，这样的对比与研究，便不止步于梅麒个案，而关乎一部京剧发展史中现当代的重要部分。

当然，周信芳表演艺术，不能仅仅简化为沙哑的唱腔与主旨的史诗性。为了达到史诗性，为了塑造人物的真实性和生动性，他不过是将本来弱项的嗓子，化腐朽为神奇，形成自己艺术的一种组成部分。如今硕果仅存的麒派掌门人陈少云先生，就曾经讲过："并非嗓音沙哑就是麒派，麒派艺术讲究'真'，戏假情真，对于节奏的处理出神入化，快慢、强弱、长短，舞台上的一动一静，细到一个眼神的运用，举手投足都充满了节奏。"陈少云先生特别强调，要学习麒派艺术，首先要用心体会人物，在唱念做打这些基本功方面做扎实。

这不仅是经验之谈，更是知音知味之谈。比如在《宋世杰》中，宋世杰从二公差的包袱里盗得田伦的信件一场，不过一句台词："他们倒睡了，待我行事便了。"然后，就把书信盗在手中，紧接着是读信了。其中宋世杰是如何盗得信的，盗信时的心情如何，读信时的心情又如何？完全靠周信芳自己的表演，并没有道白和唱词，仅仅到了真正读信中的内容时，才有了唱段。这就是周信芳的本事了。他能够在这样细微的地方，展示他的艺术，而这种艺术不仅是为了表演，更是为了展现人物的心情，从而塑造人物的形象。如今，我们的演员，并不缺乏对前辈惟妙惟肖以及亦步亦趋的模仿，却缺少这样艺术的表现力和创造力。

这样想来，有时我会觉得对于麒派艺术，我们的总结、学习、继承和发扬，显得不够充分，甚至存在明显的断层。在梅麒二派之间，如今学梅派的弟子远多于麒派的后人。而对梅兰芳的研究，则更丰富些，兴奋点更多些；对周信芳的研究则稍微欠缺些。想《伶官传》在旧时史部里是专设部门来做的，其价值和意义，可列比王公贵族。希望对周信芳的研究和言说，能够更多些，更新些，更深些。无疑，这是对周先生最好的纪念。

十万春花如梦里

——焦菊隐与京剧

《焦菊隐戏剧论文集》，曹禺先生作序，1979年上海文艺出版社出版。版权页上写着"1979年10月"，我买到书的时候，是1980年年初了。那时候，我正在中央戏剧学院读书。清楚地记得，出我们学院棉花胡同西口不远，在地安门大街有一家新华书店，这本书是在那里买到的，才一元六角，便宜得让今天难以置信。如果回忆二十世纪八十年代的读书情景，东风第一枝——这应该是那个难忘年代里我读的第一本书。而那个时候，焦先生已经离开我们整整五年了。

严格讲，这不是一本学术意义上的论文集，其中包括大量的笔记和讲话，有相互的重复和驳杂。焦先生去世得太早，如果天假以年，他留给我们的遗产会更多。但这本书的内容已经很丰富了，因为既有舞台实践，又有理论功底，焦先生的文章不枯不涩，很有嚼头，是迄今为止我读到话剧导演所写的最出色，也是最有学问的一本书。想起当年读这本书的感觉，觉得老北京广德楼戏台前的一副抱柱联，最是符合，也最能概括这本书的丰富多彩："大千秋色在眉头，看遍玉影珠光，重游瞻部；十万春花如梦里，记得丁歌甲舞，曾醉昆仑。"

之所以想起这副和京剧相关的抱柱联，当然有对焦先生不幸的怅然怀旧之情，更主要的是最初读这本书的时候，给我感受最深的是，没有一位话剧导演能够像焦先生一样，对京剧艺术，有这样深入肌理、富于真知灼见和功力不凡的研究,并有意识地将包括京剧艺术在内的中国戏曲的营养,渗透且滋润于他的话剧导演艺术之中。

或许,这和焦先生1949年前自己曾经办过中华戏曲学校有关。在这所戏曲学校里,有过四位京剧大师,其中两位是他的"业师"曹心泉和冯慧麟,另两位是他自己称为"亦师亦友"的王瑶卿和陈墨香。他正经向他们拜师学过艺,在这本书中,他写过这样一桩往事,"内廷供奉"同光十三绝之一徐小香的弟子曹心泉,有一绝活,出台亮相时候,扇子一摇,九龙口一站,黑绸褶长衫的下摆正好压在白靴底鞋尖那一点儿白上,"嗖"的一声,黑绸褶飘飞起来。这一招,焦先生也学过,却就是飘飞不起来。他对中国传统的戏曲艺术,由衷之爱,由此可见。

对于中国的话剧和戏曲,他做过认真的比较,尽管各有所长,他依然客观而尖锐地指出我国话剧"继承时就世纪末叶以来西洋话剧的东西较多,而继承戏曲的东西较少""终于不如戏曲那么洗练,那么干净利落,动作的语言也不那么响亮,生活节奏也不那么鲜明"。

对于戏曲的程式化、虚拟化、节奏化,他做过认真的研究。对于程式化,他打过一个有趣的比喻,说是"像咱们中药铺里有很多味药一样",搭配得好,就会效果极佳。对于《长坂坡》的并叙环境;《走新野》的群众过场;《三岔口》的虚拟设置;《甘露寺》的明场处理;《失街亭》强调动作;《四进士》的人物形象和性格的塑造;《打渔杀家》桂英在草堂里挂牵父亲,一边唱自己的不安,后台传来萧恩在公堂上被杖打的声音,如此情景交相辉映的安排;《放裴》表现裴生的惊慌,让另一个演员打扮得跟鹤裴生一模一样,在后面亦步亦趋,来展示其失魂落魄,那种充满想象力……他都做过和话剧相关联的仔细对比和探求。他由衷地说:"我国戏曲演员所掌握的表演手段,比起话剧来，无疑更为丰富。"

因此，他特别强调话剧要向戏曲学习，他说："作为话剧工作者，不仅应该刻苦钻研斯氏体系，并且更重要的是，要从戏曲表演体系里吸收更多的经验，来丰富和发展我们的话剧。"

焦先生将学习到的这些宝贵的经验，运用到自己话剧导演的实践中。在《茶馆》"卖子"的一场戏里，卖女儿，而且是卖给太监，乡下人手里接过那十两银子，如何表达内心复杂悲凉的感情？焦先生让舞台出现长时间的停顿，然后，后台传来两种声音：一是唱京戏的声音，一是叫卖高庄柿子的声音。那低沉凄凉又哀婉的声音，画外音一样，成为乡下人此时此刻内心的写照。焦先生巧妙地借用了戏曲的声音和形式，将看不见的心情，生动形象地呈现在舞台上。

在《虎符》里，焦先生用了戏曲里最常见的锣鼓经。如姬盗走虎符之后，和信陵君在坟地见面，魏王跟踪而来，一下子一手抓住他们一人的手，说道："你们两个人的事情我都知道。"一声"冷锤"，如姬和信陵君的心里都一激灵，以为盗虎符的事情魏王知道了。魏王接着说："知道了你们两人感情的事情。"一阵"五击头"，信陵君和如姬如释重负。显然，戏曲中常用的"冷锤"和"五击头"音响，在这里起到了意想不到的作用，既凸现了心情的起伏，又烘托了气氛的紧张。

焦先生还有意识学习戏曲里的过场戏的处理方法，借鉴在《关汉卿》中。第一场关汉卿看到朱小兰被冤杀，不闭幕，全场暗转，只有四道追光照在关汉卿的脸上，从黑暗中，从关汉卿的主观视角里，隐隐出现市集上的卖艺身影、纤夫的呻吟、行刑队伍的号角和朱小兰微弱的呼冤声。这时候，天幕上恍惚出现朱小兰苍白的幻影。关汉卿站定，声音和幻影消失，关汉卿道："我难道就是一个只能治人家伤风咳嗽的人？"然后，转下一场关汉卿开始走向写戏的生涯。

这样的实例,在这本书中有很多,打通西洋话剧和中国戏曲两脉,焦先生做出了富有开创意义的实践工作,这些实践,成为了经典,至今无人可以企及。而焦先生对中国戏曲那种发自内心的热爱和虚怀若谷的学习精神,更是至今让我感动。在谈到戏曲里以少胜多的艺术胜境时,他以京剧《拾玉镯》为例。一个少年在一个少女家门前丢了一个玉镯,少女偷偷拾起,如此简单的情节,却足足演了半个小时。这半个小时的演绎,将少女复杂的心情细致微妙地表现出来。焦先生说:"比生活显得更真实。"他同时说:"戏曲抓住了某些有典型意义的生活现象,突出其中的矛盾,突出本质,尽量反复渲染强调,这就和生活有距离。这种距离,恰恰是观众需要的,而我们的话剧,有时既缺少从生活中提炼的东西,又不是抓到一个东西狠狠地强调。这些地方,就需要向戏曲学习。"

　　如今,我们实在缺少如焦先生这样既懂中国戏曲又懂西洋话剧,同时又能清醒地指陈话剧现实的导演了。面对今天有些乱花迷眼的话剧舞台,注重外来形式、高科技灯光、奢华背景的热闹,越来越多,但真正沉潜下心来,让戏曲和话剧彼此营养,做出最终让话剧受益的努力和实践,焦先生仍然是我们学习的榜样。这本《焦菊隐戏剧论文集》,虽然出版了已经三十余年,但仍然值得我们重读并深思。

戏曲之忧

　　我国是一个具有古老戏剧传统的国家,但随着多媒体时代和娱乐化时代的到来,戏曲的生存面临极大的挑战和威胁。文化的多元性,让年轻一代拥有更多的选择,而有意无意地冷漠了传统的戏曲。于是,为了拓展生存的空间,戏曲自身在做挣扎和努力。这种挣扎和努力,表现在一方面挖掘传统老戏的排练,增加剧目的数量和品种;另一方面又不满足于老戏,便有了对于传统老戏的改革和创新,以至一些现代新戏的推出。可以说,体现了我国戏曲创作和演出的矛盾和焦灼。

　　在这样的大背景之下,在北京的戏曲舞台上,宣传效应最大,最为引人瞩目的,据说还在纽约时代广场的大屏幕上频频亮相,依此进军国际,莫过于新编史诗京剧《赤壁》。

　　这几年,北京愿意打出京剧创新之牌,这是继大型新编历史京剧《袁崇焕》之后又一出大戏,编剧都是出自庙堂之手,对于京剧古老的艺术的钟爱和对于京剧革新的倾入,自然都是精神可嘉、作用不小的。只是这样的革新得失成败与否,值得研究,而演出之后旋即成为媒体上声势浩大的宣传,几乎众口一词溢美膨胀的热赞捧场,便觉得似乎有点儿用力过猛,甚至多少有公器私用或曲意逢迎之嫌。

　　处于京城,京剧这玩意儿打一开始就染上庙堂的色彩。先是乾隆皇帝,后是慈禧,无一没有被染指,方才使得徽班进京,进而让京剧压倒了昆曲,在京城风生水起,造就了同光十三绝那样群星闪烁的京剧各派的名角儿,热热闹闹了那么长的时间。

过去说京剧是生于民间,死于庙堂,但客观而论,庙堂的热情,对于京剧的发展也并非没有好处,个中是非功过,不宜一概而论。特别是清康熙十年(1671)禁止在内城开设戏院,逼迫得戏园子大都开设在前门外一带,与平民百姓近距离亲密接触,不再仅仅属于皇宫和王府的堂会;乾隆五十五年(1790)乾隆皇帝下江南之后,带来四大徽班进京,造成京戏的繁荣,艺人的扎堆儿,为生存,为艺术的竞争,便不可避免;加之后来西风东渐,时代的变革起于青蘋之末,于是,中国京剧伴随着新文化运动,开始了最为重大的变革大潮。电影《梅兰芳》涉及了这一点,可惜只是蜻蜓点水而过,然后迅速地转化为梅兰芳和孟小冬的恋情风波来了,步入流行的通俗剧的老套之中。而且,那里关于京剧改革的斗争简单地成为梅兰芳的新潮时装戏《一缕麻》和十三爷其实是谭鑫培叫板的传统老戏之争,简化并扭曲了那个新旧交替时代里京剧变革的意义,和包括梅兰芳、齐如山等一代艺人所付出的艰辛和努力。

不说别的,单说由在奥运会和残奥会上火了一把的舞蹈导演张继钢跨界导演《赤壁》这出京剧,有意把舞台美术往舞蹈和影视上引,其阵容强大,制作豪华,光是铜雀台盛景、火烧赤壁壮观、草船借箭梦幻,这几处景的装置,就足够金碧辉煌,格外恢弘的了。真有点儿不惜千金买宝刀、貂裘换酒也堪豪的劲头。这是近年来戏剧革新都要唱的前奏曲,都愿意走这样一条奢华之路,似乎出新就得表现在老虎的后背、鸟的翎毛这样的外表一眼看得见的地方。

殊不知,如此舞台的美轮美奂声势的热闹,靠拢的只是影视,和传统京剧艺术是相背离的。稍微懂得京剧历史的人都知道,京剧从来都是一种诗化和写意的艺术,京剧的魅力,在于以少胜多,在于舞台上虚拟世界的营造,旧时讲京剧舞台上无一处物件是真的才是。当然,现在看来这样也有些绝对,但真正的京剧不在于实景搭制的金碧辉煌和人海战术的泛滥,这一点应该是没错的;靠的是演员的手眼身步法之功力,这一点也是没错的。绝对不会出现如今这样令人啼笑皆非的场面:在曹操和周瑜演唱时,也要一个在十几米高的战船上,一个在矮矮的一叶扁舟里,如此实在,哪里还像传统的京剧?好的演员,好的剧目,在于能够驾驭舞台上之极简主义,哪怕素素的只有几副桌椅和一道帷幕,也能够调动起五湖风雨,万里关山,在咫尺之间创造无限天地,去格外打动观众,那才叫本事和艺术。京剧的创新是在京剧基础之上,而非表皮。正如雪花的美丽,恰恰在于自身的白一种颜色,而不在于外表涂抹得五颜六色。

我想起前些日子看过的上海昆曲团来京在长安大戏院演出的《玉簪记》和《蝴蝶梦》,也想起在中国台北看过的江苏昆曲团演出的《钗钏记》,虽然都没有今天《赤壁》舞台的美轮美奂,简单至极,不过只有几副桌椅和一道帷幕,却格外打动观众,以至演出结束后全场掌声雷动,出现久久不愿散去的盛况。在如今京剧(包括昆曲等其他剧种)的革新热之中,宜应保持一份清醒。艺术,从来没有进化,只有变化,但变化优劣的前提,是对传统的坚守。

值得我们反思的,是近年以来舞台上以革新创新之名的这种奢靡浮华之风,更早可以上溯张艺谋导演的歌剧《图兰朵》,历史与民俗、宫廷和服饰,都可以成为卖点,便不惜泼撒金钱,以图大制作。这样大把花钱开了头,本来属于极简主义的京剧岂不要和电影里的大片看齐了吗?电影大片的制作思路,对于舞台的影响与浸淫,实在应该躬身自省了。

好的戏剧，从来都是朴素的。文艺复兴是莎士比亚戏剧演出的鼎盛时期，舞台的布景道具是简陋的，双方激战的军队不过用两个人代表，再浩浩荡荡的群众也不过用四个人表演。从来没有如我们现在动员上百个民工充斥满整个舞台。著名的花脸演员袁世海演出《李逵下山》，舞台上空荡荡的，没有一点布景，但他把李逵下山时候的山、林、水等万千景色表演得淋漓尽致，状若目前，袁世海自己说："所有的景都在我的身上呢！"记得前些年上海昆曲著名演员梁谷音排演《潘金莲》，只花了 600 元，不过做了一块绣裘的天幕就演出了。现在说起来，简直如天宝往事，无法想象了。当然，时代在发展，舞台也在变化，我们也没有必要非泥古不化，将简朴变成简单，但奢华之风，还是应该警醒为宜。尊重京剧艺术的规律和特点，把握好其中的度，还是很有必要的。

我以为北京的京剧从革新和发展这个角度而言，还是应该向上海的昆曲学习才是。虽然近代以来，京派海派文化不尽相同，各有千秋，不过，我们还是虚心为是才好。我们北京京剧在这方面的思路，明显和上海昆曲不大一样。我们是大步往前走，更重视新编，着眼一个"新"字，期冀新剧目，重用跨界新导演，就连舞台装置都要新，让人从里到外耳目一新，不惜重金倾情投入。上海昆曲则不同，他们似乎是回过头来往后走，注重传统。最近，他们创新挖掘汤显祖的经典老剧目，重排"临川四梦"：《紫钗记》《牡丹亭》《邯郸记》《南柯梦》。在这里，除《牡丹亭》之外，其余三梦，百余年来，只有剧本，从未有人搬上舞台，没有任何程式经验可以借鉴。可以说，这和创作新剧一样充满难度，从某种意义来说，何尝不是一种创新呢？

而且，一下子将四梦整体呈现于观众的面前立体展现可以和莎士比亚相提媲美的汤显祖戏剧之魅力，上海昆曲团此举可以说是惊人之笔，起码不亚于我们的新编史诗《赤壁》。如果我们谦逊一些，并客观一些，上海昆曲此举的意义非同寻常，影响也是极为深远的。可以想象，虽然费尽气力，但有汤显祖经典剧作作为依托，又都是计镇华、岳美缇、梁谷音等老一辈艺术家联袂倾心投入，必定不会是过眼烟云，而可以常演常新，为后代留下一笔宝贵的财富。

如今，借助电影《梅兰芳》的公映，梅兰芳为人所知并热议。对于京剧的革新，梅兰芳有一著名的观点叫作"移步不换形"，当年是略显保守而遭批判的，至今却依然有着警醒的意义存在。作为我国传统的古老剧种京剧，所有的经典剧目都是经过前辈艺术家和几代观众的共同打磨锤炼而成，漫长的时间为其磨出了结实而厚重的老茧，才让其走了那么长的路，一直走到今天。我们更要有一份敬畏之心，更多的宜于对传统的剧目的挖掘与革新，不宜于轻而易举地另起炉灶，非得像修脚师傅一样将其老茧修掉，然后自以为是在其长满老茧的脚趾涂抹上指甲油的豆蔻色彩。梅兰芳对此一直是极其谨慎的，他自己在中华人民共和国成立以后只排过一部新戏《穆桂英挂帅》，还是从豫剧的传统剧目《挂帅》改编过来的。相反，梅兰芳曾经演出的新派时装戏《一缕麻》，并没有流传下来。

尽管我们的热情有加，初衷甚好，但对于新编史诗京剧《赤壁》，坦率地说，我并不看好。舞台装置得豪华，史诗字眼的超重，都说明我们对于京剧的理解和认知出现了某种偏差，我们多少有些过多的梦想超越，而忽略了京剧的博大精深自有很深的挖掘留待于我们努力。在这方面，上海昆曲团所做的努力要扎实，要更有眼光。所以，我赞同评论家王阿的观点："当代人总觉得能站在古典的肩膀上，往上一蹿，就比古人高出许多。"他的比喻很形象，我们是有些这样子，愿意站在古典的肩膀上做振臂一呼状,而上海昆曲这一次则躬身屈膝虔诚地向汤显祖致敬。

曾经从事京剧表演和导演五十年的老艺术家高牧坤先生,最近严肃地指出:"京剧再创新的过程中一定要担负起传承民族文化遗产的责任,不能任意地向我们的非物质文化遗产动刀。"他说:"动它就要懂它。"同时他针对跨界导演现象说:"艺术是相通的,但也是专一的。不可以任意地指点江山。"

作为京剧艺术的实践者,高牧坤先生的意见值得重视。